PLAYBOY Pilot

Collection New Romance ® créée par Hugues de Saint Vincent
et dirigée par Arthur de Saint Vincent

34-36, rue La Pérouse
75116 Paris
Collection dirigée par Franck Spengler
Ouvrage dirigé par Roxane Maffre
www.hugoetcie.fr

Image de couverture : © Shutterstock
Couverture : Jef Cortes

ISBN : 9782755641516
Dépôt légal : mai 2019
Imprimé en Espagne

Vi Keeland et Penelope Ward

PLAYBOY Pilot

Roman

Traduit de l'anglais
par Stéphanie Madsen

Hugo Poche
NEW ROMANCE®

L'argent peut acheter
des choses extraordinaires...
Mais ne peut pas m'acheter l'amour.
– Les Beatles

CHAPITRE 1

KENDALL

CHRIS HEMSWORTH.

Je feuillette le catalogue des destinations internationales d'American Airlines pour m'arrêter sur la section Australie. Ça regorge de photos multicolores – kangourous, eaux turquoise, ce grand bâtiment blanc qui évoque les voiles d'un navire… Joli.

Liam Hemsworth. Accent australien.

La page suivante présente un planisphère. Je suis le trajet en pointillés entre Miami et Sydney. *Merde. Ça fait un fichu bout de chemin.*

Alors je passe en soupirant à la page suivante : Londres.

Robert Pattinson.

Theo James.

Nouveaux accents sexy, avec moins du tiers de temps de vol. Je plie le coin de la page et continue à feuilleter.

Italie. *Hmmm, boire un ristretto avec George Clooney.* Il n'est pas vraiment italien mais a adopté la *dolce vita*, ça compte. Rien à foutre qu'il ait presque l'âge de mon père. Ce type me fait l'effet d'une bonne bouteille de cabernet – qui s'améliore avec l'âge, à savourer du bout de la langue. Nouvelle page écornée.

Le barman m'interrompt dans ma sélection de voyages, un doigt tendu vers mon verre de martini à moitié vide.

– Je vous apporte un autre Appletini ?

– Pas tout de suite, merci.

Hochant la tête, il se dirige vers l'autre bout du bar bondé. J'en suis déjà à mon second verre et j'ignore combien de temps je dois rester encore coincée dans ce salon de l'aéroport. Je ferais peut-être mieux de choisir où je vais passer les dix jours à venir avant de me laisser trop dominer par l'alcool.

Santorin. *Euuhhh*... Les images sont magnifiques. Bâtisses rustiques et blanches aux portes et volets bleu roi. Pourtant... je n'ai aucune idée de l'endroit où j'aimerais aller. Rien ne me saute aux yeux, même pas une île tropicale.

Dans un profond soupir, je me rends compte que j'arrive au bout de cet épais catalogue de vacances. Je porte le verre à mes lèvres en marmonnant :

– Où est-ce que je vais bien pouvoir aller ?

Je ne m'attendais pas vraiment à une réponse.

– Chez moi, ce n'est pas trop loin.

Paroles prononcées par une profonde voix de baryton. Je ne m'étais pas aperçue que quelqu'un s'était assis sur le tabouret d'à côté, alors ça me fait sursauter et je renverse le contenu de mon verre sur mon tee-shirt tout neuf.

– Bordel !

Je me lève d'un bond, saisis une serviette sur le bar et commence à éponger les traînées vertes.

– C'est un Roland Mouret !

– Désolé. Je ne voulais pas vous faire peur.

– Oui, eh bien arrêtez de vous glisser sans bruit derrière les gens !

– On se calme ! Je vous rembourse le pressing, d'accord ?

– La tache ne partira pas.

– Dans ce cas, je vous en offre un autre, ma chère. Ce n'est jamais qu'un tee-shirt.

Ma tête va exploser.

– Vous avez entendu ce que j'ai dit ? C'est un Roland Mouret. Ça vaut huit cents dollars !

– Pour ça ? Un simple tee-shirt ?

– Une marque de créateur !

– N'empêche, ce n'est qu'un tee-shirt. Ne le prenez pas mal, il vous va très bien, mais vous vous êtes fait avoir. Vous n'avez jamais essayé Zara ?

– Vous rigolez ?

J'ai prononcé ça en essayant une dernière fois de réparer les dégâts. Rien à faire. Je finis par relever la tête pour regarder ce type qui ne manque pas d'air.

Ah oui ! Quand même Ce… *Superbe. Grand. Brun. Baraqué. À tomber par terre. Ne manque vraiment pas d'air.*

Du coup, je m'éloigne un moment, le temps de reprendre mes esprits, tout en faisant mine de récupérer d'autres serviettes. En regagnant ma place, je vois le beau mec héler le barman :

– Hé, Louie ! Je pourrais avoir un verre d'eau gazeuse et des serviettes en papier ?

– Ça marche, Jet.

Jet ?

– Vous vous appelez Jet ?

– Parfois.

– Je me retrouve dans un fichu bar d'aéroport avec un mec qui s'appelle Jet ?

Je pouffe de rire.

– Et vous ?

De toute façon, je ne reverrai jamais ce type ! Un simple coup d'œil sur mon catalogue me donne la réponse :

– Moi, c'est… Sydney.

– Sydney, répète-t-il sceptique.

– C'est ça.

Je détourne la tête en déglutissant. Même quand je ne le regarde pas, je sens l'intensité de ses yeux noisette posés sur moi. Le parfum puissant de son eau de toilette me donne le tournis. Sa haute silhouette dominatrice m'empêche de me concentrer sur quoi que ce soit d'autre.

Le barman revient déposer devant lui un verre et des serviettes.

Jet hausse un sourcil.

– Vous voulez faire disparaître cette tache ?

J'acquiesce mais je sens venir la chair de poule quand il se penche vers moi. En quelques secondes, je suis saisie de froid alors qu'il imbibe le tissu de mon tee-shirt en y versant carrément l'eau du verre. Ça me fait hurler :

– Aaah ! Qu'est-ce que vous fichez ?

– Vous voulez ôter cette tache ou pas ? L'eau gazeuse est idéale pour ça. Il faut juste l'humecter un moment.

– La tache n'était pas aussi grosse. Je suis complètement trempée, maintenant !

– Je ne vois pas trop comment on aurait pu éviter ça.

– Vous n'aviez qu'à ne pas le faire.

– Ç'aurait été moins drôle.

Évidemment, surtout quand le bout de mes seins pointe sous le tissu…

– Vous voyez tout à travers, maintenant !

– J'en suis navré, soupire-t-il sans quitter ma poitrine des yeux. Quoi, vous ne portez pas de soutien-gorge ?

– En fait, non.

Il finit par relever la tête.

– Puis-je vous demander ce que vous faites dans un aéroport sans soutien-gorge ?

Je m'éclaircis la gorge pour répondre :

– Je voulais me sentir plus à l'aise pendant le vol. Et puis… je suis leste, très libre, comme fille. En général, je n'ai pas trop besoin d'en porter. Du moins jusqu'à ce que vous versiez toute cette eau sur moi ! Je ne m'attendais pas à me faire asperger par un inconnu.

Ses yeux redescendent vers ma poitrine.

– C'est leste… dites-vous ?

– Vous pourriez éviter de me regarder comme ça ? dis-je en croisant les bras sur ma poitrine.

– Désolé. Je ne m'attendais pas…

– À voir mes seins par transparence ? Arrêtez !

Il part d'un petit rire navré.

– Que voulez-vous que je vous dise ? Écoutez, je suis juste venu manger un morceau. Le reste n'était pas prévu. Vous avez de fantastiques seins, bien fermes, et libérés. Comment vous dites, déjà ? Ah oui, lestes, à l'image de leur céleste propriétaire.

Là-dessus, il ôte son blouson de cuir, me le passe sur les épaules.

– Couvrez-moi ça.

C'est lourd, ça tient chaud, ça sent bon le bois de santal. Du coup, j'imagine ce que j'éprouverais s'il m'enveloppait de son corps. Je préfère écarter l'idée d'un mouvement de la tête.

En montant la fermeture Éclair, j'aperçois deux ailes de métal accrochées sur le devant.

– C'est quoi ? Vous avez été un gentil garçon durant votre dernier voyage ?

– Quelque chose comme ça, sourit-il.

Comme je lui rends son sourire, il me tend soudain la main.

– Bon, on recommence. Je m'appelle Carter.

Carter.

Ah bon.

Il a bien une tête à s'appeler Carter.

Nos deux paumes se touchent et je frissonne lorsqu'il serre la mienne avec vigueur.

– Carter… dis-je encore surprise. Je croyais que vous vous appeliez Jet.

– Non. Vous avez tiré cette conclusion en entendant Louie m'appeler ainsi. Jet, c'est un surnom.

– Qui vient d'où ?

– Longue histoire.

– Vous êtes si connu que ça, ici ? Vous faites beaucoup de voyages d'affaires ?

– On peut dire ça.

– Vous savez que vous êtes pour le moins évasif ?

– Et vous, adorable. Comment vous appelez-vous ?

– Je vous l'ai déjà dit.

– Ah, c'est vrai ! *Sydney*... et votre nom de famille, c'est *Opéra* ?

Éclatant de rire, il soulève le catalogue qui affiche ce bâtiment en couverture.

– Pourquoi m'avez-vous menti, Céleste ?

– Aucune idée. Je n'aime pas donner mon nom à des inconnus.

– Ce n'est pas ça. Vous n'êtes pas timide. Sinon vous porteriez un soutien-gorge en public. En plus, il vous a fallu près d'une minute pour couvrir vos nichons alors que vous saviez très bien que je les voyais. Vous n'êtes pas réservée, encore moins prudente.

– Et d'après vous, pourquoi ai-je menti ?

– Ça vous excitait de vous faire passer pour quelqu'un d'autre. Vous pensiez que vous ne me reverriez jamais, alors pourquoi pas ? J'ai raison ?

– Vous me cataloguez comme une amatrice de sensations fortes ? Quand on se connaît depuis, quoi… dix minutes ?

– Il n'en faut pas plus d'une pour le voir.

– Ah, vous croyez ?

– Oui. C'est ainsi que je vis ma vie… toujours à guetter la prochaine émotion, jamais au même endroit.

Il garde un instant le silence avant de me jeter un autre coup d'œil.

– Vous ne savez pas où vous allez.

– Qu'est-ce qui vous fait dire ça ?

– Quand je suis arrivé derrière vous, vous parliez toute seule en vous demandant où aller.

– Ah oui, c'est vrai ! Je ne savais pas quel vol choisir, Jet…

– Et qu'avez-vous choisi ?

– Je ne sais toujours pas.

Je sursaute en sentant sa main se poser sur mon épaule.

– Que fuyez-vous, Kendall ?

Les battements de mon cœur s'accélèrent. Je m'écarte un peu de lui.

– Comment connaissez-vous mon nom ?

Il sort un passeport de sa poche intérieure.

– Vous devriez vous méfier davantage quand vous voyagez seule. Une seconde d'inattention et n'importe qui peut glisser quelque chose dans votre verre ou voler vos affaires.

– C'est le mien ? Comment avez-vous fait ?

– Quand vous êtes allée chercher une serviette, il est tombé de votre sac. Je l'ai ramassé et j'ai jeté un coup d'œil à votre nom. Kendall Sparks. Vous avez de la chance de pouvoir me faire confiance.

– Pas sûr, dis-je en saisissant mon passeport.

On reste là à se regarder et je remarque alors la fossette que son sourire lui creuse sur le menton.

– Je l'ai vue devant moi, reprend-il.

– Pardon ?

– La chanson des Beatles, *I Saw Her Standing There*[1].

– Et alors ?

– C'est une de mes théories. On pourrait décrire chaque moment de la vie par une chanson des Beatles.

– Et donc, c'est celle-là ?

– Exactement. Je suis arrivé et, apparemment, je vous ai interrompue dans votre choix de voyage. Alors, permettez que je vous offre un autre verre. Le temps de voir ensemble où vous iriez. On peut arranger ça.

---

1. « Et je l'ai vue devant moi ».

Ha, ha ! Le petit malin ! Je n'en crois pas mes oreilles.

– *We Can Work It Out*[2]. Une autre chanson des Beatles.

– Très bien. Vous êtes trop jeune pour si bien les connaître.

– Ma mère les écoutait sans arrêt. Et vous ?

– J'aime la bonne musique, même celle qui n'est plus de mon temps.

Il regarde sa montre.

– À propos de temps, je n'en ai plus beaucoup. On le prend, ce verre ?

Je fonds complètement devant ce nouveau sourire. Après tout, quel mal y a-t-il à reprendre un verre ? D'autant que je ne sais toujours pas où aller.

– D'accord. Pourquoi pas ?

Carter me conduit vers une table puis retourne au bar passer sa commande.

– J'espère que ça ne vous ennuiera pas si j'ai aussi pris quelques amuse-gueules.

– Merci, c'est parfait.

– Alors, quel est le but de ce voyage, Kendall ?

– J'ai des trucs importants à considérer. Il faut que je m'éloigne un certain temps de la vraie vie pour y arriver.

– J'espère qu'il ne se passe rien de grave. Vous avez l'air tellement tendue ! C'est ce qui m'a fait croire que vous fuyiez quelque chose.

---

2. « On peut arranger ça ».

– Juste une importante décision à prendre.

– Je peux faire quelque chose ?

Pas vraiment, sauf si tu veux me sauter.

S'il savait…

– Non. C'est un problème que je dois résoudre seule.

– Franchement, c'est si grave ? Vous avez l'air en pleine santé, vibrante… magnifique, et on dirait que vous ne manquez pas d'argent. Je suis sûr que tout va bien pour vous.

– Vous croyez avoir tout compris à la vie, hein ?

– Vous êtes jeune. Quoi qu'il arrive… ça vous laisse tout le temps de trouver une solution.

Si seulement c'était vrai !

– Vous me donnez quel âge ?

Il se gratte le menton avant de répondre :

– Vingt-deux ?

– Je vais sur les vingt-cinq.

C'est bien ça, le problème. Déjà vieille de vingt-cinq ans.

Vous ne les faites pas.

– Et vous ? Si je me fie à vos goûts musicaux, je dirais dans les cinquante-trois… mais à vous voir, vous auriez plutôt l'air d'en avoir vingt-huit.

– Pas mal. Vingt-neuf.

Un serveur apporte nos amuse-gueules, mélange de bâtonnets de mozzarella, d'ailes de poulet et de nems.

J'en ai l'eau à la bouche.

– Heureusement que je ne suis pas au régime !

– Oui. C'est à peu près tout ce qu'ils font de bon ici. Les trucs frits, ça a toujours bon goût.

Je remarque qu'il n'a pas commandé de boissons.

– Vous ne buvez pas ?

– Je ne peux pas.

– Pourquoi ?

– Si vous me confiez vos soucis, je vous dirai pourquoi je ne peux pas boire.

Attrapant une aile de poulet, je change de sujet.

– Pas le temps. Là, il faudrait plutôt que je choisisse l'endroit où je vais me rendre. Et vous ? Où est-ce que vous allez ?

– Attendez, dit-il en prenant son téléphone.

Et il se met à composer un numéro.

– Qu'est-ce que vous faites ?

– Voici la liste complète des vols internationaux qui partent ces trois prochaines heures, dit-il en me montrant l'écran.

Je déchiffre à haute voix :

– D'accord… Madrid. Iberia Airlines, 20 h 55.

– Pas en Espagne !

– Pourquoi ?

– On est en juillet. Il y fait une chaleur d'enfer à cette époque. Vous ne pourrez même pas ôter votre tee-shirt puisque vous ne portez pas de soutien-gorge.

Je me sens rougir et regarde de nouveau la liste.

– Bon… euh… Alors Mexico ? American Airlines, 22 h 20.

– Non.

– Non ?

– Pas avec ce nouveau norovirus.

– Ce quoi ?

– Ça vous arrive de regarder les infos ?

– Non. C'est trop déprimant.

– Bon, croyez-moi, il faut éviter la nourriture de ce pays.

– Très bien. Alors Amsterdam ? KLM, 21 h 45.

– Je ne pense pas que ça vous convienne très bien. Là-bas, la prostitution est légale. Si vous vous baladez dans cette ville sans soutien-gorge, on risque de vous prendre pour ce que vous n'êtes pas.

J'écarquille les yeux :

– Vous croyez qu'on pourrait me prendre pour une pute ?

– En fait, les putes sont très classe, là-bas.

– Comment le savez-vous ?

– Holà ! s'esclaffe-t-il. Je ne paie pas pour baiser, si c'est ce que vous voulez dire. En fait, j'ai plutôt le problème inverse.

Quoi ? Les femmes paient pour *vous* baiser ? Mon Dieu ! Vous êtes un gigolo ? Ou un escort boy ? C'est pour ça que vous traînez dans les aéroports ?

Là, il rit à gorge déployée.

– Non.

– Alors toutes les femmes se jettent juste à votre cou, c'est ça ?

– Disons que parfois… c'est amusant d'être le chasseur. Et voilà longtemps que ça ne m'est pas arrivé, d'autant que je ne vois pas trop *qui* chasser. Autrement dit, la dernière chose dont j'aurais besoin serait de payer pour baiser.

Ce qui ne me surprend pas. J'aurais dû m'en douter. Ce type est à tomber par terre. Fier comme un coq. Les femmes adorent ça.

En récupérant son téléphone, il m'effleure la main et ça me plaît. *Trop.*

– Vous êtes déjà allée au Brésil, Kendall ?

– Non.

– C'est très chouette à cette époque de l'année. C'est l'hiver, mais il y fait assez bon pour que ça reste génial.

Là, il me présente de nouveau son écran :

– Rio. International Airlines. 22 h 05.

– Et qu'est-ce qu'on peut faire, là-bas ?

– Les plages sont magnifiques. Il y a aussi des tonnes de boîtes et de bars à Copacabana et Ipanema. C'est très sympa.

– Assez sûr pour une femme qui voyage seule ?

– Pourvu que vous fassiez preuve d'un minimum de prudence, comme dans n'importe quel voyage. En achetant un soutien-gorge, par exemple.

Tout d'un coup, il regarde l'heure sur son appareil.

– Merde ! Il faut que j'y aille. Je vais être en retard au boulot.

Il s'est déjà levé, jette un billet sur la table.

Il ne m'a même pas laissé le temps de lui demander ce qu'il faisait dans la vie ni où il allait. En fait, je ne sais rien de cet homme, et ce sentiment de déception qui commence à me ronger prouve combien j'ai envie d'en savoir plus.

– Euh… d'accord. Merci pour les amuse-gueules.

Il laisse passer un certain temps avant de répondre :

– Laissons faire le destin. N'empêche que je vous conseillerais bien de choisir Rio. Bonne chance, Kendall !

Alors qu'il commence à s'éloigner, je me rends compte que je porte encore son blouson et je me lève en criant :

– Attendez ! Votre blouson !

– Gardez-le. Il tiendra vos tétons au chaud.

Pour un peu, il me ferait plaisir.

– D'accord, dis-je en riant. Alors au revoir.

– *Hello, Goodbye.*

– Quoi ?

– La chanson des Beatles.

– Ah oui ! J'aurais dû m'en douter.

Il sourit ; c'est sans doute la dernière fois que je vois cette fossette sur son menton. Alors qu'il s'éloigne, je suis des yeux son beau petit cul que je n'avais pas encore trop remarqué, avant qu'il se retourne.

– Kendall…

– Oui ?

– Si vous ne choisissez pas le Brésil, je vous souhaite une belle vie.

Sans me laisser le temps de répondre, il repart d'un pas vif.

Envahie d'une triste sensation de solitude, je le suis des yeux jusqu'à ce qu'il disparaisse à l'angle du couloir.

Qu'a-t-il voulu dire au juste ?

Si je ne choisis pas le Brésil... il me souhaite une belle vie ?

Serais-je assez bête pour écouter les conseils de cet inconnu ? Le temps ne travaille pas vraiment pour moi. Il faut que je choisisse quelque chose. Alors... Rio de Janeiro ? Et si ça devait mal se terminer, ce serait la faute à Rio. Ce n'était pas un titre de film, ça ? *La faute à Rio* ?

Je commence à transpirer dans ce blouson. Je suis trempée, je frémis. *La faute à Carter.*

CHAPITRE 2

KENDALL

J'ai beau me dire que c'est ridicule, impossible d'ignorer plus longtemps ma déception quand le steward ferme la porte de l'avion. Tranquillement assise en première classe, je devrais savourer mon champagne de pré-vol accompagné de ses cacahuètes grillées, au lieu de guetter l'entrée de chaque nouveau passager.

J'avais pris pour argent comptant que Carter serait dans cet avion, bien qu'il n'ait pas affirmé partir pour le Brésil. Maintenant, on en est aux consignes de sécurité et une hôtesse nous montre comment manipuler un masque à oxygène. Quand elle a fini, la démonstration recommence dans une autre langue, ce doit être du brésilien ? Euh, non plutôt du portugais, je crois. *Merde.* Je me rends dans un pays dont je ne sais à peu près rien et dont je ne parle pas la langue.

Une fois qu'on a décollé, une autre hôtesse m'apporte le menu pour que je choisisse mon dîner et mes boissons. Je trouve qu'elle ressemble pas mal à celle de la démo : grande, mince, jolie, très maquillée, presque trop ; toutes les deux portent un chignon serré dans la nuque. J'en vois alors une troisième qui les rejoint. Décidément, elles se ressemblent toutes. À croire qu'il existe un modèle type de la plus belle hôtesse et qu'elles en sont toutes des clones.

Comme le siège voisin du mien est libre, j'ôte mes ballerines puis j'étends mes jambes et ferme les yeux. C'est bien entendu à ce moment-là que le commandant de bord entame son annonce d'accueil.

– Bonsoir, Mesdames et Messieurs, ici votre chef suprême, autrement dit le commandant Clynes. Je tiens à vous souhaiter la bienvenue ce soir dans mon deuxième chez-moi, à bord de ce magnifique Boeing 757. La durée du vol entre Miami et Rio de Janeiro devrait être d'un peu plus de huit heures et demie. Nous prévoyons un agréable…

Putain, cette voix ! C'est… c'est pas vrai ?

Voilà que l'hôtesse m'apporte mon Appletini.

– Excusez-moi, lui dis-je. Vous connaissez le prénom du commandant ?

– Bien sûr.

Levant la main, elle agite ses doigts pour me montrer l'énorme pierre qu'elle porte à l'annulaire, puis elle ajoute dans un clin d'œil :

– Je lui ai beaucoup couru après, mais maintenant que je suis fiancée à quelqu'un d'autre, j'ai arrêté. C'est le commandant Carter Clynes. Il a l'art d'égayer vos voyages.

Le *commandant* Carter Clynes. Là, je comprends tout. Les ailes sur son blouson, son surnom dans le bar de l'aéroport, mais aussi la rapidité avec laquelle il a trouvé les horaires d'avion sur son iPhone. Comment ai-je pu laisser passer de tels indices ? En fait, je le sais très bien. Je me suis laissée distraire par son allure et son attitude provocante.

Comment se détendre après ça, maintenant que je sais qu'il est à bord, qu'il tient ma vie entre ses mains durant les huit heures à venir ? De quoi vous dévorer d'anxiété. Même si ça n'a rien de comparable avec la peur qui vous ronge sur le fauteuil d'un dentiste. Je me verrais plutôt dans un wagon sur le point de descendre des montagnes russes. Soit ce sera la course de ma vie, soit je finirai lamentablement écrasée sur le sol.

Quelques heures plus tard, la voix de Carter retentit de nouveau, plus grave et plus rauque :

– Ici le commandant Clynes. Nous allons traverser la mer des Caraïbes. Je vais baisser l'éclairage de la cabine en vous souhaitant une bonne nuit.

Peu après, nous sommes plongés dans l'obscurité à part quelques lampes de lecture au-dessus de certains sièges. Bien décidée à dormir un peu, j'étends mon siège au maximum, remonte ma couverture jusqu'au menton et ferme les yeux.

Une musique douce emplit l'atmosphère et je finis par reconnaître la chanson : *Lucy In The Sky With Diamonds*[3]. Quant au chanteur, ce n'est pas John Lennon en train de psalmodier son addiction, mais Carter qui fredonne par-dessus la sono.

Il est givré. N'empêche que je ne peux pas réprimer un sourire.

*

* *

En rouvrant les yeux, je n'ai pas tout de suite compris ce qui se passait. Je me croyais le matin et il m'a fallu une bonne minute pour me rappeler qu'on était en avion. Je vais bien au Brésil ou j'ai juste rêvé ? La place à côté de moi n'est plus libre. Une hôtesse est en train de boire du café et de lire le journal. Tout en lui souriant, j'appuie sur le bouton pour redresser mon siège. Ce n'est pas celle qui m'a montré sa bague hier.

– Bonjour. J'espère que ça ne vous dérange pas si je m'assieds là. On prend une pause à tour de rôle et c'est beaucoup plus confortable dans ces grands sièges que sur un strapontin.

– J'imagine.

J'hésite à lui poser la petite question qui me tourmente, de peur de passer pour une cinglée.

– Je peux vous demander quelque chose ?

---

3. « Lucy dans le ciel paré de diamants. »

– Bien sûr.

– Où est-ce qu'on va ?

Elle hausse ses sourcils parfaitement alignés.

– À Rio de Janeiro. Ce n'est pas là que vous vouliez vous rendre ?

– Si, si ! J'ai juste changé d'avis à la dernière minute et, sur le coup, en me réveillant, j'ai pensé que j'avais rêvé.

– En fait, on devrait arriver dans une heure. C'est bien que vous ayez pu dormir.

J'acquiesce de la tête, tant qu'à me faire passer pour un peu dérangée, autant y aller des deux pieds.

– Est-ce que… le pilote a chanté *Lucy In the Sky With Diamonds* cette nuit pour la cabine ?

Elle pouffe de rire.

– Oui. Il chante à chaque vol de nuit. Je ne sais pas trop pourquoi.

– Ça fait bizarre.

– Il peut produire cet effet. Assez extravagant, mais superbe et très marrant.

– C'est aussi ce qu'a dit votre collègue.

– Il y a plus d'une hôtesse qui semble le trouver marrant.

– Mais pas vous ?

– Pas trop, non. Ce n'est pas mon genre.

Un peu déconcertée, je finis par laisser tomber :

– Moi non plus.

Là, elle semble comprendre et se rapproche de moi :

– Vous savez ce que je préfère ?

– Quoi ?

– Les petites blondes aux grands yeux bleus et aux lèvres pulpeuses. On a deux jours d'escale à Rio, si vous cherchez de la compagnie…

Je n'y crois pas ! Tout le monde est dingue dans cet avion ?

– Euh… merci, mais je ne… non, merci…

Elle sourit poliment, replie son journal.

– Dommage. Enfin, profitez quand même bien de votre voyage. Maintenant, il faut que je serve les petits déjeuners en classe éco avant l'atterrissage.

Une fois notre avion posé sur le tarmac, j'attends que le reste de la première classe finisse de débarquer, en espérant voir s'ouvrir la porte du cockpit. Je ne sais pas trop pourquoi je fais ça, je me demande même comment je vais réagir si j'aperçois Carter ne serait-ce qu'une fois. Il n'a donc pas envie de vérifier si je suis ou non dans l'avion ?

La réponse arrive une dizaine de minutes plus tard. La plupart des passagers sont déjà descendus et moi je continue d'attendre à ma place comme une idiote, les yeux fixés sur une porte qui ne bouge pas. *Qu'est-ce qui m'arrive ?* Je finis par m'engueuler à mi-voix. J'ai rencontré un mec dans un aéroport, qui a commencé par m'inviter à aller chez lui, puis qui s'est arrangé pour rendre mon tee-shirt transparent afin de voir mes seins. Après quoi, j'ai donc fait la seule chose logique que pouvait faire toute femme… acheter un billet à trois mille dollars pour le suivre au Brésil. Voilà qui est à l'aune de ma vie pourrie en ce moment. En principe, je partais en voyage pour faire le point (et peut-être trouver quelques irrésistibles paires de chaussures), pas pour figurer dans le tableau de chasse de ce bourreau des cœurs, aussi séduisant soit-il.

Je finis par me lever, attrape mon sac Vuitton, lisse ma veste froissée et pousse un soupir.

À plus, commandant Clynes.

*

* *

Il me faut plus d'une heure pour récupérer mes bagages puis trouver un taxi. La chaleur du dehors m'oppresse, bien qu'en principe ce soit l'hiver au Brésil, et je sens bientôt des gouttes de sueur se former dans mon dos. J'ai hâte de prendre une douche froide, un gigantesque café glacé (vanille noisettes, ce ne serait pas mal non plus) et, si possible, une heure et demie de massage dans un spa. Lorsque je me retrouve enfin en tête de la file d'attente, je n'ai qu'une hâte, me glisser dans l'air conditionné du véhicule qui vient de s'arrêter devant moi, alors que le chauffeur range mes bagages à l'arrière.

Puis il me rejoint, s'assied au volant.

– *Ola. Onde gostaris de ir ?*

Flûte.

– *No habla Portugese.*

Il se retourne vers moi et, cette fois, je le comprends :

– Bon. Dites-moi où vous voulez aller.

– Ah, d'accord ! Pardon, accordez-moi un instant.

Je me dépêche de taper sur mon téléphone *hôtels de luxe avec spa à Rio.* La connexion est plutôt lente mais je finis par voir apparaître une liste et cherche à reconnaître un nom de chaîne ou deux. C'est là que la portière s'ouvre.

Le chauffeur se met à crier quelque chose en portugais, sans doute que le taxi est occupé. Mais le mec ne l'écoute pas et le voilà qui s'installe à côté de moi.

Un mec en uniforme.

Le commandant Carter Clynes en personne.

Il m'adresse un sourire coquin.

– Voilà une escale qui s'annonce des plus intéressantes.

Merde. Et cette barbe naissante…

– Comment s'est passé votre vol, Céleste ? Vous avez aimé ma façon de piloter ?

– Mon tee-shirt est sec, vous pouvez oublier Céleste.

Ses yeux se posent sur ma poitrine. Bien entendu, les pointes de mes seins ne pouvaient qu'attirer son attention maintenant que la clim tombe sur ma peau encore luisante de transpiration.

Il se passe une main sur le visage.

– Bon sang, vous ne rigolez pas avec ces choses-là ! Ça fait dix-huit heures que je n'ai pas dormi, et les voilà qui me gardent bien éveillé. Vous êtes contagieuse. C'est moi qui deviens *leste*, comme vous dites !

– On ne dit pas ce genre de chose à une femme qu'on vient de rencontrer.

– On ne vient pas de se rencontrer, c'est notre troisième rendez-vous.

– Pardon ?

– Au premier, je vous ai invitée à dîner dans un élégant restaurant, au deuxième, je vous ai baladée en avion. Ce n'était déjà pas mal. Certaines femmes tueraient pour de telles extravagances. Il semble que pour le troisième rendez-vous, nous nous dirigions vers un hôtel.

Je ne sais trop s'il faut attribuer ça au changement de climat ou à ma fatigue après un sommeil qui n'avait rien de réparateur, mais cet homme est manifestement capable de raconter à peu près n'importe quoi sans parvenir à me vexer. *Pourquoi ne suis-je pas vexée ?*

Pendant ce temps, il profite de mon silence pour ajouter :

– Content de vous avoir trouvée. Je croyais qu'on ne se reverrait jamais.

– Sans doute parce que vous ne me cherchiez pas.

– Je n'aurais jamais cru que vous suivriez mon conseil de venir au Brésil.

– Moi non plus…

Le chauffeur s'immisce soudain dans la conversation :

– Vous partagez le taxi, je suppose ?

À mon grand étonnement, Carter lui répond. *En portugais*. Cette langue qui me paraissait hachée et irritante il y a quelques minutes ressemble maintenant à une mélodie romantique et sexy.

Après quoi, il se retourne vers moi :

– Dans quel hôtel descendez-vous ?

– J'étais en train d'en chercher un sur Google. Vous avez un nom à me recommander ?

– Vous me faites confiance pour choisir l'endroit où vous allez passer la nuit ?

Je réfléchis une minute. Pas très logique comme démarche, en effet, mais je lui fais confiance, je suis sûre qu'il m'indiquera quelque chose de bien.

– Tout à fait.

Cette réponse me vaut un nouveau sourire sexy qui me met au bord de la transe.

À peu près une demi-heure plus tard, nous quittons l'autoroute pour ce qui ressemble à une banlieue résidentielle. Je lis le panneau à haute voix :

– Barra de Tijuca.

– Très bien. Mais il faut que je vous prévienne. Ce n'est sans doute pas le genre d'hôtel dont vous avez l'habitude.

– C'est-à-dire ?

– Vous devez ne fréquenter que les chaînes d'établissements de luxe avec spa.

D'accord, c'est exactement ce que je cherchais sur Google, pourtant, à l'entendre, ce serait presque une injure. Ça me met sur la défensive.

– Quel mal à ça ? Une fille qui voyage a parfois besoin d'un massage et d'un snack.

– Toutes choses que vous ne trouverez sûrement pas là où nous nous rendons… sauf si c'est moi qui vous fais le massage.

J'ai dû rougir parce que ça le fait rire.

– Vous êtes adorable. Non seulement vous acceptez que je vous accompagne dans cette petite aventure, mais je sens que vous rêvez secrètement de me voir vous faire ce massage.

– Absolument pas !

Ma réponse trop rapide et trop vive ne fait que confirmer ses conjectures. Il se penche vers moi :

– Mais si !

– N'importe quoi !

– Dommage. Il paraît que j'ai des doigts en or.

Il tend les mains devant lui, comme pour les examiner. *Longues mains.* Il doit également s'en servir pour des travaux manuels en dehors du pilotage d'avion.

Ouf !

Il faut que je reprenne vite le contrôle de mon corps et de cette conversation.

– En effet, j'ai entendu dire que vous étiez habile… *de vos mains*.

Il fronce les sourcils, l'air de ne pas comprendre. Je me hâte de préciser :

– Votre équipage y a fait allusion.

– À quel propos ?

– Peu importe.

Carter s'apprête à insister quand le taxi s'arrête. Je jette un coup d'œil vers la rue.

– C'est là ?

– Le gîte Maria Rosa de Rio.

– Genre chambre et petit déjeuner ?

– Disons plutôt chambre et dîner. Maria Rosa se lève rarement avant midi. Mais elle fait le meilleur *feijoada* au sud de l'équateur.

Là-dessus, il sort de la voiture et me tend la main.

– Le meilleur quoi ?

– Croyez-moi, c'est exquis. Ça m'excite rien que d'y penser.

– Quel goinfre !

– Vous n'avez pas idée, Céleste ! Je me suis retenu jusqu'ici, essayant de me conduire en gentleman, car vous me paraissez plus raffinée que la moyenne.

Il tend quelques billets au chauffeur, dépose mon bagage au-dessus de sa valise à roulettes puis monte vers l'entrée. Il sonne et on attend ensemble devant la porte, tandis que le taxi s'en va. C'est l'instant que choisit Carter pour m'annoncer :

– Ne vous laissez pas impressionner par Maria Rosa. Elle n'est pas aussi folle qu'elle en a l'air.

*

* *

CARTER N'EST QU'UN MENTEUR.

– *Meu filho Americano !*

Maria porte une robe d'intérieur aux couleurs vives. Elle prend le visage de Carter entre ses mains et lui plante un baiser sur chaque joue, dans une ambiance qui fleure bon le safran mélangé à d'autres épices.

Il fait les présentations :

– *Maria, está é minha amiga, Kendall.*

Trop sensuel quand il dit ça ! Même si je n'ai compris que mon nom. Il l'a prononcé avec un de ces accents, en insistant fort sur le dernier *l* !

Maria me contemple des pieds à la tête et une fine moustache noire s'étire au-dessus de sa lèvre supérieure quand elle sourit.

– *Aha ! Você nunca trouxe um amigo antes...*

– Qu'est-ce qu'elle dit ?

– Que je n'avais encore jamais amené d'amie ici.

– Vous venez souvent ici ?

– À peu près une fois sur deux quand je suis à Rio. Cet endroit est un peu mon second chez-moi.

Soudain retentit un glapissement animal, tandis qu'une masse atterrit sur mon dos, manquant dc me faire tomber. Et je sens un liquide tiède se déverser dans mon cou.

Je me mets à hurler en agitant les bras dans tous les sens.

– C'est quoi ce truc sur moi ? Faites-le partir !

La bestiole laisse échapper une série de cris suraigus et ses ongles s'enfoncent dans ma peau. Mort de rire, Carter la retire de ma nuque.

Je m'aperçois alors qu'il s'agit d'un… singe ! Maria Rosa secoue la tête d'un air consterné avant de prononcer quelques paroles en portugais.

– Maria vous présente ses excuses, traduit Carter encore hilare. Les capucins pissent parfois sur les gens afin de marquer leur territoire.

À quoi l'animal répond d'un couinement approbateur.

– Génial ! Voilà mon beau tee-shirt maintenant arrosé de pipi.

– De toute façon, il avait besoin d'être lavé. Ne vous inquiétez pas, on va s'en occuper.

Ses mots me font frémir, non pas d'effroi mais de désir devant cette haute silhouette en uniforme de pilote, un singe confortablement assis sur son épaule.

Il me sourit et revoilà sa fossette sur son menton. Là, je fonds.

– Comment se fait-il qu'il ne pisse pas sur vous, commandant ?

– C'est que nous sommes de vieux amis. Pas vrai, Pedro ?

Les dents de l'animal apparaissent soudain, comme s'il souriait. Et le voilà qui saute à l'autre bout de la pièce.

Maria lance une autre phrase d'un ton inquiet.

– Que dit-elle ?

– Elle ne savait pas que j'amenais quelqu'un ; l'autre chambre est occupée, on va donc devoir partager celle qui reste.

– Je ne suis pas d’accord.

– On va bien trouver un moyen…

– Non, Carter, pas question !

– Montons déjà nous reposer un peu. Il faut que je me débarrasse de cet uniforme et fasse une petite sieste. Je voudrais vous montrer la plage avant le dîner.

– Désolée, mais je vais chercher un hôtel.

– Céleste… Vous ne m’avez pas suivi jusqu’au Brésil pour me quitter maintenant. Vous pouvez toujours prétendre vouloir chercher un hôtel, le fait est que vous n’avez aucune envie de vous retrouver toute seule. Sinon, vous ne seriez pas là. Alors on se calme et on va voir cette chambre. Croyez-moi, même si j’avais envie de profiter de vous maintenant, voilà dix-huit heures que je n’ai pas dormi. J’ai surtout besoin d’écraser.

Tout en le suivant sans plus rien dire, je me maudis intérieurement d’avoir si mal défendu mon point de vue. Voilà un homme qui vient de piloter en toute sécurité un gigantesque appareil vers le Brésil. Tout ce temps-là, il tenait ma vie entre ses mains. Normal qu’il ne songe maintenant qu’à dormir. D’ailleurs, moi aussi je suis fatiguée, et je n’étais aux commandes d’aucun avion.

On se retrouve dans une petite chambre charmante, avec un lit double couvert d’un plaid de coton rouge vif. Une fenêtre entrouverte laisse passer un peu d’air frais et offre une vue lointaine sur la mer.

Dans la salle de bains, je repère tout de suite la baignoire de céramique à l'ancienne. Il y a aussi ces fleurs fraîches au-dessus du lavabo où s'alignent plusieurs savonnettes.

– C'est mignon ! Comment avez-vous découvert cet endroit hors des sentiers battus ?

– C'était un jour où je me baladais en voiture autour de Rio. À un moment, je suis sorti pour marcher un peu et j'ai humé l'odeur de la cuisine de Maria. Je n'ai plus eu qu'à me laisser guider. Quand j'ai découvert qu'elle louait des chambres, j'ai annulé ma réservation habituelle et je suis descendu ici. Pour moi, ça vaut tous les palaces.

– Vous avez dit que vous ne veniez qu'une fois sur deux. Donc, il vous arrive de passer vos nuits à l'hôtel.

– Je... je viens ici quand je suis seul. Je vais à l'hôtel quand...

– Laissez tomber ! J'ai compris.

Il doit se taper régulièrement les hôtesses qui l'accompagnent. Je n'ai pas envie d'en entendre davantage.

– Alors pourquoi m'avoir amenée ici ?

– Je voulais vous montrer un aspect authentique de Rio. Je me sens un peu responsable de votre présence ici. Il me revient d'être un guide consciencieux.

– Combien de temps restez-vous avant de repartir ?

– Deux jours.

Mon cœur se serre. Ça ne fait pas beaucoup.

– Et après, où allez-vous ?

– Aucune idée. Je n'ai pas vérifié le planning.

Je ne peux m'empêcher de répéter :

– Deux jours ici…

– Oui. Alors tâchons d'en profiter.

Il commence à déboutonner sa chemise blanche puis la suspend dans le petit placard. Torse nu, il est aussi parfait que je pouvais l'imaginer. Je me vois tout d'un coup en train de le lécher jusqu'au nombril, puis de descendre le long de la rangée de poils interrompue par le pantalon. Il est plus grand que la plupart des garçons avec qui je suis sortie et je ne peux m'empêcher de songer à la pression de son poids sur mon petit gabarit. Mieux vaut chasser ces idées en hâte. Ce n'est pas pour ça que je suis venue mais pour remettre de l'ordre dans ma vie ; je ne vais pas encore me compliquer l'existence avec quelqu'un que je ne reverrai jamais. Il n'est pas question pour moi de sortir avec un homme pour le moment, pas si je veux atteindre mes objectifs.

Carter hausse un sourcil, à croire que je lui faisais de l'œil… Je me détourne vite.

– Bon, je me débarrasse de mes vêtements, lance-t-il.

– Pardon ?

– Je reviens tout de suite.

Quoi ?

Il s'enferme dans la salle de bains. Je l'entends tirer la chasse d'eau puis ouvrir le robinet du bain.

Ça dure si longtemps que je m'assieds sur le lit, sans oser m'allonger à cause du pipi de singe dans mon dos.

La porte finit par s'ouvrir. Carter réapparaît, toujours torse nu, sans chaussures, mais il a gardé son pantalon noir, juste ouvert sur le devant.

Super sexy.

Je m'éclaircis la gorge.

– Vous avez pris un bain ?

– Non, j'ai préparé le vôtre. Je ne sais pas ce qui vous tracasse mais c'est écrit sur votre visage. Vous êtes très tendue. Et c'est comme ça depuis que je vous connais. Vous avez plus besoin de ce bain que moi.

Il s'approche lentement, pose une main sur mon épaule.

– Si on oubliait vos ennuis pendant deux jours ? Et ne vous faites pas de souci pour cette histoire de chambre. Vous avez ma parole que je me tiendrai tranquille. Je ne vous toucherai pas, si c'est ce qui vous inquiète… sauf si vous me le demandez, bien sûr. À part moi, il n'y a qu'un petit singe qui pourrait éventuellement revenir vous faire des misères.

J'éclate de rire. Ça fait du bien. Comment ai-je pu me mettre dans une telle situation ?

– Qu'en dites-vous ? Prête à venir vous détendre avec moi, Kendall ?

Ouf, si seulement je pouvais m'apaiser un peu, profiter au moins de ces deux jours…

Du coup, je jette un coup d'œil vers la baignoire, et là, je vois ce qu'il m'a préparé. Les bulles de mousse grimpent jusqu'au mur. Il a aussi allumé deux petites bougies qu'il a placées sur le rebord de la fenêtre au-dessus de la douche. C'est peut-être un coureur – un baiseur d'hôtesses –, mais il peut se montrer terriblement gentil.

Sans plus rien dire, il se laisse tomber à plat ventre sur le lit. Je ne peux m'empêcher d'admirer ses fesses alors qu'il s'enfonce voluptueusement dans le matelas.

– Merde, ça fait du bien ! souffle-t-il.

Il écarte les bras, se laisse aller.

Pour un peu, je monterais sur lui au lieu de descendre dans cette baignoire. Mais, déjà, il s'endort, alors je finis par ôter mon tee-shirt malodorant, le jette par terre et entre dans la salle de bains pour achever de me déshabiller.

Je ferme les yeux en pénétrant dans l'eau chaude, je hume la mousse, comme transportée dans un autre monde. C'est d'ailleurs bien ce qui a dû se passer – cet endroit étrange avec ce mec étrange… Et puis ce singe. Je n'y comprends rien, pourtant je me sens bien ici, en ce moment.

J'ai laissé la porte entrouverte. Après tout, Carter est endormi, je… Mais non, sa voix engourdie me fait sursauter :

– Content que tu aies choisi Rio, Céleste.

CHAPITRE 3

CARTER

J'ai l'impression d'être réveillé par ma queue qui me prévient :

– Hé, mon pote, tu as vu ce que tu rates ?

Les stores sont baissés, il fait sombre et je bande comme un malade.

Quelle heure est-il ?

D'après la pendule, seize heures trente. J'ai donc dormi deux heures. Je regarde à côté de moi dans le lit, et la raison de mon état me saute aux yeux. Si mon cerveau s'est assoupi, ce n'était pas le cas de mon corps, affolé par le petit cul bien ferme de Kendall pelotonnée contre moi.

Putain !

Elle était donc là depuis le début. Finalement, elle me fait peut-être confiance. Ce sera sa première faute. Deux jours avec cette fille et j'ai promis de me tenir tranquille ? Bien joué, mec…

Je ne sais rien d'elle. Pourtant, dès l'instant où elle est apparue, c'est devenu une obsession. Difficile à croire, sans doute, mais je n'avais encore jamais dragué une fille dans un aéroport. D'accord, je me suis tapé pas mal de collègues, sauf que ça fait un peu partie du métier de pilote. Les membres célibataires de l'équipage baisent entre eux, c'est tout. Alors si, au début, on peut s'enthousiasmer de sortir avec les hôtesses durant les escales, à la longue ça devient monotone. Trop facile. Je préfère les défis, et Kendall est la première femme, depuis longtemps, à m'offrir une certaine résistance. Au point de m'exciter au plus haut point.

Sa présence à l'aéroport de Rio m'a surpris. Je n'ai pensé qu'à elle durant tout le vol ; j'espérais sans trop y croire qu'elle soit à bord. En tout cas, je n'aurais jamais imaginé me retrouver dans un lit avec elle.

Kendall Sparks. Qui es-tu ? Pourquoi je tiens tant à le savoir ?

Elle semble assez complexe. À peine l'avais-je cataloguée comme une petite fille riche et coincée, voilà qu'elle m'annonçait ne pas porter de soutien-gorge. Plus elle parlait, moins je la cernais. Je ne voyais qu'une chose : elle m'attirait terriblement ; si bien que j'étais aux anges quand elle m'a donné une chance de la revoir.

Mon regard s'attarde sur son corps souple. J'aimerais tant enfouir mon visage dans sa nuque, mon nez dans ses cheveux ! Sauf qu'il faut que j'arrête de bander avant son réveil.

Alors je me lève aussi discrètement que possible pour aller m'astiquer un bon coup. Et la première chose que j'aperçois, c'est sa culotte blanche qui traîne par terre.

Putain !

Je la ramasse, la garde quelques minutes entre les mains. Elle est toute petite, toute délicate, comme elle. Je ne peux m'empêcher de la renifler, et là, je ne m'attendais pas à réagir ainsi. Son parfum me rend fou. Je ne vais plus pouvoir me contrôler.

J'ouvre l'eau, laisse la baignoire se remplir et me glisse dedans, m'étends, pose la culotte sur mon visage en imaginant sa chatte dedans. *J'ai bien le droit.* S'ensuit un vigoureux pétrissage. Et si je n'ai pas le droit, tant pis.

J'inspire encore un grand coup pour mieux humer cette douce odeur féminine et je frotte de plus en plus fort.

Et si je n'étais qu'un enfoiré de malade ? M'en fous.

Ça n'y changera rien. Il faut que je me débarrasse de cette frustration sexuelle qui m'a envahi dès l'instant où j'ai aperçu ses petits seins sans soutien-gorge à l'aéroport.

En quelques secondes, je me contracte de partout, le souffle court, alors que je m'enfonce davantage dans la baignoire. Après quelques minutes, je ne peux toujours pas bouger. C'est là que j'entends sa voix :

– Carter ?

Je me redresse brusquement, envoie promener sa culotte.

– J'arrive ! Un instant… je finis mon bain.

Après quoi, je me lave aussi vite que possible.

Kendall est assise sur le lit lorsque je rentre dans la chambre. Je m'en veux un peu de ce que j'ai fait, mais je n'avais pas le choix.

Je noue une serviette autour de ma taille.

– Prête à découvrir la plage ? On ferait mieux d'y aller avant le coucher du soleil.

Je ne peux m'empêcher de remarquer l'intensité de son regard.

Après tout, j'ai peut-être une chance…

– Oui, j'aimerais beaucoup y aller.

Elle se glisse dans la salle de bains pour y passer son maillot et en sort revêtue d'une petite robe de coton par-dessus son bikini.

J'ai eu moi-même le temps d'enfiler un caleçon de bain ainsi qu'un tee-shirt blanc.

En sortant de la chambre, nous devons traverser le salon de Maria Rosa pour gagner l'entrée.

C'est là que Pedro bondit vers moi. Instinctivement, Kendall plonge en avant, mais le singe atterrit sur mon épaule et se met à me tripoter les cheveux un instant puis repart comme s'il s'envolait.

Entre-temps, Maria saisit Kendall par la main pour l'entraîner vers une table dans un coin.

Oh, merde !

Maintenant, on ne va plus pouvoir s'en aller.

– Qu’est-ce qui se passe ? demande Kendall. Qu’est-ce qu’elle dit ?

Comme je ne voulais pas l’affoler dès son arrivée, j’ai préféré ne pas lui annoncer tout de suite que Maria était aussi une voyante ; et qu’elle gagnait sa vie grâce aux clients qui venaient la consulter. Je traduis ce qu’elle essaie de lui communiquer.

– Maria est médium. Elle sent une énergie négative tout autour de toi.

Kendall déglutit et une lueur d’effroi lui emplit les yeux tandis que Maria lui saisit les deux mains et se met à psalmodier d’un air concentré.

Je traduis du mieux que je peux.

– Elle voit un bébé… à deux têtes.

– Quoi ? s’écrie Kendall horrifiée.

Je tâche de suivre les divagations de Maria.

– C’est un mauvais sort qu’on t’a jeté, et dont tu ne pourras pas te libérer seule. Elle dit que ça a un rapport avec un bébé et qu’il pourrait être en danger, ou bien toi, si ce sort n’est pas détruit. Je ne sais pas ce qu’elle voulait dire avec cette histoire de deux têtes.

Je dois avouer que, malgré toute ma tendresse pour Maria, elle commence sérieusement à m’emmerder. Un soir, alors que je devais me rendre à l’aéroport, elle m’a coincé en me disant qu’une fille morte revenait en ce monde pour me parler. À l’idée qu’il pouvait s’agir de Lucy, ça m’a tellement fait flipper que j’ai failli ne jamais remettre les pieds ici. Heureusement, Maria n’a jamais plus abordé la question.

Je décide de détendre un peu l'atmosphère :

– Elle dit que pour rompre le charme tu vas devoir m'embrasser.

– Tu rigoles ?

Mon expression me trahit car elle lève les yeux au ciel.

J'écoute de nouveau Maria.

– D'accord… je crois que j'ai mal traduit. Elle n'a pas vu un bébé à deux têtes. Elle voit un bébé, dont la tête est en fait une pièce à deux côtés, pile et face. Ça te semble plus plausible ?

Kendall a blêmi. Soit Maria lui fait peur, soit ce qu'elle vient d'entendre évoque vraiment quelque chose à ses yeux.

Je continue de traduire :

– Ceci représente une décision qui tourne autour de l'argent et pourrait finir par impliquer un enfant.

Kendall se cache le visage dans les mains. Elle semble bouleversée. Il faut absolument que je la sorte d'ici.

Jc mc tourne vers Maria :

– *Vamos à praia. Podemos terminar mais tarde ?*

Puis j'embraye sur Kendall :

– Viens. La nuit va tomber. Je lui ai dit qu'on allait à la plage.

Tout au long du chemin qui descend la colline vers la mer, je m'efforce de la faire parler afin de l'aider à se détendre.

– Ça va ?

– Oui, dit-elle avec un sourire forcé. Très bien.

– Tu n'as pas pris au sérieux les merdes de Maria ?

À mon grand étonnement, elle hoche la tête.

– Si. Plutôt.

– Tu veux qu'on en parle ?

– Non, pas vraiment. Je préférerais qu'on s'amuse un peu.

– Très bien.

Le soleil commence à se coucher. Il est trop tard pour que nous puissions bien profiter de la plage. Près de la mer, les baigneurs se mettent à applaudir.

– Qu'est-ce qui se passe ?

– Ce n'est pas nous qu'ils applaudissent. C'est une tradition, ici, dès que le soleil disparaît à l'horizon, tout le monde s'arrête, se lève et applaudit.

– Trop cool.

– Ce serait sympa si les gens félicitaient plus souvent la vie et la nature comme ça, non ?

– Oui. Absolument.

L'air ébloui, elle regarde autour d'elle, et j'aime vraiment observer sa façon d'appréhender le monde comme si c'était toujours la première fois.

Un coin familier attire mon attention vers le bout de la plage.

– Viens, je sais exactement ce qu'on va faire.

Un petit panneau planté dans le sable annonce : *Samba na Agua.*

– Qu'est-ce que c'est ?

– Ils donnent des leçons de samba sur la plage au coucher du soleil. Ils prennent des pourboires, mais sinon, c'est gratuit. Un soir que je me baladais par là, je me suis fait harponner par une vieille dame. Tu veux essayer ?

– Oui, répond-elle ravie.

Le peu qu'il reste de soleil semble briller dans ses yeux d'aigue-marine. En la voyant sourire comme cela, je me rends compte à quel point elle est belle et combien ça fait plaisir de participer à ce qu'elle soit heureuse. Je n'aurais pas cru que cela compterait tant pour moi, alors que je la connais à peine. En même temps, une petite voix intérieure semble murmurer : *« Fais attention à elle, c'est quelqu'un d'important pour toi. »* Impossible de me l'expliquer, et une chose est sûre, pas question d'en parler à Maria.

Les leçons de samba ne se sont pas passées exactement comme je l'avais imaginé. Moi qui pensais m'en servir comme d'un prétexte pour m'accorder un contact physique avec Kendall, je la vois partir avec un vieux monsieur qui lui a été assigné d'office comme moniteur. Ce qui ne me laisse d'autre choix que de danser avec sa partenaire. Quelque part, ça peut sembler logique, puisque ni Kendall ni moi ne connaissons les pas. En tout cas, j'aime bien la regarder sauter et s'agiter en riant, tout en me jetant quelques coups d'œil pour me voir faire la même chose.

Vite. Vite. Moins vite.

Vite. Vite. Moins vite.

Bien que séparés, nous trouvons encore le moyen de communiquer, et je suis parcouru d'un frisson en me rendant compte que je vais de nouveau dormir auprès d'elle ce soir. Mais là, je me tape mentalement sur la tête quand je songe que je me laisse ainsi exciter par une fille que je ne reverrai sans doute jamais après ce voyage… et que j'ai promis de ne pas toucher.

Vite. Vite. Moins vite, Carter.

Il nous reste encore une journée entière, demain, avant mon départ pour l'aéroport dans la soirée. Je me rends compte que je ne sais même pas où elle habite. Il serait temps de passer au sérum de vérité. Au Brésil, ça s'appelle Caipirinha.

*

* *

– Qu'est-ce que c'est ? C'est fort… mais bon.

– Du citron vert, du sucre et de la Cachaça.

– Répète ? s'esclaffe Kendall.

– *Cachaça.*

– J'aime bien quand tu parles portugais, capitaine.

– Je tâcherai de ne pas l'oublier.

On s'est arrêtés au petit bar de la plage. Après deux apéritifs, on s'offre le dernier verre dans des gobelets en carton pour les déguster sur la plage.

– Alors, Kendall Sparks. Tu aimes m'entendre parler portugais. Et quoi encore ? Je voudrais en savoir davantage sur ma compagne de voyage.

– Qu'est-ce que tu voudrais savoir ?

– Pour commencer, tu ne m'as jamais dit d'où tu venais. Que fais-tu dans la vie ?

– Je vis au Texas. Je viens d'une famille de magnats du pétrole. Je travaille par intermittence avec eux mais je n'ai pas vraiment de plan de carrière.

– C'était si dur à raconter ?

– Je n'aime pas trop parler de ma famille. Les gens sont bourrés d'idées préconçues sur les riches.

– Ton statut économique ne définit pas qui tu es, de la même façon que moi avec mon job.

– Pourquoi tu ne m'as pas dit dès notre première rencontre que tu étais pilote ?

J'enfonce mes pieds sous le sable en réfléchissant à ce que je vais répondre :

– Je ne voulais pas vraiment te le cacher. C'est juste que l'occasion ne s'est pas présentée. J'aurais fini par te le dire si on avait passé plus de temps ensemble. En tout cas, j'espérais secrètement que tu choisirais Rio, pour pouvoir te faire la surprise. Au fait, pourquoi l'as-tu fait ?

– Quoi ? Choisir Rio ?

– Oui.

– Il fallait que je me décide.

– Tu ne penses pas avoir pris ce vol parce que, peut-être, tu espérais m'y trouver ? J'ai de toute évidence essayé de te laisser des indices.

Je la vois encore rougir dans la semi-obscurité.

– Que veux-tu que je te dise ? Que tu m'attires et que j'ai traversé le monde parce que tu m'as prêté ton blouson ?

Oui.

– Si c'est la vérité, oui. Quel mal y a-t-il à être franche ? Les gens passent la moitié de leur vie à raconter des conneries. Pourquoi on ne serait pas francs l'un envers l'autre ?

Je ris intérieurement. *Ben voyons ! Alors pourquoi ne pas lui dire que tu te branlais avec sa culotte sur la figure ?*

Mieux vaut garder certaines choses secrètes.

– Vas-y, demande-moi ce que tu veux. Je ne vais pas te mentir, Kendall.

Elle achève de vider son gobelet.

– Tout ce que je veux ?

– Absolument.

Elle lève les yeux au ciel.

– Tu as couché avec combien d'hôtesses de ce vol ?

– Toutes sauf une.

– Toutes sauf la lesbienne.

– Oui.

– C'est dégueulasse.

– Pourquoi ? Un célibataire qui fornique, ça te dégoûte ? Il s'agit juste de séances entre adultes consentants. Je suis responsable. J'utilise une protection. Je ne leur promets rien d'impossible. La plupart du temps, c'est moi qui me fais draguer.

Je me rends compte à quel point ce discours peut me donner un air glacial, mais c'est la vérité.

– Tu ne cherches rien d'autre ? Une relation plus profonde ?

– Je n'ai pas dit ça. C'est juste que l'occasion ne s'est pas présentée jusqu'ici. Et toi ? Pas de petit ami ?

– Non, pas pour le moment.

– Pourquoi ? Je suis sûr que tu pourrais avoir tous les types que tu veux.

Elle marque un temps avant de répondre :

– Je suis en période de transition.

– Raison pour laquelle tu t'enfuis. Ça a quelque chose à voir avec un mec ?

– Non.

– Tu peux tout me dire. Je ne te jugerai pas.

– Tu ne peux pas promettre ça si tu ne sais pas de quoi il s'agit.

– À ce point-là ? On parle de meurtre ?

– Non.

– Alors tout va bien.

Elle pouffe de rire et elle est trop belle avec cette brise océane qui souffle dans ses cheveux blonds.

– Je te connais à peine. Je ne vais pas te raconter toute ma vie au bout d'une demi-journée.

– Je parie qu'il ne me faudrait qu'une minute pour savoir tout ce que je voudrais à ton sujet, Kendall.

– Comment ça ?

– Les étapes importantes de la vie de chacun peuvent être résumées en moins d'une minute. Tout le reste ou presque est insignifiant. Tu veux que je te le prouve ? Tiens, prends mon téléphone, mets-toi sur chronomètre. Je vais tout te raconter sur moi en trente secondes.

Elle s'exécute.

– D'accord. Vas-y, dit-elle en appuyant sur départ.

– Carter Clynes. Également appelé triple C, pour commandant Carter Clynes, alias Jet. Presque trente ans. Élevé dans le Michigan. Clown de la classe. Famille catholique. Parents toujours ensemble. Deux sœurs. Une petite amie. Je lui ai brisé le cœur avant de me lancer dans mes études supérieures. Université du Michigan. Laissé tomber pour l'école de l'air. Je n'arrête plus de voler depuis. Parfois, je me retrouve un peu seul. J'ai un appart à Boca Raton. Une nièce, un neveu. Plutôt franc du collier. J'aime la pizza et tous les genres de musique. Sexy en diable. Assis sur la plage de Rio.

J'ai à peu près tout dit. Marrant comme une vie peut se résumer à une poignée de détails. Bien entendu, il y a une chose que j'ai préféré garder pour moi. Non pas que je refuse de lui en parler, mais ce n'est pas le moment de me lancer dans le récit de l'histoire de Lucy ; alors je préfère laisser de côté cet épisode – pas si anodin – qui a structuré celui que je suis aujourd'hui, après tout.

– Waouh ! Exactement trente secondes.

– Maintenant, tu sais à peu près tout ce que tu dois savoir.

– À peu près ?

Sans lui répondre, je récupère mon téléphone.

– À ton tour.

– Attends. Il faut que je réfléchisse.

– Non. Ce n'est pas du jeu. Précisément, tu ne dois pas y réfléchir. Dis juste les premières choses qui te viennent à l'esprit. Elles représentent les épisodes les plus significatifs.

Alors qu'elle pousse un soupir, je lance le chrono.

– D'accord. Kendall Sparks. Dallas, Texas. Vingt-quatre ans. Fille unique de riches parents qui ont claqué presque tout leur argent. Grandi dans un ranch. Pom pom girl du lycée. Père décédé. Mère alcoolique. Sauté l'université. Travaille de temps en temps dans le business familial. Belle vie à première vue mais plus tant que ça quand on approfondit. Sais pas trop où est ma place dans ce monde. Redoute l'avenir. Assise sur la plage de Rio.

Comme elle détourne les yeux, je lui saisis le menton pour l'obliger à me regarder.

– La fin est plutôt sympa, non ? Notre point commun.

Elle ferme brièvement les paupières avant de répondre :

– Je dois reconnaître, oui…

– Merci de partager ce moment avec moi, Céleste.

Je me lève, elle en fait autant puis nous repartons chez Maria Rosa.

– Qu'est-ce qu'on fait demain ? demande Kendall.

– C'est ça le plaisir des vacances. On n'est pas obligés de prendre une décision.

– Si tu le dis…

Avant d'escalader la colline, on s'arrête à un centre commercial. Je repère une boutique de lingerie et ça me donne une idée. J'hésitais à laisser Kendall toute seule, mais je ne veux pas, maintenant, qu'elle voie ce que je vais faire.

– Reste là. Je n'en ai pas pour longtemps.

Quand elle me voit revenir, armé d'un petit sac en plastique, elle me sourit jusqu'aux oreilles.

– Qu'est-ce que tu faisais ?

– Je t'ai acheté un cadeau. Tiens, c'est pour demain.

– Je peux l'ouvrir maintenant ?

– Bien sûr !

Dès qu'elle aperçoit le sage soutien-gorge blanc plié dans son paquet, elle secoue la tête. C'est vraiment le sous-vêtement le moins sexy que j'aie vu de ma vie.

– Ça me rappelle les tenues de ma grand-mère.

– J'ai choisi la bonne taille ?

– Pas loin. Je fais du 90B, ça c'est du 95. Ça ira très bien. Apparemment, on ne voit rien à travers ce tissu.

– Parfaitement. Si tu veux que je reste sage, il ne faut pas que je sois tenté à longueur de journée par ces petits obus.

– Tu sais, dit-elle en souriant, j'en ai, des soutiens-gorge. C'est juste que je ne les porte pas. Enfin, si ça peut te rassurer, je vais mettre celui-là.

– Non, je plaisantais, mais tu devrais y songer lorsque tu voyages seule.

Mon cœur se soulève quand je pense qu'elle va poursuivre ce séjour sans moi. Je n'ai aucune envie de l'abandonner sur place.

– Merci de vous préoccuper de moi, commandant.

– Normal.

On est à mi-chemin de la maison de Maria lorsque je reprends :

– Kendall…

– Oui ?

– Je voudrais te prendre la main.

Elle réagit au quart de tour :

– *I Want To Hold Your Hand*[4]. La chanson des Beatles. Une seconde, j'ai cru que tu le voulais vraiment.

– En fait, j'y tiens beaucoup ! Énormément. Je peux ?

Elle me tend la main.

– Oui.

Ses doigts semblent tout petits entre les miens.

Je ne lui ai pas tout dit, bien sûr. J'aurais plutôt envie de beaucoup plus que sa main… si je pouvais l'envelopper tout entière de mon corps…

4. « Je veux te tenir la main ».

Dommage qu'il n'existe pas de chanson des Beatles intitulée *Je voudrais te baiser sauvagement.* Ce qui correspondrait autrement mieux à ce que j'ai envie de faire en ce moment.

CHAPITRE 4

CARTER

Si je dois devenir un minable renifleur de culottes, autant que j'y aille carrément, quitte à jouer les pires abrutis de l'année. Dans la salle de bains, je dois me contorsionner pour essayer de viser le fond de la cuvette tellement mon érection est forte. Je tire la chasse d'eau en espérant ne pas réveiller Kendall. Ce qui me restait de self-control m'abandonne. Je n'ai pas vraiment passé ma vie à me contrôler, et c'est cette fillc qui me pousse à essayer, maintenant.

Hier soir, au moment de se coucher, j'ai vu à quel point elle se sentait gênée. Et je l'étais presque autant qu'elle, mais plutôt à cause de cette érection que je n'arrivais pas à maîtriser depuis une bonne demi-heure. En fait, depuis qu'elle avait enfilé sa tenue de nuit, un minuscule short sous une courte chemise épaisse comme du papier de cigarette. Alors, pour une fois, j'ai joué les chevaliers servants, insistant pour dormir par terre. Et maintenant, mon dos me tue.

Tant pis, je vais tâcher de me détendre en essayant de dormir un peu dans le lit. Il est quatre heures du matin, elle ne s'apercevra de rien. Du moins pas avant un moment, et là, il sera trop tard, de toute façon. Donc je soulève le drap et me glisse dessous avec des mouvements aussi mesurés que possible.

Je ne vois que le dos de Kendall mais, alors que le vieux sommier grince, elle se retourne dans son sommeil. Je m'immobilise, vérifie qu'elle n'ouvre pas les yeux. Au bout d'une minute, constatant qu'elle est toujours dans les bras de Morphée, j'en profite pour l'observer à ma guise. C'est là que je remarque le bouton ouvert de sa chemise, qui laisse carrément passer son sein gauche. C'est sûr qu'un tel détail paraît plutôt… *leste*. D'autant que le téton est en totale érection. Comme s'il me défiait.

Puuutain. Je commence à saliver. J'ai plus envie de sucer ce téton que je n'ai jamais eu envie de toucher une femme. *Juste un petit coup de langue.* Ça ne la réveillera même pas. On voit bien qu'elle dort profondément. Je parie qu'elle ne sentira rien. Je n'ai qu'à faire attention. Juste passer la langue sur le petit bulbe gonflé, de quoi goûter un peu. *Juste goûter un peu.* Un petit coup de langue.

Et meeeeerde ! Mon visage s'approche un peu trop de sa poitrine. Quel crétin je fais ! Faut-il que j'aie perdu la tête ! Sur le coup, j'aurais juré apercevoir un petit démon sur son épaule droite. Je l'entendais et le voyais parfaitement. Bien sûr, il n'a rien à voir avec l'espèce de chauve rouge à la queue pointue, l'air menaçant, qu'on nous dessine partout. Non, c'est une grande brune, les cheveux tirés en arrière, dans un uniforme d'hôtesse de l'air trop petit pour elle, avec de jolies cornes sur la tête. Elle m'adresse un clin d'œil et murmure à mon oreille. *Vas-y. Vas-y, pauvre mec. C'est ce qu'elle veut, de toute façon.*

Tandis que ma conscience répond : *Elle te fait confiance. Arrête, pour une fois, de jouer les abrutis. Contrôle-toi. Trouve une autre culotte, espèce de dégueulasse.*

Kendall se retourne de nouveau et passe cette fois un bras au-dessus de sa tête, offrant ainsi toute sa poitrine à ma vue, sa peau crémeuse, et ce téton obscur au milieu. Divin spectacle.

Qu'est-ce qui t'arrive, connard ? Vas-y, suce-le. La maudite démone m'apparaît deux fois plus grande.

Je me frotte les yeux pour faire le vide dans mon imagination. Ça ne marche pas du tout. Ma démone en est même à déboutonner sa propre chemise sur l'épaule de Kendall.

Merde. *Je perds la tête.*

Sortie de nulle part, et entravant mes délictueuses pensées, une chanson des Beatles envahit mon esprit. *You're Going to Lose That Girl*[5]. Les paroles défilent dans mon esprit et la démone sourit en suivant le rythme à coup de hanches.

---

5. « Tu vas perdre cette fille ».

Va te faire foutre, John Lennon.

Il a raison. Comme toujours.

Rabattant le drap avant de changer d'avis, j'attrape mes baskets, une casquette de base-ball, et je file.

*

* *

Lorsque je reviens, deux heures plus tard, Kendall n'est plus dans le lit. J'ai couru une bonne heure puis je suis allé m'asseoir sur la plage pour voir le soleil se lever. Et là, je me suis mis à regretter la présence d'une fille que je connais à peine, à peu près autant que j'ai désiré sucer ce téton succulent un peu plus tôt.

Je me ramollis.

Alors que j'ai plutôt tendance à me raidir dès que je la vois.

Je m'assieds sur le lit et commence à ôter mes chaussures lorsque Kendall sort de la salle de bains.

– Salut ! Tu étais passé où, si tôt ce matin ?

– Courir.

– Tu aurais dû me réveiller. Je serais allée avec toi.

Je ne demandais que ça, te réveiller, crois-moi.

– Tu étais si mignonne, quand tu souriais dans ton sommeil, une main dans ton short. Je ne voulais pas interrompre ça.

Elle écarquille les yeux.

– N'importe quoi !

– Bon, peut-être…

Elle m'envoie un coup dans les côtes en riant.

– Hé, attention, petite fille ! Tu pourrais bien casser cette menotte fragile sur mes tablettes de chocolat.

– Tu es tellement prétentieux.

Là-dessus, elle regagne le lit, grimpe dessus, s'assied en tailleur et tire un livre de la table basse qu'on pourrait traduire par : *Témoin oculaire : Mes 10 sites préférés à Rio de Janeiro.*

– Où est-ce que tu as trouvé ça ?

– Sur la table basse.

– Tu comprends le portugais ?

– Non, mais je regarde les images.

Elle est trop mignonne.

– Il y a quelque chose qui te tente ?

Son expression s'éclaircit.

– Tout ! À vrai dire, en général, je ne cherche durant mes voyages que le quartier des boutiques de luxe, puis un restaurant chic où étaler mes acquisitions. Ma mère m'a très bien élevée pour cela. La seule différence entre nous c'est qu'en général je ne bois pas huit whiskies pour finir le visage écrasé dans mon assiette de spaghettis à la bolognaise. Je ne sais pas trop ce qui m'arrive, ici. C'est peut-être la maison de Maria Rosa qui me fait cet effet, mais j'ai envie de tout voir.

Là-dessus, elle se met à feuilleter les pages qu'elle a cornées.

– Le train qui monte vers le Pain de Sucre, la statue du Christ Rédempteur au sommet du Corcovado, la forêt de Tijuca, la cascade géante, les favelas je veux tout voir !

– Ça fait quand même beaucoup pour une seule journée.

– Dommage qu'on n'en ait qu'une.

J'aurais tout fait pour pouvoir exaucer ses vœux si cela devait me valoir chaque fois un tel sourire.

– Tu sais ? J'ai une idée.

– Laquelle ?

– Non, je préfère te faire la surprise.

– J'adore les surprises !

Finalement, j'aurais sans doute mieux fait de céder à mon envie ce matin.

– Très bien. Tu me confies ta vie pour la journée ?

– Je te l'ai déjà confiée durant le vol. Alors pourquoi pas ?

Ce n'est pas le moment de préciser que je me sens nettement plus responsable qu'en plein ciel.

– Allez, va t'habiller. Des vêtements serrés, genre short de vélo et tee-shirt moulant, ce serait parfait.

– D'accord.

– Je vais à la cuisine nous préparer des *ovos picantes e salsicha.*

– Miam, ça s'annonce délicieux !

– Tu verras, tu vas adorer ma saucisse.

*

*   *

Maria Rosa possède une vieille Jeep qu'elle loue à ses hôtes soixante-quinze réaux brésiliens par jour, soit une vingtaine de dollars. Ça me plaît assez, d'autant que Kendall semble plutôt ravie. Elle n'a plus cessé de sourire depuis qu'elle a posé les yeux sur ce tas de ferraille. Un jour, j'ai loué une Mustang décapotable pendant une escale à Barcelone, car je comptais passer la journée avec une des hôtesses qui venait de partager ma nuit. Elle a exigé que je remonte la capote afin que le vent ne la décoiffe pas. Ça a été la dernière fois que j'ai songé à faire autre chose que baiser quand je descendais dans un hôtel. Mais Kendall, la femme au tee-shirt plus cher que toute ma garde-robe, tire un élastique de son sac pour nouer ses cheveux sans paraître se préoccuper de sa coiffure. Ce qui ne la rend que plus sexy à mes yeux.

– Il y en a encore pour longtemps ? On commence par le Corcovado ?

Bien vu, voilà dix minutes qu'on s'enfile des virages sur une montagne venteuse. Bien qu'elle l'ignore encore, il y a des chances qu'elle prie bientôt le Christ de la sauver, au lieu de prendre des photos de lui pour Instagram.

– On y est presque. Je ne sais pas encore ce qu'on va voir en premier. Mais on verra la statue à un moment.

Elle fait la grimace.

– Comment peux-tu ignorer ce qu'on va voir en premier si on est presque arrivés ?

– Ahh… une devinette. À moi de le savoir, à toi de le découvrir, ma céleste amie.

Elle lève les yeux au ciel, mais je suis certain qu'elle s'amuse, bien qu'on n'en soit pas encore au moment le plus drôle. À une ou deux minutes de notre point de départ, elle s'est aperçue que je ne portais pas de vêtements serrés, malgré ce que je lui avais conseillé.

– Où est ton cycliste ?

– Je n'en ai pas.

– Tu n'as pas besoin de vêtements serrés ?

– Non.

– Comment ça se fait ? Tu m'as dit qu'il m'en fallait.

– Pas vraiment. Je t'ai dit ce que je voulais que tu portes. Mais je n'ai jamais précisé que c'était pour ce qu'on allait faire aujourd'hui.

– Je ne comprends pas.

– J'avais juste envie de te voir en vêtements moulants.

Son regard se met à briller, pas de fureur, mais de ce rire qui lui renverse la tête en arrière.

– Non mais quel pervers !

– Ça te plaît, les pervers ?

– On dirait que ça commence à me plaire, soupire-t-elle.

Je me gare dans un champ au sommet de la colline, parmi quelques autres voitures. Mais Kendall ne peut voir le plus important parce qu'il faut encore grimper une centaine de marches pour parvenir au promontoire d'où on va partir.

– On y est.

Elle regarde autour d'elle.

– Où ça ? Qu'est-ce qu'on visite ?

Je sors un sac à dos de l'arrière de la Jeep puis vais ouvrir à Kendall.

– On ne voit rien d'ici, dis-je en lui tendant la main. On fait.

Elle sort, non sans méfiance.

– Et qu'est-ce qu'on fait, exactement ?

Je n'aurais pu rêver que ça se passe mieux. À l'instant où elle achève sa question, un deltaplane apparaît au-dessus de la montagne. Un biplace, exactement semblable à celui que nous allons prendre. Je tends le doigt dans sa direction.

– Ça.

CHAPITRE 5

KENDALL

Carter est fou. Je me doutais qu'il avait une case en moins, mais s'il s'imagine que je vais décoller d'une falaise dans un engin bricolé à partir de quelques pièces de métal et d'un bout de polyester, c'est qu'il est bon à enfermer.

– Je vais te regarder.

Voilà dix minutes qu'on discute, debout devant la Jeep.

– Tu en es donc une, toi aussi ?

– Une quoi ?

– Une spectatrice.

– C'est-à-dire ?

– Tu restes en marge pour regarder ta vie s'écouler. Si tu ne te lances pas, tu ne risques rien. Les spectateurs restent en sécurité.

– En l'occurrence, je préfère la sécurité plutôt que de risquer une mort prématurée à vingt-quatre ans.

Carter me regarde en se massant la nuque.

– Tout spectateur d'un événement y assiste parce qu'il aimerait bien y participer, sauf qu'il n'en a pas ni l'aptitude ni les couilles.

– D'abord, je ne sais pas piloter un deltaplane. Donc, tu as raison, je n'en ai pas l'aptitude.

– Pas besoin d'aptitude pour ça. On vole en tandem, avec un pilote expérimenté. Donc pas question d'aptitude ici. Tu sais ce que ça veut dire ?

– Quoi ?

– Que tu es spectatrice parce que tu manques de couilles.

– J'en ai, dis-je en me redressant.

– C'est ça. Quand est-ce que tu as pris un risque pour la dernière fois ?

– Je dirais il y a deux jours, en prenant l'avion pour le Brésil sur le conseil d'un cinglé rencontré dans un bar.

– Parfait. Je t'accorde celle-ci. Il fallait des couilles, en effet. Mais à quand remonte ta dernière vraie poussée d'adrénaline ? Du genre qui te pompe tellement les veines que tu as l'impression de n'avoir encore jamais été vraiment vivante jusque-là ?

Je connais la réponse : hier, quand *tu* es entré dans le taxi. Sauf que je n'ai pas les *couilles* pour le dire.

– Je ne sais plus.

– C'est une expérience que tu n'oublieras jamais, promis.

– Tu en fais souvent ?

– Du deltaplane ? Plus trop. Mais à une époque, tout le temps.

– Je ne parle pas de deltaplane, mais de choses qui provoquent une poussée d'adrénaline ?

– Chaque fois que je décolle. Quand je fonce sur la piste à trois cents kilomètres à l'heure puis tire sur le manche pour lever le nez et quitter le sol… chaque fois est une première.

– Alors, tu es un casse-cou.

– Parfois, oui. C'est la barbe si on ne prend jamais de risques dans la vie, ma beauté.

J'adore quand il m'appelle ma beauté. Je n'en reviens pas que je puisse seulement envisager de faire une chose pareille. Mais il a raison. Ces dernières années, ma vie a été plutôt barbante. Et ce voyage doit m'aider à me reprendre, à trouver les réponses. En quelque sorte, une remise en question…

– Viens, envole-toi avec moi, dit-il la main tendue.

– C'est Frank Sinatra, ça, pas les Beatles.

– Je sais, mais je trouvais ça plus convaincant que *In Spite Of All The Danger*[6].

Il sourit alors que le contact de sa main me donne la chair de poule.

*

* *

6. « En dépit de tous les dangers ».

Le cours obligatoire de préparation au vol en deltaplane dure une heure et demie. Mon instructeur paraît fort bien connaître la question, et ça m'apaise l'esprit. Du moins autant qu'on peut avoir l'esprit apaisé quand on s'apprête à sauter d'une montagne. Je dis bien *sauter*. Il était sans doute préférable que je ne sache pas qu'on allait devoir littéralement décoller d'un flanc à pic quand j'ai accepté cette folie. Maintenant on attend le départ, et voilà Carter qui vient s'asseoir à côté de moi. Il n'a pas eu besoin du cours d'entraînement avant puisqu'il est déjà venu mille fois ici.

– Nerveuse ?

– J'ai peur que mes jambes ne répondent pas quand on va devoir sauter du tremplin.

Il sourit, me pose une main sur la cuisse.

– T'inquiète, ça va aller. Tu gères.

J'adore quand il me caresse comme ça, alors je lui rends son sourire. On est tous les deux assis sur un bout de pelouse à une dizaine de mètres de deux personnes sur le point de décoller. Elles partent au galop et disparaissent aussitôt, comme englouties par le vide. J'essaie de voir ce qui a bien pu se passer mais Carter se marre :

– Elles vont rejaillir dans une minute. Détends-toi. C'est comme ça que ça fonctionne.

Trente secondes plus tard, on les revoit qui volent, loin au-dessus de nos têtes. Mon instructeur nous appelle et nous fait signe de venir.

– *Vém aqui mulher bonita. Come.*

– Prête ? s'enquiert Carter d'un ton étrangement sérieux.

Je soupire.

– C'est maintenant ou jamais.

– Bravo, ma chérie !

Attrapant ma main, il m'entraîne vers la zone de préparation. Et là, je me rends compte que tant qu'il me tiendra la main et m'appellera « ma chérie », je serai capable de tout. Cette idée me réconforte autant qu'elle m'effraie.

Ce n'est pas mon instructeur qui m'aide à enfiler ma tenue, mais Carter. Il me passe mon harnais, vérifie chaque attache en tirant dessus. Après quoi, il s'harnache à son tour.

– Qui part le premier ? demande l'instructeur.

– On part ensemble ! répond Carter.

– C'est toi mon pilote ? dis-je alors.

Je croyais que l'instructeur allait me prendre en tandem. Qu'on se retrouverait en même temps dans les airs, mais chacun accompagné d'un professionnel.

L'instructeur le salue de deux doigts sur le front.

– Commandant Carter Clynes, à votre service.

– Euh… mais… tu as assez d'expérience ?

Carter hausse les sourcils.

– Je suis *très* expérimenté, dit-il en levant les sourcils d'un air coquin.

– Sérieux. C'est de ma vie qu'il s'agit.

– Que tu vas remettre entre mes mains. Tu en as de la chance !

Je suis au bord de la panique.

– Carter. Écoute-moi, une minute ! Tu es formé pour faire voler ce machin ? Tu l'as déjà piloté tout seul ?

Il pose les deux mains sur mes épaules, me regarde dans les yeux.

– Je ne laisserai jamais rien t'arriver.

Et là, à ma grande surprise, il m'étreint longuement. Une fois que mon souffle s'est apaisé, il murmure :

– Ça va ?

– Je crois.

Il m'embrasse sur le front.

– Alors, on s'envole, bébé.

*

* *

Mes pieds courent encore, bien qu'il n'y ait plus rien dessous. Alors qu'on plonge et qu'on perd de l'altitude, j'enfonce mes ongles dans le bras de Carter, à lui en arracher la peau.

– Je te tiens, lance-t-il. Accroche-toi. C'est parti.

Comme l'instructeur me l'a appris, on capte un souffle de vent et on se remet à grimper. J'ai le cœur qui bat à tout rompre. Mon harnais est accroché un peu plus haut que celui de Carter, ainsi je peux m'appuyer en partie sur son dos et m'accrocher à lui alors qu'il tient la barre de direction.

Au bout de quelques secondes, je prends une longue inspiration et Carter commence à nous faire voler en cercle, de plus en plus haut, au-dessus de la montagne d'où on est partis. Je me serre un peu moins contre lui, à mesure qu'on grimpe.

– Oh, mon Dieu, Carter ! On vole ! Je suis un oiseau !

– C'est fou, non ?

– Oui !

J'éprouve d'incroyables sensations. Au-dessous de nous s'étendent les eaux turquoise de l'Atlantique, devant, des kilomètres de plage, et les montagnes vert vif qui nous entourent sont d'une beauté à couper le souffle. Je suis contente que Carter m'ait amenée ici. Et encore plus de vivre une telle expérience *avec* lui.

Il est en train de siffloter. On a beau se tenir tout proches l'un de l'autre, j'ai parfois du mal à l'entendre à cause du vent qui nous emplit les oreilles. Mais, au bout d'un certain temps, je reconnais la chanson : *Lucy In The Sky With Diamonds*.

– C'est ça que tu as chantonné pendant le vol par-dessus la sono, après avoir éteint les lumières. J'avais presque oublié. C'est ta chanson de vol, ou quoi ?

– Quelque chose comme ça.

Pendant plus de deux heures, on plane dans le ciel de Rio de Janeiro. Je ne crois pas avoir un instant perdu mon grand sourire. On a vu tout ce que je voulais voir – le Pain de Sucre, la statue du Christ Rédempteur, la forêt de Tijuca, la cascade géante, les favelas, les plages, d'extraordinaires paysages.

On n'a pas *vu* Rio, on l'a vécu. C'est l'expérience la plus incroyable, la plus revigorante de ma vie.

Après avoir vu tout ce que je voulais et même plus, je sens que le vent commence à faiblir et Carter annonce qu'il est temps de se poser. On atterrit doucement sur une plage ; et là, quand j'essaie de marcher, je sens mes jambes se dérober.

– Attention, tu as les jambes en coton ! me lance Carter. Accorde-toi une minute ou deux pour récupérer ton équilibre vertical.

Une équipe de la compagnie de deltaplanes vient nous débarrasser de nos harnais puis nous sert des cocktails sur la plage.

Je déguste ma caipirinha servie dans un ananas évidé.

– Je comprends maintenant comment on peut devenir accro à ce genre de sensations. Ça ressemble à ce que tu éprouves chaque fois que tu t'assieds à ta place de pilote ?

– C'est différent, mais très fort aussi. Aujourd'hui, j'ai ressenti la poussée d'adrénaline habituelle, mais… enfin, je suis content que ça t'ait plu.

– Qu'est-ce que tu allais dire ?

– Rien.

– Menteur.

Carter me jette un de ces coups d'œil qu'il semble tant aimer, après quoi il vide son ananas en une seule gorgée.

– J'allais dire, répond-il alors, qu'aujourd'hui c'était mieux que jamais. J'ai adoré tes bras qui enveloppaient mon corps et l'effet que ça me faisait quand tu m'enfonçais les ongles dans la peau, avec tes seins pressés dans mon dos. En voyant sourire ce beau visage, en sachant que j'y étais pour quelque chose, j'ai mille fois plus apprécié qu'un simple décollage ou un vol solitaire en deltaplane.

Je déglutis. On ne se quitte plus du regard, comme si Carter cherchait quelque chose dans le mien. Mais il finit par se détourner.

– Prête à partir, Amelia Earhart ?

– Pardon ?

Il éclate de rire.

– Non, je m'égare. Prête à mettre les voiles ?

– Oui, prête.

Durant le trajet du retour, il ne dit pas un mot, comme perdu dans ses pensées ; quant à moi, j'émerge peu à peu de mon exaltation à la suite de ce moment passé à voler comme un oiseau. Je ne sais plus quand je me suis sentie aussi libre pour la dernière fois. Sans doute plus depuis l'adolescence, quand je montais à cheval avec Emilio. Je me hâte de chasser cette image de ma mémoire, me rappelant vite qu'il ne me reste qu'une demi-journée à partager avec Carter à Rio. Demain matin, il repart pour je ne sais quelle destination exotique et je ne peux m'empêcher de penser à l'endroit où il va passer la nuit : un hôtel, ou un gîte dans le genre du nôtre ? Sachant ce qu'il fait dans un hôtel, j'en ai la gorge sèche.

Quant à moi, il faut que je me raccroche à la réalité. Ma réalité. Celle que je redoute depuis deux ans ; on n'est maintenant qu'à huit jours du moment fatal où je vais devoir décider dans quel sens orienter ma vie. Je suis à l'aube d'un croisement et me sens encore incapable de décider quel chemin prendre. Franchement, je ne sais pas si je le saurai un jour. Pourtant, c'est là que tout se joue. Si je ne choisis pas la semaine prochaine… le choix se fera de lui-même. Je ne peux plus accepter ça. Toute mon existence, je n'ai fait que suivre des chemins établis par d'autres. Il serait temps que je prenne une décision, quelle qu'elle soit.

Lorsque nous arrivons près du gîte, Carter semble se rendre compte de mon silence depuis le départ.

– À quoi penses-tu ? Tu sembles complètement ailleurs.

– À la vie, en général.

– Tu veux en parler ?

– Pas vraiment.

– Ah bon… Et tu as songé à ce que tu vas faire après mon départ, demain ? Tu vas rester chez Maria Rosa ?

Ma gorge se serre. *Dire qu'il s'en va demain matin...*

– Non, je crois que je ferais mieux de partir de chez Maria. Je nc parle pas portugais, je ne connais pas les alentours. Sans toi, je crois que je m'y sentirais plutôt mal à l'aise.

Il me jette un regard furtif avant de surveiller de nouveau sa route.

– Il y a un Westin pas très loin de l'aéroport. C'est un hôtel agréable, très propre. Je suis sûr qu'ils ont un spa. On pourrait partager notre taxi demain matin, si tu veux.

Je fais oui de la tête.

Une fois qu'on s'est garés devant chez Maria Rosa, Carter coupe le moteur et se tourne vers moi.

– Tu voudrais voir quelque chose de particulier, ce soir ? Que je te montre un endroit avant mon départ ?

– Non. J'aimerais juste dîner et passer une nuit tranquille. Ça te va ?

– Tout à fait. C'est exactement ce que je souhaite, moi aussi.

*
* *

L'ambiance a nettement changé depuis cet après-midi. Bien qu'on n'ait pas cessé de bavarder au dîner, j'avais l'impression qu'un éléphant géant occupait notre chambre et que ni l'un ni l'autre n'y faisions allusion. Après le dessert, il m'a proposé une balade sur la plage.

En sortant du parking, on s'engage sur un pont de planches menant jusqu'au sable, et là, on ôte nos chaussures. Puis, pour mon plus grand plaisir, Carter me prend par la main et m'entraîne.

– Tu sais vers quelle ville tu t'envoles, demain ?

– Dubaï. J'ai vérifié pendant que tu prenais ta douche.

– On ne vous prévient toujours qu'à la dernière minute ?

– Non. Les plannings s'étalent sur des mois. Mais je n'aime pas trop le savoir.

– Tu ne veux pas connaître ta destination ?

– De toute façon, je l'apprends toujours à temps. Il faut juste que je le sache avant d'entrer dans le cockpit.

– Tu n'as pas envie de programmer des trucs quand tu sais que tu seras dans telle ville ?

– Pas vraiment.

– C'est plutôt bizarre, tu en as conscience, non ?

– Je n'ai jamais dit que j'étais normal.

On marche encore un quart d'heure, jusqu'à trouver deux fauteuils libres devant la mer. Et personne dans les parages. Carter les repositionne de façon qu'ils se trouvent l'un en face de l'autre.

– En principe, c'est la mer qu'on regarde quand on s'assied là, dis-je.

– Je sais. Mais pourquoi veux-tu que je regarde la mer quand je t'ai, toi ?

On prend place et, au début, nos pieds s'alignent sagement sur le sable. Mais, dès qu'on se met à parler, Carter les passe sur les miens, me masse les chevilles ; je finis par en faire autant et on poursuit notre bavardage, les pieds enchevêtrés.

– Alors, dis-moi, Kendall Sparks. Pourquoi fais-tu ce voyage ? Que cherches-tu ?

Je me sens trop gênée pour reconnaître la vérité, pour avouer ma détresse, pour laisser paraître à quel point l'argent régente ma vie.

– Si je te le disais, tu me trouverais horrible. Tu me conseillerais de me faire soigner avant de me lancer dans ce qui m'attend.

– Sûrement pas.

– Si.

– On est tous dans la merde, d'une certaine façon. On a tous des secrets à garder, des croix à porter.

– Peut-être, mais je le suis plus que la majorité des gens.

– Ça m'étonnerait.

– Je le suis en tout cas plus que toi. Tu as un job en or, tu as une maison en Floride et tu sais profiter de la vie.

– Tu crois ça ? Que ta vie est pire que la mienne et que tu ne vaux rien ?

– Quelque chose comme ça.

La tête levée vers le ciel, Carter commence lentement :

– J'avais seize ans quand j'ai rencontré Lucy Langella. Elle avait de longs cheveux noirs, de grands yeux bleus, écrivait des poèmes. On est restés ensemble plus de deux ans. C'était mon premier amour et, pendant longtemps, j'ai cru qu'elle serait le seul, le dernier. Je suis allé jusqu'à le lui dire.

« En terminale, elle s'est mise à changer. Elle ne voulait plus sortir, elle dormait beaucoup. Alors que moi, je ne pensais qu'à voir mes amis, faire du sport, des balades en voiture. Pendant un certain temps, j'ai réussi à la convaincre de m'accompagner, mais ça devenait de plus en plus difficile au fil des mois. Il lui arrivait de piquer des crises. Au point que, quand j'arrivais chez elle, je me demandais toujours sur quelle Lucy j'allais tomber. Alors j'ai ralenti le rythme. J'avais dix-huit ans et elle commençait sérieusement à m'ennuyer. Au départ, elle était bonne élève, bien meilleure que moi, et on s'était promis de s'inscrire ensemble à l'université du Michigan. Mais, le moment venu, elle n'a même pas rempli son dossier. Elle ne voulait plus sortir de chez elle et rien ne me paraissait plus rasoir que de passer du temps avec elle.

« L'été avant le début de l'université, je savais que je ferais mieux de rompre avant de partir m'installer à trois heures de route de la maison. Elle a pleuré pendant une semaine ; je me sentais un moins que rien, parce qu'elle ne cessait de répéter : *"Tu as dit que tu m'aimais. Tu as dit que tu m'aimais."* »

Carter se tait un instant, puis il s'éclaircit la gorge et continue :

– Dès mon premier jour d'université, à la fin des cours, j'ai amené dans ma chambre une fille que je venais de rencontrer. On s'est retrouvés dans mon lit et mon portable n'a pas cessé de sonner alors que je la baisais. Ce jour-là, je trouvais qu'il n'existait pas de plus bel endroit sur Terre que l'université. Le lendemain matin, en regardant mon téléphone, j'ai vu que tous les appels provenaient de Lucy. Je ne l'ai pas rappelée. Le surlendemain, j'étais au lit avec ma nouvelle petite amie quand ça s'est remis à sonner sans arrêt. Sauf que le nom qui est apparu sur l'écran était celui de ma mère. Là, j'ai compris que si elle insistait comme ça, c'était qu'il se passait quelque chose. Alors j'ai décroché. Elle pleurait comme une dingue.

Carter s'interrompt, regarde nos pieds réunis dans le sable.

– Lucy s'était suicidée. Je la trouvais emmerdante alors qu'elle souffrait d'une dépression.

– Oh, mon Dieu, Carter ! Tu ne pouvais pas deviner…

– Peu importe. Tu m'as demandé aujourd'hui ce que signifiait pour moi la chanson que je murmure chaque fois que je décolle. *Lucy In The Sky With Diamonds*. Je chante les Beatles à mon ex-copine morte dès que je monte vers le ciel. Et tu crois que c'est toi qui es dans la merde.

– Désolée. C'est horrible ce qui t'est arrivé.

– Merci. Mais je ne t'ai pas raconté cette histoire pour que tu me plaignes. À ton tour, Céleste. Je parie que tu te sentiras mieux si tu confies à quelqu'un ce qui te tracasse. Et puis j'aimerais savoir ce qui a pu perturber ma belle amie au point qu'elle s'évade dans des pays lointains avec quelqu'un comme moi.

– Après, tu ne me verras plus du même œil.

Cette idée me tourmente, même s'il nous reste moins de douze heures ensemble.

– Jamais de la vie.

– D'accord.

Je prends une longue inspiration et me lance :

– Mon grand-père, Rutherford Sparks, était très riche. Mais aussi dominateur, excentrique, raciste, homophobe et autoritaire. Et terriblement machiste. Coup de chance, il a eu deux garçons et pas de filles. Mais l'aîné est mort à quatre ans d'une pneumonie. Le cadet, mon père, est donc devenu Rutherford Sparks troisième du nom. Je dois préciser que Rutherford Sparks junior était le frère aîné de mon père, décédé avant sa naissance.

« Mon père est mort il y a cinq ans d'une crise cardiaque. Ainsi mon grand-père a enterré ses deux fils du même nom que lui. Je n'avais que dix-neuf ans, à l'époque, pourtant, il a commencé à me harceler dès le jour de l'enterrement de mon père, exigeant que j'aie un enfant le plus vite possible un garçon, évidemment – afin de perpétuer son nom. Moi, je n'en avais aucune envie, alors je ne l'écoutais pas, bien que ce soit grâce à lui que j'ai une vie des plus confortables depuis ma naissance.

« Enfin, passons les détails inutiles. Mon grand-père est mort il y a deux ans. J'ai un legs en fidéicommis qui pourvoit à toutes mes dépenses mais qui s'éteindra lorsque j'atteindrai l'âge canonique de vingt-cinq ans. Ensuite, je disposerai d'un second legs de plusieurs millions de dollars, sauf que mon grand-père y a mis une condition. Il faut que j'aie un enfant mâle avant mes vingt-six ans. Oh… et il portera le nom de Rutherford Sparks.

– C'est légal, ces merdes ?

– Apparemment. Tu penses bien que j'ai mis des avocats dessus. Ça reste légal tant que ça ne va pas contre l'ordre public.

– Parce que forcer quelqu'un à avoir un enfant ne va pas contre l'ordre public ?

– Apparemment, non.

– Ainsi, tu envisages de faire un bébé et c'est pour ça que tu as fait ce voyage ?

– En fait… c'est là que je remporte la palme des emmerdes. J'ai découvert une petite faille dans le testament de mon grand-père. Je dois donner naissance à un héritier mâle, mais je ne dois pas forcément *garder* cet enfant. Toute personne normalement constituée conclurait que, si on met au monde un enfant de son plein gré, c'est pour le garder. Mais je n'ai pas envie d'un enfant et il y a plein de couples gay qui seraient prêts à en avoir, mais ne peuvent pas. Alors j'ai rendez-vous dans neuf jours en Allemagne avec un couple d'homos. On m'inséminera avec le sperme des deux hommes, génétiquement modifié, pour que ce soit bien un garçon. Une fois que j'aurai mis au monde le petit Rutherford Sparks, il leur reviendra. Les pays étrangers sont moins stricts avec les modifications génétiques des embryons pré-implantés. C'est pour ça que je vais le faire en dehors des États-Unis.

Carter secoue plusieurs fois la tête et finit par sourire.

– Merde ! Je n'aurais jamais cru dire ça un jour, mais c'est chaud. Je ne sais pas trop qui de nous deux a gagné le concours.

Curieusement, malgré ma honte et mon dégoût de ce que je m'apprête à faire, je me sens comme libérée d'un grand poids. Carter n'a pas l'air de me juger. Il se contente de regarder la mer.

– À quoi penses-tu, là ?

Il se met à rire.

– Si je te le dis, je risque de faire pencher le résultat en ma faveur.

– Vas-y.

– Je t'imagine enceinte et je te trouve hyper bandante avec ton gros ventre et tes seins gonflés.

Là-dessus, on se tait tous les deux. Lui aussi paraît un peu apaisé après cette conversation.

– Très bien. Autre chose à me raconter sur toi, Sparks ?

– J'ai révélé une chose. Tu en as révélé une. On est quittes, commandant.

– Je veux en savoir plus.

– Qu'est-ce que tu veux savoir ?

– Tu es sûre de ne pas avoir un petit ami qui t'attend à la maison ?

– Certaine.

– Tu en as eu beaucoup ?

– Rien de sérieux.

– Jamais été amoureuse ?

Les yeux fixés sur les vagues, je sens une douleur familière me serrer la poitrine. C'est la deuxième fois, aujourd'hui, que je pense à Emilio. Je finis par répondre :

– Une fois.

– Qu'est-ce qui s'est passé ?

Voilà des années que je ne me suis plus penchée sur cette ancienne blessure. Elle reste encore trop profonde pour que je puisse l'assumer. J'ai quand même envie de raconter à Carter tout ce qu'il y a à savoir sur moi. Je ne sais pas d'où me vient cette idée.

– Emilio était un employé du ranch qui travaillait chez nous quand j'étais ado. On passait beaucoup de temps ensemble, surtout en l'absence de mes parents. On montait à cheval, on parlait de trucs d'ados – de nos espoirs, de nos rêves. Ça faisait du bien d'être avec lui, car il n'était jamais question d'argent ni de bonnes manières, alors que c'était tout ce qui intéressait mon entourage. Avec Emilio, j'étais juste Kendall – pas une fille friquée, écrasée d'obligations. Nos conversations, nos balades à cheval dans le vent, cela fait partie des meilleurs souvenirs de ma vie. Avec lui, je me sentais vraiment moi. Libre.

– À voir ton visage, j'ai l'impression que ça ne s'est pas bien terminé.

– Non. Emilio était un immigré clandestin. Avec sa famille, ils avaient fui le Mexique. J'ai fini par découvrir qu'il aidait une amie malade, entrée illégalement elle aussi. Jamais il ne m'a demandé de l'aider, Carter. J'ai fini par le supplier de me laisser intervenir.

– Qu'est-ce que tu as fait ?

– C'était une femme d'une cinquantaine d'années. Elle s'appelait Wanda et souffrait d'une polykystose rénale, ce qui l'obligeait à subir une dialyse permanente. Elle s'affaiblissait de jour en jour. Je l'ai installée en douce dans l'ancien pavillon des invités, afin de lui offrir un abri et de la nourriture ; j'ai fait tout mon possible pour elle. Mais elle avait surtout besoin d'un nouveau rein. Un membre de sa famille était prêt à lui en donner un, seulement ils ne pouvaient pas payer l'intervention chirurgicale.

– C'était gentil de ta part de t'occuper d'elle comme ça.

– Ça me donnait pour la première fois un but dans la vie. Sans parler du fait que j'étais en train de tomber amoureuse d'Emilio et que j'aurais fait n'importe quoi pour lui.

Incapable de retenir une larme, je sens la main de Carter m'effleurer la joue.

– Qu'est-ce qui est arrivé, Kendall ?

– Un week-end, mes parents sont rentrés plus tôt que prévu, et ils m'ont surprise dans le pavillon avec Wanda et Emilio. J'ai pleuré, supplié mon père. Jusqu'au moment où, submergée par l'émotion, j'ai bêtement annoncé que j'étais amoureuse d'Emilio. Mon père a menacé de les faire arrêter et expulser.

Carter grimace.

– Il l'a fait ?

– En découvrant la maladie de Wanda, il s'est un peu calmé. Mais il n'était pas question que je sois avec Emilio. Alors il m'a proposé un marché : il paierait la transplantation de Wanda si Emilio et elle ne remettaient jamais les pieds dans la propriété. Étant entendu que je ne les reverrais plus.

– J'ai peur de savoir comment ça se termine.

– Oui... Évidemment, je ne pouvais sacrifier la vie de cette femme à mon désir de rester avec lui. On en a conclu tous les deux qu'il n'y avait pas d'autre solution. Mon père s'est donc occupé de tout, Wanda a été opérée, et je n'ai jamais revu Emilio.

– Tu as fait ce qu'il fallait, Kendall.

– Après, j'ai essayé de le retrouver mais, avec son statut de clandestin, il n'y avait aucune trace de lui ni de sa famille. J'avais bien une adresse où ils avaient vécu, mais quand j'y suis allée seulement quelques mois après l'opération, la maison était abandonnée. Voilà, c'est ainsi que l'histoire se termine.

– Navré, Céleste. Et merci de me l'avoir racontée.

– En tout cas, elle a eu un grand impact sur ma vie ; au point que je n'osais plus me confier à personne, de peur de faire du mal aux autres ou de m'en faire à moi-même. Avec le temps, j'ai fini par apprendre à ignorer mes sentiments et à suivre le mouvement.

– En tout cas, tu t'en es super bien sortie en t'ouvrant ce soir. Mais je crois qu'on a besoin d'une petite pause, maintenant.

Il finit par se lever, me tend la main.

– Ça te dirait qu'on aille se bourrer la gueule ?

– Ce serait la meilleure des pénitences pour nos confessions.

On rentre chez Maria Rosa complètement bourrés. En sortant de la salle de bains après m'être changée, je trouve Carter allongé sur le lit, les bras croisés sous la tête.

– C'est moi qui vais dormir par terre cette nuit, lui dis-je.

– Je me disais qu'on pouvait partager le lit, cette nuit. Je serai sage comme une image, promis. Mais j'ai envie que tu dormes dans mes bras. Je m'en fiche si j'ai l'air d'une fiotte en disant ça. C'est la vérité.

Je n'ai pas besoin d'y réfléchir longtemps.

– Avec plaisir.

Carter m'ouvre les bras et je grimpe dans le lit, pose la tête sur sa poitrine. Il m'enserre contre lui et je m'agrippe tant que je peux. C'est si bon ! En même temps, j'ai le cœur serré à l'idée qu'il repart demain. Je retiens mes larmes tout en me délectant de la douceur de son contact. On ne se dit plus rien, parce que c'est trop cool de rester ensemble en silence, durant notre dernière nuit. Peu à peu, je m'endors au rythme des battements de son cœur.

Le lendemain, on se réveille trop tard. Du coup, il faut se dépêcher pour prendre nos douches et fermer nos valises. Carter doit être à l'aéroport pour neuf heures et il en est presque huit. Il nous reste une heure de route, alors, pour nous éviter d'attendre un taxi, Maria Rosa nous emmène.

Devant le terminal des départs, j'ai du mal à retenir mes larmes. *Cette fois, c'est bien fini.* Impossible d'imaginer que je ne reverrai jamais Carter. Je n'ai passé que deux jours avec lui, pourtant j'ai l'impression qu'il me connaît mieux que personne. Il échange quelques paroles en portugais avec Maria Rosa puis lui donne de l'argent. Je sors de la voiture pour lui dire au revoir.

Après avoir récupéré ses bagages, nous nous retrouvons tous deux l'un en face de l'autre derrière la Jeep.

– Maria va t'emmener au Westin. Elle sait où c'est. Pendant que tu prenais ta douche, j'ai enregistré son numéro dans ton téléphone. Si tu as besoin de quelque chose, appelle-la. Elle est un peu *loca* mais très gentille.

– D'accord.

Il prend mon visage entre ses mains.

– Ne te promène pas sans soutien-gorge et ne parle pas à des inconnus brésiliens dans les bars. Compris ?

Je hoche la tête.

– Et maintenant, tu vas m'embrasser pour de bon. J'ai été gentil pendant deux jours, pas question que je te laisse sortir de ma vie avant de goûter à un de tes baisers.

Sans me laisser le temps de répondre *oui, bien sûr*, il écrase sa bouche contre la mienne. Les jambes flageolantes, le cœur battant à tout rompre, je le laisse me serrer contre lui ; il pousse un grognement lorsque je l'enveloppe de mes bras. Nos langues se heurtent avec vigueur car nous ne voulons ni l'un ni l'autre perdre le peu de temps qui nous reste. On a besoin de se goûter, de se sentir, de tout se dire à travers ce baiser. Dès que Carter fait mine de se détacher, je pousse un gémissement. Je ne sais pas combien de temps nous restons ainsi, je sais seulement que quand ça s'arrête, je suis anéantie.

Il pose son front sur le mien.

– Merci pour tout, Céleste.

– Tu as pris soin de moi pendant deux jours. C'est à moi de te remercier.

– Surtout pas. J'y ai pris un immense plaisir. Je resterais bien avec toi si je le pouvais. Ça m'emmerde de te laisser là. Surtout après ce baiser.

Une larme coule sur mon visage et Carter l'attrape avec son pouce.

– Quoi que tu décides, tu auras raison. Ne laisse jamais personne te dire le contraire. Promets-le-moi.

– Promis.

On s'embrasse encore à plusieurs reprises.

– J'ai un vol à prendre, ma beauté. Prends soin de toi.

– Toi aussi.

Je le regarde passer la porte. Il se retourne et m'adresse un dernier signe avant de disparaître. Et là, je me mets à pleurer comme un bébé.

CHAPITRE 6

CARTER

Presque aussitôt après avoir franchi les portes automatiques, je m'en veux d'avoir dû lui dire au revoir.

Espèce de connard.

J'aperçois quelques membres de mon équipage qui arrivent dans ma direction, faisant crisser leurs valises sur le sol comme autant de craies sur un tableau. Deux hôtesses bavardent dans un coin. Une d'elles m'adresse un clin d'œil, auquel je réponds d'un léger coup de tête.

En regardant tous ces gens qui m'entourent, j'éprouve une brusque sensation de solitude. Pour la première fois depuis des années, je n'ai pas envie de me trouver là, ni de voler, ni de m'évader vers une prochaine destination. J'aimerais juste retourner chez Maria Rosa et reprendre Kendall dans mes bras. Malgré ce qu'elle m'a confié sur son héritage pourri, je n'ai envie de voir qu'elle.

Elle me manque déjà, au bout d'à peine cinq minutes. Tout à l'heure, j'ai enregistré son numéro de téléphone, alors je lance l'appel sans plus y réfléchir. Pas de réponse.

Le cœur battant, je lui envoie un texto :

Explique-moi pourquoi on s'est dit
au revoir ?

Puis un autre :

Parce que, malgré tous mes efforts,
je n'y trouve aucune bonne raison.

Et puis un autre :

Que dirais-tu si je t'avouais
que je n'étais pas encore prêt
à te laisser filer ?

Au bout de quelques minutes, je n'ai toujours reçu aucune réponse. En sueur dans mon uniforme en polyester, je prends alors une décision radicale.

Je me rends au comptoir et lui achète une place sur mon vol. Comme je n'ai même pas son adresse email, je fais envoyer l'e-billet sur celle de Maria Rosa. Ce n'est pas gagné : au cas où Kendall le trouverait avant le décollage, encore faudrait-il qu'elle ait le temps de revenir. Mais je ne me serais jamais pardonné d'avoir négligé cette dernière chance.

Je ne sais pas si tu l'auras à temps,
mais je viens de t'envoyer un billet

pour mon prochain vol. Demande
à Maria de vérifier ses emails.
Il s'y trouve. On décolle dans un peu
plus d'une heure. Prends tes bagages
et rapplique. Ne te mets pas
la pression, je serais juste ravi de voir
se poursuivre notre petite aventure.
Si la réponse est non, je comprendrai.

Je me marre intérieurement devant mes lamentables tentatives pour paraître décontracté. *« Ne te mets pas la pression. »* Alors que j'aurais plutôt envie de dire : *« Kendall, ramène tes fesses ici parce que je ne sais même pas comment je vais pouvoir respirer pendant ce putain de vol sans toi. »*

Mais pas davantage de réponse alors que j'essaie une dernière fois de l'appeler.

Je me dirige vers le bureau des pilotes pour pointer et récupérer les prévisions météorologiques puis parcourir les détails du vol. Toujours aucune nouvelle de Kendall. Je n'ai plus le choix : il faut que j'y aille, cet avion ne décollera pas tout seul.

Sans cesser de vérifier mon téléphone, je m'entretiens avec l'équipage et je commence à me faire à l'idée que Kendall ne viendra pas. J'essaie de gagner du temps jusqu'à la dernière minute, au point de commettre une action dont je ne me serais pas cru capable de toute ma carrière : je provoque un retard.

En tant que commandant de bord, je dois inspecter l'appareil à mon arrivée. Je prétends donc m'inquiéter au sujet d'un des instruments du cockpit et demande à le faire vérifier. Il faut faire venir un ingénieur qui procède à quelques tests. Cela retarde le départ de près d'une heure mais en vain. Pas de Kendall.

Finalement, je ferme les portes du cockpit et, lorsque mon rapport de pré-vol est prêt, je reçois le feu vert pour partir. Dix minutes plus tard, l'avion décolle en douceur, mais dans ma tête dansent des images de cheveux blonds, d'yeux bleus et du plus beau des sourires. Je me demande si nos chemins se croiseront encore un jour.

Quand on atteint notre vitesse de croisière, je considère une ultime lueur d'espoir. Le billet que j'ai acheté pour Kendall correspondait à la place 12C. Parfois, certains retardataires embarquent juste avant la fermeture de la porte. Et si je ne l'avais pas vue entrer ?

Quand une hôtesse m'apporte un verre d'eau, je lui demande :

– Il y a quelqu'un à la place 12C, par hasard ?

– Je vais voir.

Les vies d'environ deux cents personnes sont entre mes mains : ça ne m'inquiète pas le moins du monde ; en revanche, je souffre le martyre en attendant le retour de l'hôtesse.

La porte s'ouvre.

– En fait, non, capitaine. La place 12C est vide.

– Merci, Cammie.

Ainsi, j'ai la confirmation que Kendall ne se trouve pas sur ce vol ; je me rends alors compte que je retenais mon souffle, exactement comme en plein atterrissage.

Sauf que là, c'était pour elle.

CHAPITRE 7

KENDALL

J'essaie de me détendre sur mon siège, mais je suis au bord de la crise de nerfs.

L'hôtesse nous prie d'éteindre tous nos appareils sans fil, ce qui n'a pas été nécessaire dans mon cas puisque mon téléphone est mort. Dans ma hâte pour me préparer ce matin, j'ai oublié le chargeur, resté branché chez Maria.

Peu après avoir quitté Carter à l'aéroport, j'ai failli me laisser submerger par une crise de panique. Envisager de continuer seule ce voyage m'était insupportable. On arrivait presque à l'hôtel lorsque j'ai soudain tout compris. Comme je ne savais pas parler portugais, j'ai fait de grands gestes à l'adresse de Maria en disant :

– *Aeropuerto !*

Elle a juste hoché la tête mais continué de conduire en direction du Westin.

– Maria, il faut que je retourne à l'aéroport.

Là, elle a dû comprendre car elle a brusquement fait demi-tour. Et mon cœur s'est mis à battre la chamade.

Quand elle s'est arrêtée dans le dépose-minute, je l'ai serrée dans mes bras :

– *Muchas gracias !*

Bon, c'était de l'espagnol mais je n'avais pas le temps de réfléchir davantage. Je lui enverrai plus tard un mot de remerciement traduit en portugais avec un peu d'argent pour retirer la prétendue malédiction qui plane au-dessus de ma tête.

En me précipitant vers le comptoir d'International Airlines, j'ai failli trébucher sur ma propre valise.

– Le vol pour Dubaï n'est pas encore parti ?

L'hôtesse a appuyé sur plusieurs touches, puis :

– En fait, il a été retardé pour des raisons techniques.

Dieu merci !

– Je peux encore prendre une place ?

Elle a décroché son téléphone avant de me répondre :

– Il faut faire vite, mais quelqu'un va venir vous chercher à la porte. Donnez-moi votre carte de crédit et on vous emmènera aussi vite que possible.

Elle a imprimé ma carte d'embarquement et j'ai couru vers la sécurité. Heureusement, j'ai passé les contrôles sans problème et j'ai finalement pu entrer dans l'avion.

Il ne m'a pas demandé de l'accompagner. J'ai pris un sacré risque. Malgré l'inquiétude qui me ronge, je m'accroche au souvenir de son regard quand il s'est retourné avant de s'éclipser. Son expression paraissait pleine de doutes et de regrets. Il semblait dans le même état que moi.

J'en ai pour quatorze heures d'attente avant de savoir si j'ai commis une belle erreur. Le cockpit était déjà fermé quand je me suis dirigée vers l'arrière de l'avion.

Maintenant, il faut que j'essaie de me détendre, du moins autant que possible, alors que de jolies brunes aux longues jambes ne cessent d'aller et venir dans les allées, me rappelant qu'elles ont sans doute toutes couché avec Carter.

Pendant que l'appareil quitte le sol, je ferme les yeux en m'efforçant de sentir sa présence dans chacun des mouvements de l'avion. Je nous revois courir, accrochés au deltaplane, avant de nous jeter dans le vide. Ça me rassure de savoir que c'est Carter aux commandes de l'avion. Rien n'est plus puissant que de détenir des dizaines de vies entre ses mains. Pour moi, c'est un héros.

Une fois que l'avion s'est stabilisé, mon cœur s'arrête de battre au son de cette voix, profonde et douce à la fois, qui s'élève dans les haut-parleurs :

– Mesdames, Messieurs, ici votre chef suprême, alias le commandant Clynes. Je tiens à vous souhaiter la bienvenue cet après-midi dans mon deuxième chez-moi, à bord de ce magnifique Boeing 757. La durée du vol entre Rio de Janeiro et Dubaï devrait être de plus de quatorze heures.

Nous prévoyons quelques poches de turbulence au cours des quarante premières minutes, mais ensuite tout sera calme et paisible. Encore bienvenue sur le vol 237 d'International Airlines à destination des Émirats arabes unis.

Et puis, sans prévenir, il se met à chanter. Si ça semble amuser tous les passagers, les hôtesses, visiblement habituées, n'ont pas l'air troublées.

La chanson des Beatles qu'il a choisie, cette fois, c'est *Ticket to Ride*[7]. Je repère aussitôt deux choses : on y parle d'une fille insouciante qui s'en va, et il chante ça au lieu de *Lucy In The Sky With Diamonds*. Il a remplacé sa chanson fétiche par une autre, visiblement en rapport avec moi.

Si tu voulais que je reste, pourquoi ne pas me l'avoir demandé ?

Impossible d'imaginer comment il va réagir en me voyant à Dubaï.

Moi qui ai normalement du mal à dormir dans un avion, là, je cède à l'émotion de cette journée. Et puis je me sens en sécurité avec Carter aux commandes. Je finis par m'assoupir durant deux petites heures.

Après quoi, j'ai droit à un réveil plutôt rude. Quelques hôtesses sont en train de bavarder dans l'office. Ma place est au dernier rang, juste devant l'espace où elles préparent le repas.

J'essaie de me concentrer sur ce qu'elles disent.

---

7. « Un laissez-passer pour un tour ».

– Tu as baisé avec Jet, à Rio ?

– Non. On ne se voit plus. Et pas la peine de me dire que tu m'avais prévenue.

– En fait… tu es restée plus longtemps avec lui que n'importe qui d'autre.

– Deux mois entiers, s'esclaffe la fille.

Je me retourne pour essayer de l'apercevoir. C'est celle qui s'appelle Jolene. Une grande brune. *Le choc.*

– Deux mois, c'est toute une vie pour Jet. J'espérais que ça marcherait pour toi. Mais je savais trop bien que c'était impossible… vu mon expérience personnelle, malheureusement.

– J'aurais dû t'écouter.

– Parfois, il faut en passer par ses propres expériences.

– Désolée d'avoir failli gâcher notre amitié pour sortir avec lui.

– Quand tu m'as annoncé que tu couchais avec lui, j'étais heureuse avec Brian. Un jour, toi aussi tu rencontreras un mec sympa. Que Carter aille se faire foutre.

– C'est ça l'ennui. C'est lui qui m'a baisée. Maintenant, il faut que je surmonte ça.

Je n'en peux plus. Alors j'enfile mes écouteurs et me branche sur la musique à plein tube.

Je suis malade ou quoi ? Qu'est-ce qui m'a pris de délirer ainsi ? J'avais toutes les raisons possibles pour délirer. Ce mec a prouvé qu'il pouvait se conduire comme un abruti avec les femmes. Les femmes *séduisantes*. Et moi je suis censée changer tout ça ? Moi qui dois tomber enceinte d'un autre homme ?

Sans plus savoir s'il faut en rire ou en pleurer, je me sens prise au piège. Au sens propre, dans ce vol long courrier, comme au sens figuré, par ce béguin idiot. Parce que j'ai beau savoir que je dois me tirer de cette situation au plus vite, mon cœur ne me laissera jamais faire.

Et si...

Et si...

Et si...

Et si ce que nous avions était différent ?

Lorsque Jolene vient prendre ma commande pour le dîner, je ne parviens pas à tenir ma langue :

– Je peux vous poser une question ?

– Bien sûr.

Elle me décoche un large sourire sur des dents parfaites. Impossible d'être plus différente de moi. On dirait une amazone. Elles toutes, d'ailleurs. Que peut-il donc chercher en moi si elles lui plaisent tant ?

– J'ai remarqué que le pilote aimait chanter des chansons des Beatles. Je me suis trouvée sur un autre vol avec lui et il interprétait *Lucy In The Sky With Diamonds*.

– Oui, d'habitude, il ne chante que celle-là. Je ne sais pas pourquoi il en a choisi une autre aujourd'hui.

Là, je mens carrément :

– Mon père me la chantait toujours. Ça ne cacherait pas une histoire précise ?

Sans hésiter, elle secoue la tête.

– Je ne crois pas. Un jour, il m'a dit qu'il l'aimait bien et que c'était tout.

Je cherche la moindre trace de déloyauté dans son expression.

– D'accord. Merci.

Je sais qu'elle dit la vérité, car elle n'a aucune raison de le protéger à ce stade. En fait, ça lui aurait sans doute plutôt fait plaisir de révéler le secret qu'il cache derrière cette chanson. Donc, il ne lui a rien dit.

Alors que Jolene prend ma commande, mon cœur palpite de joie. S'il est sorti avec elle pendant deux mois sans rien lui raconter, je peux garder espoir. Pourtant une petite voix cynique laisse entendre qu'il m'en a parlé parce qu'il était sûr de ne jamais me revoir. Je passe un moment à ruminer, jusqu'à ce que je finisse par m'endormir.

Cette fois, quand je me réveille, j'aperçois le soleil par le hublot. On est presque arrivés. Je n'ai même pas vérifié quelle heure il était à Dubaï.

Remarquant que mon voisin, de l'autre côté de l'allée, a un chargeur branché, je lui demande si on peut y brancher mon téléphone. Lorsque la voix de Carter retentit dans la cabine, j'en ai des frissons, non seulement parce que je ne l'ai pas entendue depuis un moment, mais aussi parce qu'elle apparaît fatiguée, cassée.

– Mesdames et Messieurs, nous approchons de l'aéroport international de Dubaï. Il est un peu plus de treize heures trente. Nous sommes à la saison la plus chaude dans les Émirats. Il fait trente-quatre degrés au sol. Bon séjour et encore merci d'avoir choisi International Airlines. Nous espérons vous revoir bientôt sur nos lignes.

Fermant les yeux, je formule une petite prière pour que l'atterrissage se passe bien. Mes oreilles sifflent à mesure qu'on perd de l'altitude. Je sens mon cœur battre de plus en plus fort à l'idée de la surprise que je vais faire à Carter.

L'atterrissage se passe à merveille. Après l'ordre de détacher nos ceintures, j'allume mon téléphone et m'aperçois que j'ai reçu plusieurs messages… tous de Carter. *C'est pas vrai ! Il m'avait acheté un billet. Il voulait que je vienne. Il a dû croire que je le laissais tomber.*

Je commence à transpirer. Mon cœur va éclater. Impossible de voir quoi que ce soit à cause de tous ces gens qui attendent de sortir : je me hisse sur la pointe des pieds pour essayer de le repérer. Et le voilà, se tenant bien droit à l'avant, répondant aux gens qui le félicitent pour son superbe atterrissage. Il ne ressemble pas au Carter que je connais, avec ce regard sombre, inexpressif et poli.

Je mets un temps fou à remonter l'allée centrale. À chaque pas, mon cœur bat plus fort. J'y suis presque. Quelqu'un lui pose une question et, alors qu'il répond, il s'arrête au beau milieu d'une phrase en m'apercevant devant lui. Pendant quelques secondes, il se fige, sous le choc, puis respire longuement, avant que son air professionnel ne disparaisse sous un large sourire.

C'est l'un de ces moments de la vie où l'on n'a pas besoin de parler. Il secoue lentement la tête, l'air fou de joie. Avais-je encore des doutes sur ses intentions ? Oui. Pourtant, impossible de feindre ce regard sincèrement ravi.

Alors on reste face à face, sans se quitter des yeux. Tous les passagers sont sortis mais pas l'équipage.

Carter finit par se pencher en murmurant :

– Je vois que tu as reçu mes textos.

– Non.

– Non ?

– Non. Mon téléphone s'est éteint quand on s'est quittés. Je n'ai vu tes messages que maintenant. En fait, je m'étais acheté un billet de mon côté.

– Céleste… marmonne-t-il.

– Quoi ?

– Je ne sais pas ce qui se passe.

– Moi non plus. Je…

– Laisse-moi finir, coupe-t-il. Je ne sais pas ce qui se passe ici mais, quand je t'ai crue partie, je me suis senti vraiment très mal, alors que je ne te connaissais pas il y a encore deux jours. Alors je ne sais pas ce qui se passe. Je sais juste que je ne veux pas que ça s'arrête.

Après un coup d'œil alentour, il place ses mains sur mes hanches puis me conduit dans le cockpit et ferme la porte derrière nous.

– Je n'arrive pas à croire que tu sois vraiment venue.

L'instant d'après, je me retrouve contre la paroi, tandis qu'il presse ses lèvres contre les miennes en gémissant. J'ouvre grand la bouche pour mieux savourer cette saveur que je n'avais goûtée qu'une seule fois jusque-là – et je pensais que ce serait la dernière. Nos langues s'entremêlent tandis que je lui attrape les cheveux d'une main.

Il se redresse peu après.

– J'avais atrocement besoin de ça.

– Ces quatorze heures n'en finissaient plus.

– Écoute, l'une des raisons pour lesquelles je viens de me ruer sur toi si brutalement… c'est l'endroit où on se trouve.

– Je ne comprends pas.

– Une fois qu'on aura quitté cet avion, on n'aura plus le droit de se toucher.

– Comment ça ?

– On est à Dubaï, on ne peut pas se montrer d'affection en public. Au risque de se faire arrêter. Même les gens mariés peuvent juste se tenir par la main. Pas question de s'embrasser ni de se prendre dans les bras. Ce serait considéré comme indécent.

– Tu te fous de moi ?

– On ne peut pas non plus jurer en public. C'est un acte criminel.

– Houlà ! Un verre, vite !

– Ça non plus. Ici, on ne peut boire que dans les hôtels et les boîtes. Et puis, il va falloir te couvrir avant de sortir d'ici. J'espère que tu as apporté le soutien-gorge que je t'ai acheté.

– Il est dans ma valise.

Carter ôte sa veste.

– Mets ça pour le moment. Il faut qu'on sorte de là.

– Où est-ce qu'on va ?

– Je connais un coin tranquille, dit-il avec un clin d'œil.

CHAPITRE 8

CARTER

Mon refuge habituel est déjà loué pour la journée. Amari m'offre de prendre le canapé gratis en attendant qu'une de ses trois chambres se libère demain matin. Si j'avais été seul, j'aurais accepté sans sourciller, prêt à tout pour pouvoir dormir au plus vite. Mais Kendall mérite mieux qu'un canapé dans un salon partagé avec des inconnus. Finalement, je décide de prendre une chambre à l'hôtel où l'équipage descend habituellement. Ce n'est pas l'idéal mais, au moins, nous y serons en sécurité et j'ai trop besoin de dormir.

À la sortie de l'aéroport, j'éloigne Kendall du chauffeur qui est censé nous emmener à l'Hilton Dubaï Jumeirah Resort avec le reste de l'équipage. Je ne veux pas qu'elle en sache trop sur mon passé. Alors on finit par prendre une navette minibus. Devant nous, d'autres passagers sont lancés dans une grande discussion, en persan, il me semble.

Le dossier du siège avant contient une pochette remplie de revues : *Nouvelles locales de Dubaï* en plusieurs langues. Je les ai déjà parcourues durant mes précédentes escales et je me dis que Kendall serait contente d'y jeter un coup d'œil. Je lui montre la première règle de vie : *Pas de démonstration d'affection en public. Cela implique les embrassades, les caresses et la main dans la main.* Elle a gardé la paume plaquée sur son siège. Après avoir vérifié que personne ne s'occupait de nous, j'entrelace mes doigts dans les siens. Elle me jette un long regard brillant.

Sans me lâcher, elle saisit de l'autre main le carton que je lui tends, me montre la deuxième règle : *Porter des tenues correctes. Les femmes doivent éviter tout vêtement transparent, décolleté, trop court. Le ventre, les épaules et le dos doivent être couverts. Les hommes doivent porter des chemises fermées, sans laisser apparaître leurs sous-vêtements.* Puis, après s'être assurée qu'aucun regard indiscret ne nous observe, elle se met à doucement remonter sa jupe. C'est d'autant plus piquant que c'est illégal ; je suis son lent mouvement sensuel et j'ai de plus en plus de mal à ne pas geindre. Le temps qu'elle atteigne le haut de ses cuisses, il faut que je me redresse sur mon siège. Certes, je l'avais déjà vue en bikini mais là… au milieu d'autres personnes, c'est purement érotique.

Par-dessus ses jambes presque dénudées, elle me tend le dépliant sans me lâcher la main. Étant donné que je ne veux pas attirer l'attention sur nous, et qu'il me faut quand même le temps d'apaiser ma trique, je fais mine de regarder par la fenêtre, comme si je ne m'intéressais plus à ses cuisses ni au contact de sa chair. Après quoi, je lui montre la règle numéro six : *Pas de vocabulaire ordurier ni de gestes indécents*. J'attends que le chauffeur soit occupé par la circulation sur l'autoroute, m'assure que la famille devant nous n'arrête pas de discuter… puis je me penche vers Kendall pour lui murmurer à l'oreille :

– Je bande comme un malade en me demandant ce que tu ferais si je continuais à remonter cette jupe. Tu m'arrêterais ?

Elle suffoque ; heureusement, personne n'a l'air de s'en apercevoir. Quelques minutes plus tard, on quitte déjà l'autoroute, autrement dit, nous ne sommes plus loin de l'hôtel. Kendall retourne le document en me contemplant d'un petit air diabolique, comme pour dire : *quelles autres règles pourrait-on encore enfreindre ?* Elle parcourt la liste puis se passe la langue sur sa lèvre inférieure avant de me désigner la neuvième ligne : *Les rapports sexuels en dehors du mariage sont interdits à Dubaï, et cette loi s'applique également aux visiteurs d'où qu'ils viennent.*

Décidément, il n'y a pas une loi dans ce pays que je ne vais pas essayer d'enfreindre pendant mon séjour.

*

* *

Malheureusement, ces belles perspectives ne vont pas durer longtemps. Le hall du Hilton est à peu près désert quand on y arrive. À part… quelques hôtesses que j'aurais préféré ne pas y rencontrer. Alors que deux d'entre elles s'approchent, j'ai trop envie d'attirer Kendall à moi, de passer mon bras autour d'elle de façon possessive, d'utiliser ce contact physique pour nous rassurer ; en même temps, je ne voudrais pas la mettre en difficulté avec la loi. Dans les pays arabes, on ne couche pas à tort et à travers. Il y a quelques mois, deux agents de bord britanniques d'une autre compagnie ont fait quatre-vingt-dix jours de prison pour avoir été surpris en train de faire l'amour. *Trois putains de mois.*

– Jet, minaude Jolene. Je ne savais pas que tu descendrais ici pour l'escale.

En la présence de Kendall, j'ai l'impression de ne voir en elle que de l'histoire ancienne. Pourtant ça remonte à moins d'un mois. Dans ce même hôtel… Kendall se crispe en la voyant approcher et me murmurer, tout en glissant une carte dans ma poche :

– Si tu as besoin de compagnie, je suis dans la chambre 4030. C'est Lana qui se trouve à côté, cette fois, comme ça on ne risque plus de provoquer des plaintes pour tapage nocturne.

Je recule et c'est là que Jolene prend conscience de la présence de Kendall.

– Ah, mais… vous étiez dans l'avion, n'est-ce pas ?

Malgré son sourire aimable, Kendall la fusille du regard. J'avais peur qu'elle ne soit bouleversée. En fait, elle est furieuse. Elle lui tend la main et lance, avec un fort accent texan que je ne lui connaissais pas :

– Kendall Sparks, enchantée.

Jolene ne paraît pas plus ravie, d'autant que, lorsqu'elle prend cette main tendue, Kendall lui serre violemment la paume en énonçant :

– Je suis la thérapeute personnelle de Carter. Je crains qu'il n'ait besoin de repos après ces *tapages nocturnes*. Dysfonctionnement érectile induit par le stress.

Puis elle récupère la carte dans ma poche et la lui tend :

– Il n'ira pas dans la chambre 4030.

Après quoi, elle m'entraîne loin de Jolene, bouche bée. Je risque une remarque :

– Tu sais que ma virilité doit prouver au plus vite que tu viens de dire de pures conneries.

– Peut-être que si justement tu la gardes plus souvent dans ton pantalon, *ta virilité*, l'occasion finira par se présenter.

– Je m'en souviendrai, Céleste, je te préviens.

Cette fois, mon escale à Dubaï doit durer trois nuits ; pourtant j'ai dit à Kendall de ne prendre une chambre que pour ce soir. Ça m'énerve qu'on ne puisse pas partager la même, comme chez Maria Rosa. Au moins, cette situation pourrie ne durera qu'une nuit. Demain, quand on ira chez Amari, il n'y aura plus d'œil indiscret pour nous surveiller.

Nos chambres se trouvent au huitième étage, à trois portes l'une de l'autre. Arrivé devant celle de Kendall, je tente un numéro de charme :

– Merci d'avoir poursuivi ce voyage avec moi, Céleste. Je n'étais vraiment pas prêt à te lâcher. Je ne sais pas ce que ça veut dire mais c'est ce qui m'arrive de mieux depuis un moment, et je ne veux pas que ça s'arrête.

– Moi aussi, je suis contente d'être venue.

Quand elle ouvre la porte, j'essaie d'entrer mais elle m'arrête d'un geste.

– Il y a des caméras dans le couloir.

– Je suis prêt à faire de la prison pour t'embrasser. Et pire encore pour peloter tes petits seins.

Elle secoue la tête en souriant.

– Quel obsédé !

Je hausse un sourcil amusé.

– Allez, va dormir, reprend-elle. Tu dois être épuisé. Ce soir, je veux que tu me fasses visiter la ville, que tu m'emmènes danser.

Elle a raison. J'ai vraiment besoin de quelques heures de sommeil. Mais pas question d'y aller sans un autre baiser. J'y ai déjà eu droit deux fois, maintenant je suis accro. Je la pousse à l'intérieur de sa chambre et, voyant ma détermination, elle laisse la porte se refermer sur nous.

– Carter… on pourrait avoir des ennuis.

– Autant que ce ne soit pas pour rien.

Dix minutes plus tard, je quitte sa chambre plus tendu que jamais. Ce n'est qu'en entrant dans mon lit que je prends conscience que je suis en train de chantonner les Beatles, *I Want To Be Your Man*[8].

Tout à fait moi.

---

8. « Je veux être ton homme ».

CHAPITRE 9

KENDALL

Je traîne dans la baignoire après une bonne sieste, quand le téléphone de l'hôtel se met à sonner. Coup de chance, il y a un appareil dans la salle de bains et je n'ai qu'à me redresser pour décrocher.

– J'ai rêvé que tu étais près de moi dans le lit quand je me réveillais.

La voix de Carter est encore tout enrouée de sommeil. Le son passe du récepteur à mes oreilles et directement entre mes cuisses.

– J'étais trop déçu quand j'ai tendu la main pour ne trouver qu'une place vide.

Je m'allonge de nouveau dans la baignoire où seuls mes tétons dépassent de l'eau tiède. Entre l'air frais et la voix de Carter, ils restent fermement dressés. Je passe de l'eau chaude dessus pour les décontracter, mais sans résultat.

– Tu dis que tu as rêvé de moi ?

– C'est le cas depuis le moment où je t'ai aperçue dans le bar de l'aéroport. Encore que je ne sois pas certain de pouvoir citer quelques-unes de mes pensées comme des rêves. Disons plutôt des fantasmes.

– Vraiment ?

– Tout à fait.

– Tu as bien dormi ou c'était trop dur de te détendre à cause de ces rêves ?

– Oh, c'était vraiment très dur ! Mais j'ai quand même pu fermer les yeux pendant quelques heures. Et toi ?

– J'ai dormi un peu. J'étais engourdie par ce long vol alors je me suis dit qu'un bon bain m'aiderait à me détendre.

– Tu es dans l'eau, en ce moment ?

– Hummmmm…

Carter émet une sorte de grognement.

– Tu vas me tuer, là, Céleste. J'ai tout juste réussi à baisser ma garde et là tu m'annonces que tu es allongée nue dans ta baignoire, en train de me parler ?

– Ça fait trop de bien. Tu devrais essayer.

– Pas besoin de me le répéter. J'arrive.

Je me mets à rire :

– Je te rappelle que tu souffres d'un dysfonctionnement érectile induit par le stress.

– Je vais te montrer le dysfonctionnement de mon érection.

– Sois sage. J'aurais pu leur dire que tu avais une MST. Là, tu aurais eu du mal à récupérer tes putes aériennes, même après mon départ.

– Mes putes aériennes… ?

Je pousse un soupir.

– Si on parlait d'autre chose ? Je n'aime pas te voir sous cet angle. Tu sembles… tellement différent quand tu es avec moi.

– Je suis différent quand je suis avec toi.

Je reste un instant silencieuse. *Une personne peut-elle avoir deux visages ?* Je n'aurais pas cru ça possible. Plus vraisemblablement, il joue la comédie une fois sur deux et je n'ai aucune envie de savoir quand… c'est peut-être moi qui ne vois pas le vrai Carter.

– Tu ne dis plus rien. À quoi penses-tu ?

– À vrai dire, je me demande quel Carter tu es vraiment. Le mec qui dormait par terre à Rio sans que j'aie à le lui demander parce qu'il savait que ça me gênait ? Ou celui qui s'envoie une nouvelle hôtesse chaque semaine ?

– Je ne le sais pas trop moi-même. Mais je sais lequel je préfère. Je me préfère quand je suis avec toi. Je pense que tu peux tirer le meilleur de moi, Kendall – un aspect de moi que je n'avais plus vu depuis bien longtemps. J'avais un peu oublié qu'il existait encore, jusqu'à ce que tu entres dans mon avion.

– Je crois que c'est la chose la plus sympa qu'on m'ait jamais dite. Je t'aime bien, moi aussi, Carter Clynes.

Au cours des minutes qui suivent, on s'écoute juste respirer. Curieusement, ces instants me détendent davantage que ma sieste et mon bain combinés. Je finis par demander :

– Tu as toujours envie d'aller danser, ce soir ? Je comprendrais si ce n'est pas le cas. Après un vol de quatorze heures et juste une sieste, ce serait plutôt normal.

– Je ne suis pas un gros dormeur. Je serai prêt dans une heure.

– J'ai inspecté mes bagages. Franchement, je n'ai pas beaucoup de tenues de sortie qui me couvrent tout le corps.

– Tu as une veste légère ?

– Oui.

– Habille-toi ultra sexy et couvre-toi de cette veste. Dans les boîtes agréées, on peut porter ce qu'on veut, et j'ai très envie de voir ta peau.

– D'accord. Alors vous verrez ma peau, commandant.

*

* *

Dubaï mis à part, j'écoperais d'une amende même au Texas si je sortais dans cette tenue. Je me tourne à droite, à gauche, vérifiant une dernière fois ma robe dans la glace, pour m'assurer que les parties les plus importantes sont bien couvertes. Elles le sont… à peine. Pourtant, vue de face, on dirait une simple petite robe noire, quoiqu'elle soit vraiment très courte. Tandis que, vue de côté, elle devient carrément transparente. Une bande d'étoffe ultra fine laisse apparaître qu'il est absolument impossible de porter quoi que ce soit en dessous. J'ai plutôt l'habitude de me balader sans soutien-gorge, mais sans culotte pour aller danser, ce sera bien la première fois. C'est d'ailleurs pour ça que je n'avais encore jamais porté cette robe achetée en soldes il y a quatre mois.

Avec cette tenue de call-girl de la haute, j'ai coiffé mes boucles blondes pour leur donner un peu plus de tenue, je me suis maquillé les yeux avec un fard gris-mauve. Il n'y a qu'une marge étroite entre sexy et vulgaire, j'espère juste que je reste du bon côté. Lorsque Carter frappe, j'ai soudain le trac.

– Une minute !

Je jette un dernier coup d'œil à la glace, respire un grand coup avant de me diriger vers la porte sur mes talons aiguilles.

Apparemment, il apprécie mon look de chaudasse car il écarquille les yeux, jure à mi-voix.

– Tu veux me tuer !

Je tourne lentement sur moi-même.

– Ça te plaît ?

– Tu ne portes aucun sous-vêtement ?

– Impossible avec ce modèle. Ça fait trop ?

Il reste sur le seuil, serrant si fort les poings qu'ils en deviennent blancs. Il me contemple avec une telle intensité que j'en ai la chair de poule.

– Tu es superbe, Kendall. Ça ne fait pas trop du tout. C'est juste que je n'ai pas envie de te partager avec qui que ce soit d'autre dans cette tenue.

– Tu as dit que tu voulais voir ma peau. Alors je l'ai choisie pour toi.

– Merci. Je suis comblé. Maintenant, attrape ta veste et couvre-toi avant que je ne commette une bêtise.

*
* *

Jamais vu de boîte aussi glamour que le club Boudoir, et cela englobe mes virées annuelles entre filles à New York. Une longue file d'attente s'étire devant l'entrée, mais Carter se dirige droit vers la porte ; il donne son nom et nous voilà escortés à l'intérieur. Il a réservé une table où on nous apporte une superbe bouteille de champagne.

– C'est magnifique !

Il me présente ma chaise.

– Content que ça te plaise, parce qu'après ça je risque de ne plus pouvoir t'offrir le restau pendant un moment, plaisante-t-il.

Je sais que tout ça lui coûte une petite fortune. On commence par boire en grignotant des amuse-gueules et en regardant les gens autour de nous. En compagnie de Carter, je me sens aussi à l'aise dans cette boîte huppée en plein Dubaï que dans le salon de Maria Rosa. Plus j'y réfléchis, plus cette situation me paraît étrange.

– Quand je pense qu'il y a quelques jours un singe me pissait sur l'épaule dans une maison d'hôtes, et que là, je me retrouve assise dans une boîte pleine de gens magnifiques, à boire du champagne avec toi.

– Qu'est-ce que tu préfères entre les deux ?

– Je ne sais pas, j'attends d'avoir tous les éléments. Tu ne m'as pas encore montré tes talents. Savez-vous danser, commandant Clynes ?

Il vide sa coupe de champagne.

– Possible.

Je me lève, lui tends la main.

– Montre-moi ça, mon joli.

Il hausse un sourcil.

– Mon joli ?

Le champagne me donne des ailes. Je ferme les bras autour du cou de Carter.

– Tu es superbe, sûr de toi, drôle, et pilote de ligne. La dernière chose qui puisse encore améliorer le portrait serait que tu aies le sens du rythme.

Tout en promenant ses doigts sur mes côtes, il se penche pour m'effleurer le visage de sa joue et me murmurer à l'oreille :

– Oh, j'ai du rythme, mais ça, tu le verras quand on se retrouvera en privé, promis.

Tandis qu'il se redresse, mes lèvres s'entrouvrent pour laisser passer une respiration laborieuse. J'ai tellement envie de lui que ça fait mal.

– Et on ne danse pas ?

– Bien sûr que si ! Je me frotte contre toi sur cette piste, en guise de préliminaire. Parce que je ne sais pas si je tiendrai bien longtemps quand je t'arracherai cette robe.

*
* *

Carter gémit tout en m'embrassant lorsque je glisse la main au creux de ses reins, la faufile sous le pantalon. On se trouve dans un couloir près des toilettes, tous les deux baignés de sueur après avoir dansé pendant des heures. On a ri, tangué sur des slows, sauté sur du R&B. *C'est sûr, Carter danse bien !* Avec sa façon de remuer les hanches pour mieux me faire sentir sa continuelle érection, il me mène chaque fois au bord de la jouissance.

Pourtant, ce n'est plus pareil depuis dix minutes. Il m'embrasse avec plus d'empressement, plus de vigueur, au point que, si on ne quitte pas tous les deux nos vêtements au plus vite, je vais mourir de désir.

Un nouveau slow vient de commencer. Je n'en connais pas les paroles mais Carter, si. Il chantonne tout en m'étreignant dans la semi-obscurité.

– Tu vas me rendre folle. Il faut s'en aller.

Le corridor se termine sur une sortie de secours et tant pis si j'ignore où elle donne. Tout ce qui compte pour moi, c'est qu'une fois dehors on pourra rentrer à l'hôtel. Entraînant Carter par la main, je pousse la poignée et un courant d'air nous rafraîchit aussitôt. Jamais je ne m'étais sentie aussi vivante. Ma peau frissonne d'excitation. À l'instant où la porte va se refermer, Carter la retient.

– Merde ! J'ai laissé ma carte de crédit au serveur. Il faut que je paie l'addition pour la récupérer. On y retourne.

C'est la nuit d'été la plus incroyable de ma vie. Je hume l'odeur d'eau salée et la brise fraîche m'enchante. Pas un bruit dans la rue déserte.

– Je t'attends ici.

– Pas question. Je ne te laisse pas toute seule.

J'ôte mes chaussures.

– Je ne veux pas entrer de nouveau là-dedans. Vas-y. Dépêche-toi.

Il proteste encore pour la forme, alors j'entoure sa taille de mes bras, avant de me hisser sur la pointe des pieds.

– Si tu ne te dépêches pas… je devrai commencer sans toi.

– Ne bouge pas, gronde-t-il. Je reviens dans deux minutes.

J'entends la musique à l'intérieur, même quand la porte se referme. Je ferme les yeux en souriant, je me sens plus libre et plus heureuse que je ne l'ai jamais été. Beyoncé interprète *Dangerously in Love*[9] et je remue le corps au rythme de la chanson

---

9. « Dangereusement amoureuse ».

en me disant qu'on est toutes les deux sur la même longueur d'onde. Je suis trop bien, même si l'homme qui m'attire est plutôt dangereux. Je lève les bras pour accompagner le chœur, tournoie plusieurs fois en chantonnant *Dangerously, Dangerously in Love*. Je ne pense plus à rien. Je suis euphorique, en train de tomber follement amoureuse de cet homme. Je ne prête aucune attention à ce qui m'entoure. C'est sans doute pour ça que je ne vois pas la voiture de police s'approcher, du moins jusqu'au coup de sirène.

*

* *

Je ne comprends rien à ce que dit le traducteur.

– Mais ce n'était pas dans le règlement ! dis-je. Qu'est-ce qu'il y a d'illégal à danser en public ? Personne ne me l'avait dit ! Je ne dansais même pas vraiment. Je suivais juste le rythme…

– C'est considéré comme un attentat à la pudeur. Ne vous inquiétez pas, vous allez passer devant le juge et vous plaiderez non coupable. Il y a des chances pour que vous ne soyez pas condamnée à plus de quatre-vingt-dix jours puisque c'est votre première offense.

– Quatre-vingt-dix jours ! Je ne vais pas passer quatre-vingt-dix jours en prison ! Je n'ai rien fait. Où est Carter ? J'ai besoin de Carter. Ou de mon avocat. Puis-je appeler mon avocat aux États-Unis ? Il saura quoi faire.

– Quand vous aurez vu le juge, on vous placera dans un centre de détention et, dans quelques jours, vous pourrez passer quelques coups de téléphone.

– Non, ce n'est pas possible. Vous ne comprenez pas. Je n'ai rien fait de mal.

Mon cœur bat la chamade et j'ai affreusement mal au bras. Je n'arrête pas de le gratter mais ça ne s'en va pas. Un urticaire nerveux m'envahit le corps, comme quand j'étais petite.

Ce n'est pas possible. Comment est-ce arrivé ? C'est de la folie !

– Mademoiselle, il faut vous calmer, maintenant. Le juge sera furieux si vous vous conduisez comme ça dans son tribunal. Vous êtes censée rester silencieuse tant qu'on ne vous aura pas adressé la parole.

Peu après, mon traducteur disparaît pour me laisser seule dans une pièce qui me rappelle furieusement une salle d'interrogatoire des *Experts*, sans fenêtre, avec juste deux chaises autour d'une vieille table sale. J'ai envie de pleurer, mais je crains de ne plus pouvoir m'arrêter si je commence. Je prends conscience de la réalité de ma situation : une femme seule dans un pays dont j'ai enfreint les lois de bienséance. Je suis morte de peur.

Ils m'ont confisqué mon téléphone, et il n'y a pas de pendule au mur. J'ignore combien de temps s'est écoulé. Je pose la tête sur la table, mais impossible de m'endormir. Plusieurs heures après le départ de mon interprète, un policier en uniforme entre, coiffé d'un béret et armé non pas d'un, mais de deux pistolets. Il porte une assiette avec un sandwich qu'il envoie dans ma direction. Le son métallique qu'elle fait en atterrissant me fait sursauter. Je ne sais pas s'il parle ma langue ou non, mais il ne répond à aucune de mes questions et me plante là.

J'ai dû finir par m'endormir. Un autre policier claque la porte pour me réveiller. Essuyant la bave qui a coulé de ma bouche, je me lève d'un bond.

– Je dois passer un coup de téléphone.

– Vous allez voir le juge maintenant.

– Mais je n'ai pas encore parlé à mon avocat ni passé un seul appel. Je ne dois pas commencer par ça ?

Toujours pas de réponse. On m'emmène parmi une dizaine d'autres personnes et on nous menotte tous ensemble avant de nous entraîner à travers de longs couloirs. Finalement, on nous fait entrer dans une galerie et je vois tout de suite la paroi grillagée qui donne sur une salle de tribunal déserte. Je me sens comme un animal en cage, prête à me faire juger pour un crime que je n'ai pas commis.

Quelques minutes plus tard, deux policiers en uniforme ouvrent les portes du fond pour laisser entrer une foule de spectateurs. Je m'accroche désespérément aux barreaux en cherchant Carter parmi eux. *Carter ! Merci mon Dieu !*

– Carter !

Je lève un bras pour lui faire signe, entraînant au passage celui de la personne à laquelle je suis menottée. Carter essaie de s'approcher mais un garde l'arrête.

– Ne dis rien, me lance-t-il alors. Je t'ai pris une avocate. Elle s'occupe de tout.

Je hoche la tête, enfin un peu rassurée depuis le début de ce cauchemar. Des larmes commencent à couler sur mon visage mais je ne peux pas les essuyer sans gêner de nouveau mon voisin. Alors qu'elles coulent, tant pis…

Peu après, le tribunal fait son entrée. Un juge, revêtu de la traditionnelle gandoura blanche et d'un keffieh à carreaux rouges et blancs prend place sur l'estrade. Il se lance aussitôt dans une furieuse diatribe en arabe, sans pour ainsi dire jamais lever la tête.

Et là, tout va très vite. Il s'adresse à une personne, tandis que deux ou trois autres discutent dans différentes langues auxquelles je ne comprends rien. C'est tout juste si j'arrive à voir qui dit quoi ; j'aperçois Carter, tout au fond, l'air nettement moins calme et sûr de lui que d'habitude. Ce qui ne fait que me terrifier davantage.

Finalement, un agent appelle mon nom, me détache de la chaîne des prisonniers et me conduit dans la salle où une femme en tailleur semble m'attendre. Je comprends tout ce qu'elle me dit malgré son fort accent arabe. Elle est d'une beauté renversante.

– Quand le juge vous appellera, je parlerai pour vous. Nous allons plaider non coupable. L'agent qui a procédé à l'arrestation ne viendra pas témoigner et cela mettra le juge hors de lui.

– Quoi ? Comment savez-vous qu'il ne viendra pas, et pourquoi faut-il énerver le juge ?

Elle pousse un soupir exaspéré.

– L'agent a été prié de ne pas se présenter aujourd'hui. Et ce juge est très tatillon. Il tient à entendre les témoignages à la lecture de mise en accusation. Nous avons une chance sur deux pour que ça l'exaspère tellement qu'il vous relâchera histoire d'étayer sa thèse.

– Et sinon ? Qu'est-ce qui se passera si c'est l'autre éventualité ?

– Alors vous irez en prison pour trente jours au maximum, le temps que l'agent soit repéré et convoqué.

– Mais…

Sans me laisser le temps d'aller plus loin, un agent m'appelle.

– C'est votre tour. Allons-y.

– Attendez…

– Non. On y va.

Tout ce qui arrive ensuite se déroule sous mes yeux comme si j'assistais à la scène de loin. Je suis physiquement présente dans ce tribunal mais mon esprit flotte au-dessus, en spectateur. Je jette encore un regard vers Carter avant de me lever avec mon avocate, face à la cour. Lui se tient au bord de son siège, l'air aussi anxieux que moi.

Le juge énonce diverses choses auxquelles je ne comprends rien, à quoi l'avocate répond en arabe. Je retiens mon souffle en découvrant l'air de plus en plus irrité du juge, son ton de plus en plus cassant. Après un débat houleux, il abat son marteau d'un air furieux qui me fait tressaillir.

– Venez avec moi.

Un agent m'attrape par le coude et m'entraîne au dehors.

– Attendez ! dis-je à mon avocate. Attendez, qu'est-ce qui s'est passé ? Qu'a dit le juge ?

Elle lève les yeux au ciel.

– Vous pouvez partir. L'agent vous emmène récupérer vos affaires.

*

* *

Carter m'attend au pied de l'escalier du tribunal avec mon avocate. Sur le moment, je l'aurais bien pris dans mes bras mais je me rappelle que c'est ce genre de conduite qui m'a valu ces ennuis.

– Ça va ? demande-t-il l'air inquiet.

– Je crois.

Il se tourne vers l'avocate.

– Je ne sais comment vous remercier, Serine.

Elle hoche la tête avec un sourire malin.

– Je suis sûre que vous trouverez un moyen la prochaine fois que nos chemins se croiseront sur un vol vers les États-Unis, commandant.

Puis elle me désigne du menton :

– Bonne chance avec votre sœur. Tâchez de lui apprendre à bien se tenir, à l'avenir.

*

* *

Je reste bouche bée en la regardant s'éloigner.

– Votre sœur ?

Il essaie de m'expliquer :

– On s'est rencontrés quelques fois en vol. Je me suis dit qu'elle m'aiderait avec plus de conviction si…

Je lève une main pour l'arrêter :

– N'en dis pas plus, je ne veux pas savoir.

– Désolé, Kendall. Je n'aurais jamais dû te laisser seule. J'aurais dû t'obliger à venir avec moi, et tout cela ne se serait jamais produit.

– Ce n'est pas ta faute.

Il me désigne le parking en face de nous :

– J'ai loué une voiture. Tu ne veux pas qu'on s'en aille, maintenant ?

– Oh que si ! J'ai trop envie d'enlever ces vêtements et de prendre une douche !

– Bon, j'ai déjà récupéré tes bagages en disant à la femme de ménage que j'avais perdu ma clef.

– Mes bagages ? Où va-t-on ?

– Là où j’aurais dû t’emmener dès la première nuit.

– Laisse-moi au moins changer de robe et mettre des sous-vêtements.

CHAPITRE 10

CARTER

J'ai vraiment tout foiré.

Jamais je n'aurais dû laisser Kendall seule. Elle a beau essayer de me convaincre que je ne suis pour rien dans son arrestation, je me sens responsable de son calvaire.

Elle reste anormalement silencieuse durant le trajet qui nous mène chez Amari. Pour les deux jours à venir, mon ami nous a réservé une chambre dans sa maison en plein désert, loin de l'agitation de la ville. Par chance, il n'est pas trop conservateur. Tant qu'on reste discrets, qu'on passe aux yeux des autres hôtes pour un couple marié, il ne voit pas d'inconvénients à ce que Kendall et moi partagions la même chambre. Ce n'est pas lui qui risquerait de nous dénoncer.

À peine entrée, Kendall s'installe à la fenêtre pour contempler les dunes de sable.

– Ça va ?

– Je veux juste prendre une douche, répond-elle sans se retourner.

Son ton m'alarme. Il faut que j'arrange ça. Je veux réparer les dommages provoqués par cette arrestation.

– Je te fais couler un bain.

Bien qu'elle ne m'ait pas répondu, je me dirige vers la salle de bains pour ouvrir les robinets, ajouter le savon moussant. Toujours soucieux de son état d'esprit, je retourne dans la chambre et lui tends la main afin de l'aider à se lever du lit.

Je n'ai d'autre intention que de l'amener vers l'eau chaude.

– Enlève tes vêtements mais garde ton soutien-gorge et ta culotte parce qu'on va prendre ce bain ensemble.

Soulagé de ne pas la voir protester, j'ôte mon pantalon mais reste en caleçon avant de me glisser dans l'eau. En la voyant quitter sa robe, je sens mon sexe se raidir devant ce joli corps en sous-vêtements.

– Viens, dis-je en lui tendant la main pour l'aider à entrer. Promis, je ne mords pas.

Non sans hésitation, elle soulève ses jambes l'une après l'autre puis les plie dans l'eau mousseuse, s'assied devant moi, entre mes genoux. Je sens son dos s'appuyer sur mon torse, ses fesses si proches de mon bas-ventre que je me raidis plus que jamais. J'espère qu'elle l'a compris.

Elle a noué ses cheveux en queue-de-cheval mais je tire sur l'élastique pour libérer cette masse de boucles blondes. Je prends de l'eau dans les mains et la verse lentement sur sa tête puis y ajoute un peu de shampooing.

Je commence à lui masser lentement le crâne et elle se penche en arrière comme pour m'aider à poursuivre.

– Détends-toi, ma puce.

Je n'ai envie que d'une chose, en ce moment : m'occuper de cette fille, la rassurer.

On se tient tellement tranquilles qu'on entend des hommes discuter en arabe dans la chambre voisine. Au bout de quelques minutes de silence, Kendall ouvre la bouche pour la première fois.

– Je déraille, Carter ?

Instinctivement, je m'immobilise pour lui répondre :

– Qu'est-ce que tu racontes ?

– Qu'est-ce que je fiche ici ?

Je ressens sa question comme un coup de poing dans l'estomac.

– Tu regrettes de m'avoir suivi ?

Elle se redresse un peu, marque une pause avant de répondre :

– Tu es un bel homme… si charismatique… si libre d'esprit. Tu me fais ressentir des choses que je n'avais jamais éprouvées auparavant. Seulement je crois que je me suis emballée ; je ne sais pas si je vais sortir indemne de cette histoire.

– Pourquoi t'inquiéter de choses qui ne se sont pas encore produites ? Occupe-toi plutôt du moment présent.

– J'ai pas mal de raisons de m'inquiéter de l'avenir.

– Ah bon… lesquelles ? Parle-moi. L'arrestation mise à part, dis-moi pourquoi tout ce qui s'est passé auparavant t'a menée au point de croire brusquement que tout ceci n'était qu'une erreur colossale.

Le ton courroucé de ma voix me surprend moi-même, autant que la rigidité de mon corps.

– Ce n'est pas juste à cause de toi. J'ai été égoïste. Tu veux savoir pourquoi tout ça va mal tourner ? Parce qu'il y a deux hommes que j'ai fait marcher et qui s'attendent à me rencontrer, dans cinq jours, deux hommes qui comptent sur moi pour créer une famille. Parce que je devrais prendre des vitamines prénatales, ne pas boire d'alcool. Parce que je n'ai pas encore décidé si j'allais le faire ou non. Parce que j'ai entendu Jolene raconter dans l'avion à l'autre hôtesse – que tu as également baisée – quel con tu étais. Parce que l'avocate qui m'a sortie de cette merde se trouve faire également partie de tes nombreuses conquêtes d'un jour. Parce que je me dis qu'il faut être folle pour imaginer que je suis un tant soit peu différente d'elles. Parce que je devrais sans doute voir dans cette arrestation la preuve qu'en couchant avec toi je commettrais justement *une erreur colossale*. Parce que je ne sais toujours pas si je peux te faire confiance. Et j'en ai encore des dizaines comme ça.

C'est dur à entendre et, franchement, je ne sais pas quoi répondre. Je peux comprendre ses doutes à mon sujet. Ce ne sera pas facile de lui prouver que j'ai de forts sentiments pour elle.

Après un long silence, je finis par lâcher :

– Je comprends ta situation et tu as raison de te poser ces questions à mon sujet.

– Il y a tant d'enjeux et je vais tout sacrifier pour un homme prêt à me griller ? À quel point suis-je différente des autres, Carter ? Dis-moi. Ces autres femmes… en quoi suis-je différente d'elles ?

Je sais que tout tourne autour de ça. Ma seule chance serait de répondre franchement à la question, sinon je vais perdre cette fille. Je pousse un grand soupir :

– Écoute, je ne suis pas fier de la vie que j'ai menée jusqu'ici. Tout ce que tu as entendu… c'est vrai, Kendall. Je ne veux rien te cacher. Tout a changé le jour où on s'est rencontrés. Je ne sais pas trop comment expliquer pourquoi c'est si différent. C'est encore trop nouveau. Le seul fait dont je sois certain, c'est que je veux plus de temps avec toi pour le comprendre.

Sa respiration s'accélère, je sais qu'il faut que je la regarde dans les yeux :

– Je voudrais que tu te retournes vers moi.

Ce qu'elle fait ; je l'entoure de mes jambes.

– C'est moi, là, le seul, le vrai moi. Pas le pilote, pas le playboy, ni tout ce qu'on peut raconter sur moi à cause de mes choix. Sache que je tiens d'abord à ne pas te faire de mal. Je ferai tout ce qui est en mon pouvoir pour éviter ça. Mais tu dois comprendre que je ne peux rien changer à mon passé pourri.

Elle relève les yeux.

– Tu n'es pas le seul. Moi aussi je suis pourrie, Carter.

J'essuie la larme qui lui coule sur la joue.

– On est tous les deux pourris, voilà. Peut-être qu'on voit un peu de nous-même dans l'autre. Séparés, nous sommes minables, mais ensemble… ça pourrait marcher. La situation n'est pas simple, je sais que tu as des décisions à prendre.

– J'ai peur.

– Tu veux tout savoir ? J'ai peur pour toi, moi aussi. Quand tu m'as raconté, à Rio, ce qui t'attendait, j'ai eu du mal à le digérer. J'y ai beaucoup pensé durant le vol qui nous a amenés ici. Tu es dans une sacrée merde. Mais je comprends tes incertitudes. Cet héritage est dément, c'est vraiment beaucoup d'argent. Tu ressens le devoir de t'y plier, tout en tâchant de le faire de façon à aider d'autres gens… ces mecs en Allemagne. Sauf que tu n'arrives pas à prendre une telle décision. Ne commets pas une erreur que tu ne pourrais jamais rattraper. Pas besoin d'être un génie pour comprendre que tu n'es pas prête à faire un enfant. Et ça ne changera pas en cinq jours. Il te faut plus de temps. Oublie ce voyage en Allemagne, du moins tant que tu n'es pas sûre de toi.

Moi aussi, j'ai besoin de temps. Donne-moi encore du temps avec toi.

– Si on poursuit cette aventure, je ne pourrai pas coucher avec toi, Carter. J'ai beau en avoir envie, je sais que ce ne serait pas une bonne idée.

– Je comprends. Je ne vais pas te mentir en disant que ça me va. Mais je te comprends, je respecte ta décision. Et je te promets de ne pas insister.

On se regarde dans les yeux et je finis par l'embrasser longuement sur le front, et tout contre elle, je ne peux m'empêcher d'ajouter :

– Ne me laisse pas tomber, Céleste.

Tout d'un coup, elle recule pour me regarder et quand elle sourit, je me sens comme libéré d'un grand poids.

– Qu'est-ce qu'il y a au programme, aujourd'hui ? demande-t-elle.

Soulagement.

– Eh bien… On dort un peu. Et quand on se réveille, on dîne tôt d'un chawarma d'Amari, suivi d'un moassel.

– Une demoiselle ? s'esclaffe-t-elle.

– Non, un moassel. Un narguilé. Une chicha. C'est une pipe à eau dont on se sert pour fumer du tabac aromatisé après le dîner. C'est une tradition ici. Tu n'es pas obligée mais je te promets que c'est la seule pipe que je te proposerai cette nuit.

Elle me pince les joues.

– Je me disais aussi… Moi qui commençais à croire que tu n'allais pas me parler sexe de toute la soirée.

– Attends, j'ai dit que je respectais ta décision, seulement tu ne feras pas taire ma vilaine bouche.

– En fait, je l'adore, ta vilaine bouche.

– Un de ces jours… quand tu seras prête, tu verras de quoi est capable ma vilaine bouche. Et tu vas adorer.

*

* *

On dirait que cette conversation dans la baignoire nous a rapprochés. Après le dîner d'Amari, on s'installe derrière la maison, au bord du vaste désert, pour partager une chicha mais aussi pour se raconter des souvenirs d'enfance.

Kendall me dépeint son enfance dans un ranch du Texas, tandis que je lui confie quelques anecdotes rigolotes sur mes sœurs, quand elles s'amusaient à me maquiller pendant que je faisais la sieste.

C'est un plaisir de la voir assise en tailleur, face à moi, soufflant des ronds de fumée avec sa jolie petite bouche. Jamais je ne l'ai autant désirée, cependant je tiens ma promesse de ne pas profiter de sa douce euphorie.

De même, au lit, je la laisse s'endormir contre moi. Entre la quiétude du désert et ma violente érection, je n'arrive pas à fermer l'œil.

Il faut absolument que je me soulage. Je finis par me lever discrètement du lit pour m'enfermer dans la salle de bains. Adossé à la porte, je ferme les yeux en évoquant notre soirée en boîte mais, au lieu de nous voir danser, je subis les images formées par mon esprit troublé : des images de Kendall complètement nue, collée contre moi, chevauchant ma queue sur la piste de danse.

On était proches du nirvana, ce soir-là, et il a fallu que je gâche tout en la laissant seule dans la rue. J'essaie de chasser cette pensée pour me concentrer sur mes fantasmes. En même temps, je me caresse avec vigueur et j'essaie de me représenter sa chatte moite et brûlante, de me rappeler son odeur lorsque nos corps se tenaient si près l'un de l'autre, à quel point elle avait envie de moi, le goût de sa langue lorsqu'on s'embrassait.

J'accélère le mouvement jusqu'au moment où je perçois le son de sa voix derrière la porte.

– Carter ? Qu'est-ce que tu fais ?

Merde.

Je ne peux m'empêcher de rire en me cognant la tête contre la paroi.

– Disons que je prie ?

– Tu respires toujours aussi fort quand tu pries ?

– C'était une prière intense.

– Non, dis-moi ce que tu fais.

– Je parie que tu as déjà deviné.

– Je peux entrer ?

Malgré mon érection, je remonte mon caleçon autant que je peux avant d'ouvrir la porte.

Elle a vite fait de comprendre où j'en étais.

– Pardon de… de t'obliger à en arriver là.

– Ça va. Je n'avais plus joué à ça depuis l'adolescence. Ma main a dû lui manquer un peu.

– À quoi pensais-tu ?

– À toi.

– Oui mais… plus précisément ?

– C'était ce fantasme où je te baisais sur la piste de danse.

Elle baisse de nouveau les yeux, demande d'un ton toujours sérieux :

– Tu as besoin d'un coup de main ?

– Je croyais que tu ne voulais pas en arriver là.

– Je ne peux pas faire l'amour avec toi. Mais je veux te toucher. Je n'ai qu'à ôter mes vêtements et te laisser finir ce que tu as commencé… avec mon aide.

Je lève les yeux au ciel.

– Tu ne te rends pas compte, en fait ?

– De quoi ?

– À quel point tu me rends fou. Je n'ai pas de demi-mesure avec toi. Me branler devant ton corps nu… sans pouvoir obtenir ce que je désire vraiment de toi… ce serait de la pure torture. Je n'ai plus ce genre de volonté, pas avec toi, plus maintenant. Même quand je t'embrasse, je ne songe qu'à m'enfoncer en toi. Mais toi nue devant moi ? Ce serait trop, Kendall. Le jour où tu te déshabilleras devant moi, il faudra que tu sois prête à me laisser te posséder. Sinon, je préfère ne pas trop savoir ce que je rate.

Le regard plein de remords, elle lève les mains.

– D'accord. Désolée de… de t'avoir interrompu.

– Retourne au lit. J'arrive.

Une fois la porte refermée, j'ai envie de me frapper la tête. Je suis cinglé, ou quoi, de l'avoir ainsi repoussée ?

Maintenant qu'elle sait ce que je fais ici, impossible de me détendre. Je bande toujours. J'allume la douche et me glisse dedans. Ironie du sort, je me branle en imaginant que son corps nu est appuyé à la porte de la salle de bains et j'imagine qu'elle est en train de me regarder. *Quelle vie de merde !*

CHAPITRE 11

KENDALL

En ouvrant les yeux, le lendemain matin, je m'aperçois que Carter a quitté la chambre. Il doit prendre son petit déjeuner. Je n'ai aucune idée de l'heure qu'il est.

Je me sens tellement idiote. Qu'est-ce qui m'a pris de l'interrompre ainsi, cette nuit ? Tout ça pour l'allumer un peu plus. Mais ça me rendait cinglée de l'entendre respirer comme un fou en sachant très bien ce qu'il faisait.

Cesse de tourner autour du pot, Kendall. Il ne se rend pas compte à quel point j'ai envie de lui donner tout ce qu'il demande et davantage encore. Mais je ne peux pas me le permettre tant que je n'aurai pas les idées plus claires, parce que je ne saurai jamais compartimenter sexe et amour avec lui, et mettre mes sentiments de côté. Je dois être sûre non seulement de ses intentions, mais également des miennes avant de franchir une telle étape.

J'entends un coup résonner à la fenêtre. Puis un autre. J'écarte le rideau et sursaute, le souffle coupé par ce qui se trouve face à moi, cette tête de dromadaire en gros plan. Il recule et j'aperçois Carter sur son dos, qui me fait de grands gestes en riant.

– Ouvre la fenêtre, articule-t-il.

– Qu'est-ce qui se passe ?

– Habille-toi et amène tes jolies fesses. On va se balader avec ce beau mec. Mets plutôt un pantalon.

– Je ne grimpe pas là-dessus.

– Ce n'est pas la première fois que tu me dis ça. Mais, cette fois non plus, tu n'y échapperas pas. Allez hop ! On ne l'a que pour une heure.

Il me décoche son superbe sourire, et sa fossette me fait sortir du lit.

La chaleur du désert est déjà écrasante en ce début de journée. Carter saute à terre pour rejoindre Amari.

– Bonjour, me lance celui-ci en caressant le dromadaire. Amusez-vous bien, tous les deux, avec Fouad. À votre retour, un petit déjeuner arabe traditionnel vous attendra.

– Merci, Amari. Ça m'a l'air génial.

– Amari va nous aider à monter, dit Carter.

Notre hôte fait asseoir l'animal.

– Le plus difficile, explique-t-il, c'est de se hisser dessus. Ensuite, tout se passe doucement. Carter est un pro. Vous êtes entre de bonnes mains.

Je murmure derrière le dos de Carter :

– À croire que tu es un pro en tout.

Il se retourne.

– Sauf pour obtenir la seule chose que je désire vraiment. Non, je plaisante, ma belle.

– Tu ne plaisantes pas du tout.

– C'est vrai.

Il me pose un tendre baiser sur la bouche, interrompu par l'animal qui se relève.

– C'est parti, je crois ! dis-je. Comment ça se dirige, un dromadaire ?

– À vrai dire, je n'en ai aucune idée. Ces bêtes ne répondent pas quand on les dirige. Mais j'ai toujours suivi le mouvement, et ça s'est bien passé. L'important c'est de ne pas leur faire peur avec des gestes brusques.

Plissant les yeux pour éviter le sable soulevé par le vent, je me penche vers Carter, pose la joue dans son dos. Comme toujours, je me sens en sécurité quand il assume la direction des choses.

On avance en silence mais, bientôt, c'est moi qui reprends la parole.

– Désolée pour cette nuit. C'était débile de me conduire comme ça alors que je n'avais pas l'intention d'aller jusqu'au bout.

– T'inquiète. J'espère juste que tu as compris ce qui m'arrivait.

– Tout à fait.

– Le jour où je te prendrai, ce sera sans aucune retenue. Voilà pourquoi tu as intérêt à te tenir prête.

– Je sais que tu n'es pas habitué à ce qu'une femme se fasse désirer lorsqu'il s'agit d'ouvrir les jambes devant toi.

– Tu te souviens quand je t'ai dit que j'aimais les défis ?

– Très bien.

– Je sais les relever, Céleste. Ne t'inquiète pas. J'attendrai le temps qu'il faudra.

– Je peux te poser une question ?

– Vas-y. Tout ce que tu voudras. Tu le sais.

– Toutes ces femmes… tu ne les laisses pas vraiment t'approcher… Et même ta carrière, qui te permet de ne jamais rester longtemps au même endroit… Tout ça, c'est à cause de Lucy ?

Silence. Non mais quelle idiote je fais ! *Encore une fois*. Au bout de quelques secondes, je reprends :

– Désolée, Carter. Je n'aurais pas dû te demander ça. Décidément, je n'arrête pas de mettre mon nez là où je ne devrais pas, depuis douze heures. D'abord la salle de bains, maintenant ça. Je déraille. J'espère que tu n'es pas fâché.

– Si, mais ça n'a rien à voir avec toi, lâche-t-il d'un ton grave.

Il fait descendre une petite colline au dromadaire. Partout, il n'y a que du sable. Et nous. Les rares bâtisses qui s'élevaient çà et là au début ont complètement disparu.

– Pas besoin d'en parler, dis-je encore.

– C'est ça le truc. Je n'ai jamais parlé de Lucy. Avec personne. Mes parents ont essayé à une époque, mais ils se sont vite rendu compte que ça ne les mènerait à rien et ils ont laissé tomber. Aussi horrible que ça paraisse, je viens juste de dépasser ce drame. Voilà des années que je m'interdisais de m'interroger sur ce qui s'était passé. Là, j'ai dû plus réfléchir à ma vie depuis quarante-huit heures qu'au cours des quinze dernières années. Je ne voyais pas à quel point ça me travaillait.

– Parfois, les choses qui vous travaillent le plus sont celles dont on doit le plus vite se débarrasser.

– Oui…

– Ça tient debout. Avec la vie que tu mènes. Toujours à passer d'une femme à l'autre. Tu ne risques pas de te blesser si tu ne t'attaches jamais.

– Et je ne risque pas de les blesser si elles ne s'approchent pas trop.

– C'est un mécanisme de protection. On l'utilise tous à un certain degré. Moi-même, je l'ai suivi l'année dernière. Au fond de moi, je savais ce que j'allais devoir finir par faire, et je me suis mise à repousser les gens. Mes amis, la seule petite famille qu'il me restait… je ne voulais pas qu'ils me jugent le moment venu.

Carter parvient, je ne sais comment, à faire stopper Fouad. Lui passant une jambe sur le dos, il se retourne pour me faire face, me cale une mèche derrière l'oreille.

– Je ne te jugerai pas, Céleste. Jamais de la vie. Tu as ma parole.

Il semble tellement sincère que je le crois.

– Et je suis prête à t'écouter si tu veux parler de Lucy. Où tu voudras, quand tu voudras. Même quand ce voyage sera fini.

J'ai la gorge sèche à l'idée qu'il n'y en a plus pour longtemps, qu'on va bientôt en voir la fin.

Carter m'embrasse sur le front, puis il m'enlace.

– Merci. C'est très important pour moi.

Apparemment, Fouad a décidé que notre petit tête à tête s'arrêtait là. Il se remet à marcher, obligeant Carter à se retourner au plus vite pour reprendre les rênes. Je reste blottie contre lui jusqu'à la fin de la promenade en continuant ce que je fais depuis que je connais cet homme : je m'accroche.

*

* *

– Oui, bon, il y a un début à tout.

Carter est au téléphone lorsque je sors de la salle de bains, enveloppée dans une serviette après ma douche. On vient de passer la journée à alterner entre quelques brefs moments assis dans le désert à observer le paysage, d'autres à déguster la cuisine traditionnelle arabe, d'autres à écouter l'ami de Carter, Amari, nous raconter les transformations de Dubaï au cours des vingt dernières années. Entre-temps, on s'étreignait dans la chambre.

– Accorde-moi un quart d'heure, conclut Carter, que je puisse discuter avec ma femme.

Il raccroche et jette son appareil sur le lit.

– Ta femme ?

Je fais mine de la chercher des yeux.

– Tu as une femme que tu gardes dans les parages ?

Bien qu'il se tienne de l'autre côté du lit, il a une façon de me regarder qui me donne des frissons. Sous ma courte serviette, mes petits seins frémissent et se dressent.

– J'aimerais tant te posséder. Reste encore là deux secondes dans cette fichue serviette et tu vas pouvoir mesurer à quel point en tout cas moi je suis à toi.

Je me sens rougir et me cache en plongeant vers ma valise pour en sortir des vêtements propres.

– À qui tu parlais, au téléphone ?

Il vient m'embrasser sur l'épaule.

– À un ami pilote. Il est à Dubaï et me demande de le remplacer demain matin sur un vol aller-retour.

– Il est malade, quelque chose comme ça ?

Le nez de Carter se balade sur ma nuque, son souffle tiède me donne la chair de poule.

– Tu as froid ? demande-t-il d'un ton faussement surpris.

Il sait très bien quel effet il produit sur moi. Alors je reviens à mon sujet :

– Tu vas le remplacer ?

– Ça dépend.

– De quoi ?

– Si tu es prête pour une nouvelle aventure.

Je me retourne, sans le faire reculer pour autant.

– Tu veux que je vienne avec toi ?

– Je ne le remplace que si tu viens avec moi. Si tu veux rester encore deux jours ici, ça me va très bien.

– Où est-ce que tu pars, dans deux jours ?

Il scrute mon regard avant de répondre :

– À la maison. J'aurai cinq jours de congés après ça. J'assure le vol de retour aux États-Unis et là, je prends une correspondance en tant que passager pour regagner la Floride.

Ah oui ! Notre petit voyage touche vraiment à sa fin. Cette idée m'étreint le cœur. Carter doit l'avoir deviné. Il me soulève le menton :

– On peut éviter ça. Reste avec moi. Ici, ou on peut vivre une autre aventure ailleurs, on a encore le temps. Moi non plus, je ne veux pas que tout ça s'arrête. Reste encore avec moi, Kendall.

– Où est-ce qu'on irait ?

Il sourit et je dois faire appel à toute ma volonté pour ne pas laisser tomber ma serviette.

– Ce sera une surprise.

– Donne-moi un indice.

– D'accord. Si tu veux poursuivre notre petite aventure, tu me donneras le feu vert, mais tu pourrais finir par m'arrêter au feu rouge en chemin.

– Ça veut dire quoi, ce baratin ? Je t'ai demandé un indice, pas une devinette.

– Qu'en dis-tu, Céleste ? s'esclaffe-t-il. Prête pour de nouvelles aventures avec moi ?

– Pas si je risque encore de me faire arrêter pour avoir dansé, dit un gros mot, montré ma peau ou essayé de te toucher.

– Aucun souci.

Il m'embrasse sur le bout du nez.

– En fait, ces choses-là sont fortement recommandées là où on va.

Il sourit et cette fichue fossette revient me narguer. *Elle me rend dingue, qui aurait pu prévoir cela ?*

– Bon, d'accord. Mais si je finis encore en prison, c'est toi et ta fossette qui en serez responsables.

Le lendemain matin, notre vol part à une heure insensée. On a dû quitter Amari dès trois heures et demie pour que Carter rejoigne à temps son équipage. Ce sera vite fait, comme il dit, puisqu'on arrive en fin d'après-midi je ne sais toujours pas où. Tout ça pour regagner Dubaï dans les vingt-quatre heures qui suivent. Après quoi on rentrera aux États-Unis. Je préfère ne pas songer à ce qui s'ensuivra. Il faudra sans doute que je passe quelques jours chez moi avant de partir pour l'Allemagne. En route vers l'aéroport, je regarde par la fenêtre, sans vraiment faire attention au paysage qui défile. La mélancolie m'habite quand je songe à la vitesse à laquelle tout cela va s'achever.

– Ça va ?

Le taxi vient de prendre la bretelle qui mène à l'aéroport.

– Juste un peu fatiguée.

– Je t'ai pris une place en première, comme ça, tu pourras dormir un peu.

– Le vol dure combien de temps ?

– À peu près sept heures.

– Qu'est-ce que tu fais tout ce temps dans le cockpit ? Je veux dire, je sais que tu pilotes l'avion… mais sept heures, ça fait long pour surveiller le ciel.

– J'aime ça. C'est le seul endroit où je me détends vraiment.

– Tu dois beaucoup cogiter.

– Parfois, ça dépend avec qui je vole. Certains copilotes font comme moi et se tiennent tranquilles. D'autres n'arrêtent pas de parler. Quand je tombe sur l'un d'eux, j'en profite pour faire une sieste.

– Quoi ? Tu fais une sieste en pilotant ?

– Parfaitement. Mais ne t'inquiète pas. On prend chacun son tour. Les compagnies aériennes n'aiment pas quand les deux pilotes dorment en même temps.

– Je peux voir le cockpit ?

– Bien sûr.

Il a mémorisé ma carte d'embarquement sur son iPhone, avec ses ordres de mission, si bien qu'on n'a pas besoin d'aller au comptoir d'enregistrement. On passe ensuite sans problème la sécurité avant de s'arrêter prendre un petit déjeuner à la cafétéria. J'en profite pour faire un saut aux toilettes.

Quand je reviens, je trouve Carter assis à une table, avec un plateau. Sauf qu'il n'est pas seul. Une magnifique brune se trouve en face de lui. *Ben voyons.* Elle porte un uniforme du même bleu marine que lui. Sans doute une nouvelle hôtesse groupie.

Elle me dévisage des pieds à la tête quand j'arrive. Carter se lève pour tirer ma chaise.

– Kendall, voici Alexa Purdy. On travaille ensemble sur International Airlines.

Elle me sourit, montrant ses dents parfaites, et je songe que mes parents aussi ont dépensé une fortune en soins orthodontiques. Je lui rends son sourire.

– Enchantée, Alexa. Vous êtes sur le vol de Carter aujourd'hui ?

– Oui. En fait, c'est Carter qui vient sur mon vol, pas le contraire.

– Je serai le copilote, aujourd'hui, explique-t-il alors. Alexa est la commandante de bord. C'est avec elle que je vais piloter.

– Ah bon…

Je n'étais déjà pas emballée de la voir sous la forme d'une superbe hôtesse. Maintenant que je sais qu'elle est intelligente *et* qu'elle va se retrouver enfermée dans ce minuscule endroit avec lui, je la déteste aussitôt. Carter a repéré ma réaction.

– Je ne savais pas qu'Alexa avait déménagé pour s'installer en dehors des États-Unis. Voilà des années que nous n'avons plus volé ensemble.

Il doit chercher à me rassurer mais, visiblement, la commandante Purdy voit les choses sous un autre angle. Elle bat des cils dans sa direction.

– Ça fait trop longtemps. On a beaucoup de choses à rattraper. Tu te souviens comme on s'amusait sur les vols long courrier quand on était pilotes de réserve ?

Carter tousse.

– Avec Alexa, nous avons commencé comme pilotes de réserve, prêts à prendre tous les vols que nous pouvions. Comme son mari, Trent. Comment va-t-il, au fait ? Voilà longtemps que je ne l'ai plus croisé.

– Il va très bien. Aux dernières nouvelles, j'ai entendu dire qu'il était sur la ligne de Milan et qu'il sortait avec un mannequin de quarante kilos qu'il a rencontré sur un vol.

– Vous êtes séparés ?

– Divorcés.

– Désolé.

Elle lui effleure le bras en susurrant :

– C'est moi qui ai voulu partir. J'ai divorcé parce que j'aime trop ma liberté.

Par chance, on n'a plus vraiment de temps à perdre devant le petit déjeuner car si je devais assister à une scène de flirt plus poussée, je pourrais bien m'emporter. En principe, je ne suis pas trop jalouse. Pour moi, c'est plutôt une perte de temps et d'énergie. Cependant, pour une fois, je me dis que, si jusqu'ici je n'ai pas été jalouse, c'était juste parce que je ne désirais rien au point de m'en inquiéter.

Elle ne nous quitte que devant la porte d'embarquement. Coup de chance, elle reçoit un appel sur son téléphone et dit à Carter qu'elle le retrouvera à bord. Toujours soucieux de ne pas me toucher en public, il m'entraîne dans un couloir tranquille.

Là, il me passe les doigts dans les cheveux.

– Désolé, je ne savais pas que ce serait elle mon copilote. Je ne l'ai plus vue depuis des années.

Je dois être maso, car je ne peux m'empêcher de demander :

– Et vous deux, vous étiez…

Il pousse un grand soupir.

– Oui. Mais ça remonte à un bout de temps.

– Vous avez déjà… fait la fête dans le cockpit ?

– Kendall…

Il n'a pas besoin d'en dire plus car mon cerveau imagine déjà clairement Madame Dents Parfaites, la tête sous la barre de pilotage. *Argh !*

Je lève les mains.

– C'est bon. On est des adultes. Et puis c'est pas comme si on couchait ensemble, après tout.

– Là, je n'y suis pour rien. Tu le sais.

– Laisse tomber.

– Tu n'es pas juste, là, Kendall. Je t'ai dit la vérité dès le premier jour. Tu aurais préféré que je te mente en te racontant qu'il ne s'était rien passé entre nous ?

– Je préférerais surtout ne pas être ici.

Si seulement je pouvais le blesser autant que je me sens atteinte… oui, cette fois on dirait que j'y suis arrivée.

Il se penche vers moi :

– C’est vraiment ce que tu veux ? T’en aller ? Alors vas-y. Je ne peux pas modifier le passé. Je tiens à toi, Kendall. Beaucoup. Sans doute dix fois plus que je ne devrais. Mais sache que ni Alexa ni aucune autre femme ne m’intéressent plus. Tu veux savoir pourquoi ? Parce que la seule qui retienne mon attention, c’est toi, bon sang ! Alors, soit tu me fais confiance, soit ce n’est pas la peine de continuer.

On se regarde sans reculer d’un pouce, ni l’un ni l’autre.

– Il faut que j’y aille, poursuit-il. J’espère que tu me suivras dans cet avion. Mais, quoi que tu fasses, ça n’y changera rien. La vie que j’ai menée n’était pas digne d’une femme comme toi, et je n’y peux rien sauf promettre d’en changer à l’avenir. Mon passé reste et restera mon passé.

Là-dessus, il tourne les talons.

Vingt minutes plus tard, on annonce l’embarquement. Je traîne dans mon fauteuil dans la salle d’embarquement, à me demander ce que je vais faire. Je ne veux surtout pas quitter Carter mais, si je le suis, notre séparation n’en sera que plus difficile ensuite. Et si, par miracle, on ne doit pas se dire au revoir dans quelques jours, que pourrai-je bâtir avec un homme sans arrêt en déplacement ? Comment dormir la nuit si je dois toujours me demander avec qui il passe la sienne durant ces interminables voyages ?

Les hôtesses au sol se mettent à ranger leurs dossiers. C'est ma dernière chance. Maintenant ou jamais. J'ai atrocement peur de continuer ce voyage mais l'idée de ne jamais revoir Carter me terrifie encore plus. Elles s'apprêtent à fermer la porte quand je crie :

– Attendez !

Les deux femmes se retournent dans un ensemble parfait et je vois Carter sortir comme un fou.

Au diable Dubaï et ces... règles imbéciles ! Je me précipite vers lui, il me prend dans ses bras, me serre contre lui.

– Ne me quitte pas, Céleste.

Puis il saisit mon visage entre ses mains et m'embrasse passionnément.

– Pardon, dis-je. Je me suis conduite comme une idiote. Tu as promis de ne pas me juger et voilà que c'est moi qui te juge.

– Moi aussi, je te demande pardon, Céleste. Pardon pour toutes les erreurs de mon passé. Il faut aller de l'avant, maintenant. Tu veux ?

– Oui. C'est ce que je veux, moi aussi.

– Bon. Alors partons d'ici avant que je ne te fasse encore arrêter. Viens t'envoler avec moi, ma beauté.

CHAPITRE 12

CARTER

Dès l'atterrissage aux Pays-Bas, je ne songe qu'à une chose, sortir de cet avion.

Commandante Alexa m'a cassé les pieds tout au long du vol à vouloir me rappeler des anecdotes du passé et à me raconter son divorce, choses dont je me fiche éperdument. Dès l'embarquement, je n'ai plus songé qu'à retrouver Kendall. Sept heures plus tard, mon vœu se réalise.

Après un atterrissage mouvementé, mon céleste petit ange blond m'attend dans la cabine où j'émerge en sortant du cockpit. Ignorant Alexa et les autres membres de l'équipage, j'étreins Kendall et lui donne un baiser au moins aussi intense que celui qui a précédé notre départ – comme si on reprenait juste là où on s'était arrêtés.

J'ai trop hâte de lui montrer Amsterdam, de pouvoir la toucher tranquillement en public, où et quand mon cœur me le dictera. On n'a pas beaucoup de temps devant nous avant le retour à Dubaï, aussi je ne tiens pas à en perdre une minute. Je sais qu'il nous faudra prendre des décisions après cette escapade. On verra tout ça plus tard, profitons de cette étape de notre voyage où tout nous sera permis.

En attendant ses bagages, je reste derrière elle, lui serrant la taille et lui murmurant à l'oreille :

– Toutes les angoisses qui sont dans cette jolie petite tête, oublie-les pour aujourd'hui, d'accord ? On va s'éclater. Ça te tente, ma beauté ?

– Tout à fait, répond-elle en passant le doigt sur mon menton.

J'ai choisi un hôtel près du Quartier rouge et on s'octroie une petite sieste avant d'aller se balader.

Comme le vélo est toujours de mise à Amsterdam, on loue un tandem pour faire le tour de la ville. On se gare d'abord à Jordaan afin d'aller se promener main dans la main à travers les rues étroites, visiter des galeries d'art et des magasins d'antiquités. Ensuite, on s'offre une promenade guidée sur les canaux d'où on voit les « maisons dansantes » – tout un quartier de hautes demeures historiques. À la tombée de la nuit, épuisés, on va dîner dans un restaurant pittoresque ; et puis nous décidons d'aller visiter le fameux Quartier Rouge avant de rentrer nous coucher.

La rue est longée de vitrines éclairées en rouge où les badauds peuvent se rincer l'œil devant un peep-show, où une prostituée vous fait des avances. Il n'existe rien de pareil au monde. J'ai parcouru cent fois cette rue, sans jamais m'y arrêter. J'ai mes limites, moi aussi. Mais ça m'amuse de voir la réaction de Kendall.

– Attends, c'est légal, ce truc-là ?

– Oui. Et si je te dis qu'en plus il y a une énorme église en plein milieu du quartier ? C'est sans doute le seul endroit au monde où tu trouveras au même endroit religion et prostitution.

– C'est aussi magique que pervers, s'esclaffe-t-elle. Comme des cygnes dans un barrage, entourés par une église, quelques prostituées et plein de came.

– Ça fait un peu rêve psychédélique. Tu sais ce qui pourrait le rendre inoubliable ?

– Non, quoi ?

– Ceci.

Là, je lui donne un puissant baiser sur les lèvres, puis la serre contre moi, assez fort pour qu'elle sente mon érection à travers mon jean. On reste enlacés un bon moment, à nous embrasser devant un de leurs bordels.

Jusqu'à ce qu'un coup frappé sur la vitrine nous détache l'un de l'autre. De l'intérieur, la grande blonde en tenue légère nous fait signe de nous en aller, d'arrêter de boucher le passage devant elle.

– Désolé, dis-je en enveloppant de mon corps celui de Kendall.

– Tu es attiré par l'une ou l'autre d'entre elles ?

– Non.

– Menteur.

– Non, sérieux. Elles sont belles, mais ne m'intéressent pas. Sauf si c'était toi qui te trouvais là-dedans… Là, ce serait une autre histoire. Là, j'entrerais tout de suite, et j'en sortirais fauché. Je passerais mon temps à te donner de l'argent pour que tu me permettes de tout essayer avec toi.

Je m'arrête pour la plaquer de nouveau contre moi et je parle juste au-dessus de ses lèvres :

– Alors prends mon putain d'argent !

Elle éclate de rire.

– Promis, je vais te faire une réduction.

Nos plaisanteries dans cet environnement hautement sexuel où on ne se prive pas de s'embrasser ont vite fait de me donner une trique du diable. En arrivant dans notre chambre, je me sens de moins en moins héroïque. Il suffira qu'elle me regarde un peu pour que je ne puisse plus résister.

Notre hôtel est un charmant petit endroit qui exploite gentiment le décor environnant. Avec, dans les chambres, une option éclairage rouge des plus sympathiques.

– Tu sais ce qui me ferait plaisir ? dit Kendall en entrant.

– En tout cas, je sais ce qui me ferait plaisir à moi.

Elle me tape gentiment sur le torse.

– Un verre de vin.

– Je peux aller nous chercher une bouteille ou deux si tu veux.

– Je m'en veux un peu de te faire redescendre, mais, oui, ce serait sympa.

– Profite de mon absence pour te détendre et prendre une douche.

– Excellente idée.

À la recherche du caviste le plus proche sur mon téléphone, je me précipite dehors, bien décidé à gâcher le moins de temps possible loin d'elle. Au fond, ce pourrait bien être notre dernière nuit ensemble. J'ai déjà décidé de lui proposer de m'accompagner chez moi, en Floride. Mais, si elle refuse, notre aventure pourrait bientôt s'arrêter.

Merde. Je suis pris de panique. Non. Pas question de laisser la peur m'envahir cette nuit. On est à Amsterdam pour s'éclater. Point. Essayant de chasser toutes les pensées négatives de mon esprit, j'entre dans le magasin et demande au vendeur ses meilleures bouteilles de blanc et de rouge. Sur le chemin du retour, je sens mon téléphone vibrer. J'ai reçu un texto de Kendall.

Kendall : Joue le jeu.

Qu'est-ce qu'elle veut dire ?

Carter : Quel jeu ?

Kendall : Où es-tu ?

Carter : À un pâté de maisons
de l'hôtel.

Kendall : Préviens-moi dès que
tu seras presque arrivé
mais pas encore à l'intérieur de l'hôtel.

Quelques minutes plus tard, je lui écris comme prévu :

Carter : Je suis là.

Kendall : Reste dehors et regarde
le premier étage de l'immeuble
sur Bloedstraat.

C'est exactement là où je me trouve. Je lève la tête.

Oh. Mon. Dieu. Merde. Alors.

Mon cœur se met à battre plus fort. Elle s'est collée contre la vitre et ne porte qu'un soutien-gorge en dentelle et une culotte. Coiffée de deux nattes, elle remue lentement le corps, à peu près aussi à l'aise que les filles en vitrine de tout à l'heure. Sauf qu'elle, c'est la fille de mes rêves qui me donne des fantasmes plus puissants que tout ce que j'aurais pu imaginer.

L'air aguicheur, elle soulève l'index pour me faire signe de monter. Mais je reste paralysé sur le trottoir, à essayer de graver cette image dans ma mémoire - sa silhouette provocante derrière une fenêtre illuminant la nuit brumeuse d'Amsterdam. Jamais je ne l'oublierai. Le fait que les bouteilles soient toujours dans mes mains et non brisées sur le sol est un miracle.

L'ascenseur met un temps fou à venir. Si bien que je finis par grimper à pied. Avant d'ouvrir la porte, je respire un grand coup, ferme les yeux, souhaitant juste suivre le mouvement. Je ne sais même pas si elle m'offrait vraiment une chance ou si elle voulait seulement m'aguicher. Mais je suis prêt à tout ce qui m'attendra derrière cette porte.

Kendall m'ouvre. Je souris en l'embrassant, attends la suite.

– J'ai vu que tu me regardais, dit-elle. Ça t'intéresse ?

Joue le jeu.

Oh, oui !

Je déglutis un « oui » lourd de désir. Elle répond :

– Entre.

Joue le jeu. Je demande :

– Comment t'appelles-tu ?

– Kendall, et toi ?

– Carter.

– Salut, Carter.

– Salut, Kendall.

Elle se rapproche lentement tandis que j'ajoute :

– Je peux te dire quelque chose ?

– Oui ?

– J'ai parcouru ces rues toute la journée et j'ai cherché en vain. Je n'ai jamais vu de fille plus jolie que toi. J'ai enfin trouvé ce que je cherchais. Merci de m'avoir laissé entrer.

On dirait qu'elle rougit. Elle doit sentir les sous-entendus dans mes paroles.

– Pas de quoi, répond-elle.

Alors que je m'approche, l'air vorace, elle recule avec un sourire espiègle.

– Bon, Kendall, explique-moi. Je n'ai encore jamais fait ça. Que se passe-t-il, maintenant ?

– On négocie. Tu me dis ce que tu veux et je te dis ce que je vais faire.

Elle s'appuie sur le rebord de la fenêtre, écarte légèrement les jambes, éclairées par les lampadaires de la rue. Je tire sur une de ses nattes.

– Je veux tout, dis-je en lui caressant la joue. Ce sera à toi d'établir les limites. Si on se caressait un peu, pour voir ce qui te réussit le mieux ?

– Tu veux que j'ôte le reste ? demande-t-elle d'une voix cassée.

– Seulement si tu le veux toi.

Elle se lève, se rapproche encore.

– Je le veux.

– Je peux te déshabiller ?

– S'il te plaît.

Je détache son soutien-gorge et prends le temps d'admirer sa magnifique poitrine.

– Tu es trop belle.

– Je veux te voir aussi, murmure-t-elle.

Je passe ma chemise par-dessus ma tête. Pour un peu, Kendall pourrait voir mon cœur battre à travers ma poitrine. Je ne sais pas comment je vais pouvoir encore faire preuve de retenue.

Chaque chose en son temps. D'abord savourer ceci.

Je défais ma ceinture, l'envoie promener puis enlève mon pantalon. Nous nous retrouvons tous les deux en sous-vêtements. Je lui passe les mains dans la nuque, prends ses deux seins au creux de mes paumes, les masse doucement. Tout en m'efforçant de garder un certain contrôle sur moi-même, je resserre les abdos afin de garder ma queue en place.

– Je peux te toucher ? demande-t-elle.

– S'il te plaît.

Elle commence par passer ses petites mains sur mon torse puis autour de mes biceps. J'adore voir ses mamelons se dresser à ce contact.

En la touchant pendant qu'elle me touche, j'exerce sur moi-même une certaine restriction, et c'est l'acte le plus érotique auquel je me sois jamais livré. J'ai un mal fou à ne pas poser ma bouche sur elle. Il faut que je me morde les lèvres à plusieurs reprises pour m'empêcher de perdre tout mon contrôle et de lui sauter dessus.

Je la regarde dans les yeux lorsque je sens sa main se glisser dans mon caleçon puis saisir mon sexe. J'en frémis des pieds à la tête. Elle se met à le caresser doucement sans me quitter du regard. Je referme les yeux, au bord de l'extase, renverse la tête en arrière tandis qu'elle me branle, faisant glisser sa paume autour de ma queue. Du pouce elle étale les premières gouttes de sperme sur mon gland. Il règne un tel silence dans la pièce qu'on n'entend plus que nos respirations frénétiques.

Je vais exploser. Je place ma main sur la sienne pour l'empêcher d'aller plus loin.

– Arrête ou continue, Kendall. Mais dis-le-moi. Parce que je ne tiendrai pas plus longtemps.

Si j'aime son petit numéro, je ne peux ignorer la légère hésitation dans son regard. Je suis sûr qu'elle me désire autant que je la désire, mais elle n'est pas prête. Ce ne sera encore pas pour ce soir.

Mais cela ne change rien au fait que j'ai vraiment besoin d'apaiser ce qu'elle a déclenché. Il faut que je reprenne les commandes.

– Je voudrais que tu continues à me branler pendant que je te caresse. On va venir ensemble, ni plus ni moins.

Une lueur de soulagement remplace l'anxiété dans son regard. Et c'est là qu'on arrête de parler. On s'embrasse avec passion tandis qu'elle continue à me toucher et que je lui enlève sa culotte. Je lui masse le clitoris entre l'index et le majeur et sens bientôt pulser les muscles entre ses jambes. Son souffle devient plus heurté et je comprends qu'elle va venir. Elle est encore plus excitée que moi. Ses gémissements d'extase déclenchent bientôt mon orgasme et j'inonde sa main de sperme.

Ce n'était pas vraiment ainsi que j'imaginais notre premier vrai contact physique. Là, c'est un peu désordonné, effréné, mais ça correspond sans doute au caractère imprévisible de nos diverses rencontres. D'un moment à l'autre, on ne sait jamais ce qui va se passer.

Je lui enveloppe les fesses de mes mains en soufflant :

– C'était torride. En même temps, j'aurais tellement aimé faire plus…

– Je t'en aurais donné plus.

– J'apprécie la surprise que tu m'as offerte, Kendall, mais tu n'étais vraiment pas prête, et tu le sais très bien.

– Comment fais-tu pour si bien me connaître ?

– J'ai passé assez de temps dans tes yeux pour apprendre à te déchiffrer. Tu n'es pas encore sûre de toi, et je n'ai pas l'intention d'en profiter tant que je lirai le moindre doute dans ton regard. Même si ce qu'on a fait ce soir ne va rien arranger. Mais que ça ne t'empêche pas de recommencer, cela dit.

Ramassant sa culotte, je la porte à mon nez.

– Et ton odeur m'a tellement manqué…

– Parce que tu m'avais déjà sentie ? Où ça ?

Merde.

– Euh…

– Carter…

– Le premier soir, chez Maria. J'ai humé ta culotte en sortant de mon bain.

– Dans le genre tordu… mais c'est plutôt mignon, et assez excitant, aussi. Tout comme toi.

– Tu vois… toi aussi tu me comprends. Tu acceptes même mon côté renifleur de culottes. C'est pour ça que tu ne pourras pas me quitter. Personne d'autre ne m'aura.

Je l'embrasse passionnément et ajoute dans son cou :

– Ne me quitte pas, Céleste. Ne me lâche pas à Dubaï. Viens chez moi en Floride… qu'on ajoute encore un épisode à notre aventure. Ensuite, tu prendras ta grande décision… après Boca Raton. Qu'en dis-tu ?

– Qu'aller chez toi, c'est un peu différent de traverser le monde en avion. Laisse-moi y réfléchir pendant le vol de retour vers Dubaï, d'accord ? J'aurai sept heures devant moi. Ensuite, je te communiquerai ma décision pour la Floride.

J'aurais certes adoré qu'elle me dise oui tout de suite, mais je dois respecter ses désirs sans insister.

Cette nuit-là, on dort serrés l'un contre l'autre dans une position plus intime que jamais – avec mon sexe gonflé contre ses fesses, juste séparés par l'étoffe de sa chemise de nuit. Le pire, c'est la douleur dans ma poitrine qui m'étreint alors que je crois entendre la chanson des Beatles résonner dans ma tête. Pas assez fort, cependant, plutôt comme une mélodie d'accompagnement ; je ne suis pas sûr que mon esprit soit prêt à tourner le volume au maximum. Je ne suis pas encore prêt à le croire. Il n'empêche que la chanson est bien là :

And I Love Her. Et je l'aime…

CHAPITRE 13

KENDALL

Je me sens comme une gamine de seize ans, dingue d'un mec en blouson de cuir toujours en colle au lycée. Sans doute parce que je suis en train de me faire peloter devant un kiosque à journaux de l'aéroport. Et Carter qui croit que personne ne nous regarde…

– Arrête, dis-je gênée.

En même temps, je ne peux m'empêcher de sourire. Planté derrière moi, il a glissé une main discrète sous mon tee-shirt pour me caresser un sein.

– Maintenant, j'aime trop que tu ne portes pas de soutien-gorge. En fait, j'insiste pour que tu n'en mettes plus jamais quand on est ensemble. Du coup, je pourrai tenir ces adorables nichons dans le creux de ma main… chaque fois que je veux. Brûle tes soutien-gorge, Céleste.

Ça me fait rire. Un vieux monsieur s'approche et vient se planter à côté de moi. Au lieu de retirer sa main en vitesse, Carter commence à me pincer le téton. Si fort que je ne peux m'empêcher de couiner, autant de plaisir que de douleur. Je fais alors semblant de tousser.

– Excusez-moi, dis-je au monsieur qui me regarde.

J'envoie un coup de coude dans les côtes de Carter qui, après un dernier pincement, se décide enfin à ôter sa main de mon sein.

– On est dans un endroit public, dis-je. Arrête !

Il m'attrape un bout d'oreille entre les dents.

– Mais tu adores ça, tu le sais, susurre-t-il.

Il a raison, j'adore. Bien que Carter soit le genre d'homme à qui il ne faudrait jamais l'avouer. Il n'aurait aucun scrupule face à une séance de pelotage en public. Et si j'ai appris une chose concernant la façon dont je réagis à son contact, c'est la prudence, car une fois qu'on est partis, je suis incapable de m'arrêter.

– Je fais un saut aux toilettes avant le départ. Choisis tes journaux. Je reviens.

Au passage, il saisit un livre de poche, *Cinquante Nuances de Grey,* et me le tend.

– Tiens, prends aussi ça. Tu pourras souligner les passages cochons et, quand tu auras décidé de m'accompagner à la maison, on les reproduira.

J'achève de sélectionner les magazines que je vais prendre lorsque je vois surgir Alexa. La *commandante* Alexa. Cette femme me fait complètement perdre pied, et j'ai horreur de ça.

– Bonjour, Kendra. Enchantée de vous revoir. Vous avez déjà perdu Jet ?

Salope.

– C'est Kendall, et Carter revient tout de suite.

Je me mets à feuilleter un magazine pour tâcher de penser à autre chose. Mais elle reste là. En plus, elle sent bon. Et la voilà qui finit par ajouter :

– *Vocé leu holandés ?*

– Hum… ?

Elle se met à rire. Non, pas à rire. À glousser. Je me dirige vers la caisse sans comprendre jusqu'au moment où je me rends compte que je faisais semblant de lire un magazine en néerlandais.

C'est là qu'apparaît Carter. Il l'interpelle aussitôt.

– Alexa ! Je te cherchais.

– Ah ? couine-t-elle.

Il me prend par la taille d'un mouvement possessif.

– Ça t'ennuierait de m'accorder dix minutes juste avant d'embarquer ? Je veux montrer le cockpit à Kendall. Offrir une visite à ma copine.

– Euh… bien sûr.

Dès qu'on s'est éloignés du kiosque, j'arrête Carter pour lui passer les bras autour du cou. Jc l'embrasse longuement au beau milieu du terminal. Une fois qu'on s'est détachés, il demande en souriant :

– Je ne me plains pas, mais c'était quoi, au juste ?

– Rien. Ta copine peut bien t'embrasser quand elle en a envie !

*

* *

Au bout de trois heures de vol, je décide d'abaisser mon siège pour essayer de dormir un peu. Je n'ai pour ainsi dire rien fait que me demander ce que je devrais décider une fois qu'on aurait atterri, depuis que Carter m'a annoncé qu'il voulait m'emmener chez lui en Floride. Je ferme les yeux, mais j'aurais dû me douter que mon cerveau ne pourrait jamais se mettre au repos. Dans une sorte de demi-sommeil, je me retrouve à imaginer ce que ça ferait de me retrouver chez lui.

À quoi peut ressembler l'endroit où il vit ? Je ne suis jamais allée à Boca Raton, alors je ne vois pas trop quelle pourrait en être l'architecture. Toujours est-il que je me le représente dans un appartement au sommet d'une haute tour, si ce n'est dans une suite de luxe. On traverserait l'impressionnant lobby tout de verre et d'acier, en saluant au passage un garde en uniforme, pour aller prendre l'ascenseur. Carter glisserait une carte dans la fente et on grimperait droit vers le dernier étage. Il me sourirait à travers son reflet dans les parois d'acier brillant et je lui rendrais son sourire, déjà vibrante d'impatience à l'idée de me retrouver chez lui. En haut, les portes se rouvriraient directement dans son appartement.

Dans mon rêve à demi inconscient, je pousse un soupir et m'apprête à pénétrer chez lui. C'est là que les choses tournent au cauchemar : au beau milieu du salon se tiennent trois hôtesses, complètement nues, à part leurs pieds chaussés de talons aiguilles et leur tête coiffée de petites toques penchées sur le côté.

J'écarquille les yeux. *C'est pas vrai...*

J'ai beau essayer de me remémorer l'homme avec qui j'ai passé ces derniers temps, l'homme doux et attentionné qui ne regardait jamais aucune autre femme devant moi, mes craintes reviennent me hanter. Est-ce ainsi que les choses se passeront toujours si Carter et moi finissons par nous retrouver ? Qu'arrivera-t-il à l'insatiable appétit sexuel quand j'aurai un énorme ventre à sept mois de grossesse, portant un bébé qui ne sera pas le sien ? Voudra-t-il de moi ? Est-ce qu'on pourra encore s'entendre si je mène mes projets à bien ?

Je ne m'étais même pas aperçue que je pleurais, du moins jusqu'à ce que je sente les larmes couler sur mon visage et me mouiller la main. Que faire ? Comment poursuivre ce voyage avec cet homme, au risque de tomber encore plus bas ? Pire encore, comment ne pas le poursuivre ?

Miraculeusement, je m'endors peu après, pour me réveiller en sentant une main sur ma joue.

– Hé, ma beauté. Il reste un peu moins d'une heure.

J'étire les bras au-dessus de ma tête.

– Carter. Pourquoi tu n'es pas dans le cockpit ?

– Il fallait que je voie ton visage. Depuis six heures, j'étais malade à l'idée que tu sois toujours là, à te demander ce qui va se passer entre nous.

Je souris. Tiens, on dirait qu'il cherche à m'arracher ma décision, sauf que je n'ai aucune idée de ce que je vais faire.

– Désolée, je ne sais pas encore.

– D'accord. Il faut que j'y retourne. Mais je voulais te dire quelque chose avant qu'on atterrisse et que tu prennes ta décision.

– Quoi ?

Il m'attrape la main.

– Après la mort de Lucy, j'ai décidé de m'inscrire dans une école de pilotage. Mais j'avais peur d'être vite largué. Je passais mon temps à faire la fête et à m'envoyer des filles, agissant vraiment comme un sale gosse. Quand j'ai su que j'étais accepté, j'ai beaucoup hésité. Je ne me sentais pas capable d'assumer l'énorme responsabilité de piloter un avion. Alors j'ai fait une chose que je n'avais jamais faite auparavant. Je me suis plongé dans les poèmes que Lucy avait écrits pour moi et je les ai relus. Je ne sais pas trop ce que je cherchais, ni ce qui m'attendait, mais ça me semblait indispensable. Toujours est-il que je les ai tous lus – il devait y en avoir une cinquantaine. Et au dernier, j'ai compris.

– Qu'est-ce qu'il disait ?

– Je ne me rappelle pas les termes exacts mais ça se terminait par quelque chose comme : *tes ailes existent déjà ; maintenant tu dois apprendre à voler.* C'est bête, pourtant j'ai pris ça pour un signe. Comment aurait-elle su que j'allais un jour décider de devenir pilote ?

– Je ne trouve pas ça bête du tout. Je crois sincèrement que Dieu nous aide parfois à déchiffrer des signes qui nous permettent de prendre une décision. Ils sont toujours là mais on ne les saisit qu'en certaines circonstances. Ce doit être ce que j'espérais en entreprenant ce voyage : trouver le signe qui me guiderait pour prendre la bonne décision.

– Content que tu voies les choses sous cet angle. Tu n'aurais pas lu l'article sur les Kardashian, dans ton magazine ?

– Si, peut-être. Celui où une des Jenner rencontre un rappeur ?

Il m'embrasse sur les lèvres.

– Il faut que j'y aille. Jette encore un regard sur ce magazine. C'est peut-être ton signe.

– Ah bon…

– On se revoit au sol, ma beauté.

Là-dessus, il se redresse et s'en va, jusqu'à ce que je le rappelle :

– Carter ?

– Oui ?

– Il y a des hôtesses qui habitent dans ton immeuble ?

Il me décoche un demi-sourire canaille.

– Pas du tout.

– Il y a un portier en uniforme ?

– Non.

– Tu vis au dernier étage ?

Son sourire s'élargit.

– Pas vraiment.

– Ainsi, tu n'es pas accueilli chez toi par des femmes nues en talons aiguilles ?

Il éclate de rire.

– Non, Dieu merci ! Tu ne te rends pas compte à quel point tes questions sont marrantes. Si tu décides de me suivre, n'oublie pas ce que tu viens de me demander.

– D'accord.

Une fois qu'il a regagné le cockpit, je me mets à feuilleter mon magazine jusqu'à ce que je tombe sur les enfants Kardashian-Jenner. Curieuse de découvrir ce qu'il a pu prendre pour un signe nous concernant, je relis l'article. L'histoire tourne autour de Kendall, mais c'est à peu près tout ce qui peut la rapprocher de moi. Elle vient de rencontrer un autre mec, ce qui, en soi, n'a rien de nouveau, et les photos les montrent en train de s'embrasser et de faire du patin à roulettes. Apparemment, ils étaient en voyage à Miami, donc on peut y voir un petit rapport avec la Floride. Mais c'est tout. Je poserai la question à Carter quand on aura atterri. C'est en fermant le magazine que je reçois le signe en pleine figure.

Il y a plusieurs citations sur la couverture. D'abord, en haut et à droite, une photo de Taylor Swift sous-titrée : *Taylor préfère la musique au sexe*. Ce qui me fait rire intérieurement quand je pense qu'en aucune façon ce ne pourrait être là le signe que Carter voulait m'indiquer. Mais en bas, je vois la photo de Kendall Jenner, et le commentaire me frappe de plein fouet. Maintenant, je sais ce que Carter voulait dire. *Kendall : « Je suis tombée amoureuse en Floride. »*

*

* *

Après l'atterrissage à Dubaï, j'attends à ma place que l'avion se vide à peu près complètement. Une fois la dernière personne passée, je fourre le magazine dans mon sac et me dirige vers le cockpit où Carter, debout, regarde s'éloigner les passagers. Pour une fois, j'ai l'impression qu'il est un peu anxieux. Rien à voir avec l'homme aimable et sûr de lui que je connais. En fait, je le sens soudain très vulnérable.

Quand je m'arrête devant lui, il tend une main hésitante vers moi.

– Que dis-tu, Céleste ? Tu viens chez moi ?

Je prends un air solennel, me hisse sur la pointe des pieds pour mieux le regarder dans les yeux.

– Comment veux-tu que je m'oppose à l'avis d'une Kardashian ?

C'est plus amusant de voler avec Carter près de moi que quand il est dans le cockpit où je ne peux pas me régaler de la vue de son beau visage. Le vol de Dubaï vers la Floride se déroule sur une ligne annexe, si bien qu'on n'est pas harcelés par le harem habituel d'hôtesses en adoration devant lui. Heureusement, car on en a pour quinze heures d'avion au cours desquelles je dors longtemps, la tête sur sa poitrine, quand on ne joue pas à touche-touche sous notre mince couverture. Pour tout dire, je me sens en pleine forme lorsqu'on atterrit à Miami.

On saute dans un minibus qui nous emmène vers le parking et, quand on se dirige vers la voiture de Carter, je me rends compte que je vais apprendre des milliers de choses sur lui en découvrant son entourage familier.

– Voici la mienne, dit-il en désignant une Chevrolet Suburban noire.

Il soulève le hayon arrière pour y mettre nos bagages, puis il va m'ouvrir la portière passager et m'aide à monter dans le véhicule.

Tandis qu'il se place au volant, je me retourne pour regarder l'intérieur.

– C'est une énorme bagnole, dis-je. Je pourrais y faire entrer deux de mes voitures. Je t'imaginais plutôt dans une petite biplace sport. Mais finalement, ça te va bien.

– Avant, j'en avais une, effectivement. Une Porsche Targa rouge de 1972. Je l'adorais. Je l'ai échangée l'année dernière contre ce monstre avec un copain qui s'était fait opérer de la hanche ; ça devenait trop compliqué pour lui de grimper à cette place trop haute. Et moi, il me fallait un engin plus grand pour trimballer mes merdes.

– Trimballer tes merdes ?

Il démarre, sort du parking.

– Oui, je passe ma vie à la remplir, pour une raison ou pour une autre.

– On est loin de chez toi, là ?

– À environ une demi-heure. Ça va vite, c'est surtout de l'autoroute.

Pendant le trajet, je regarde mes emails. Il y en a un que j'évite depuis plusieurs jours, qui vient de ma mère. Je sais qu'elle devait être déjà bien éméchée quand elle a écrit ça, il suffit de voir ses phrases décousues. Ma mère si distinguée en règle générale a plutôt tendance à oublier sa belle éducation quand elle a avalé son demi-litre de vodka. Alors, plutôt que de lui expliquer ce que je compte faire, je choisis la solution de facilité en racontant que je suis en voyage avec un ami et que je reprendrai contact dès mon retour.

Peu après, on quitte l'autoroute pour passer plusieurs carrefours avant de suivre une route qui mène à un quartier résidentiel. On arrive à l'entrée : sur la gauche, un bâtiment d'accueil, et une fontaine se dresse au milieu d'une place autour de laquelle les voitures peuvent faire demi-tour. Derrière apparaît le portail d'entrée qui bloque le passage vers des copropriétés telles qu'on en voit dans d'innombrables banlieues élégantes. Carter s'arrête à hauteur du bâtiment, baisse sa vitre pour composer un code. Le portail s'ouvre lentement et on entre.

Une jolie enseigne nous accueille de l'autre côté. *Bienvenue à Silver Shores. Nous sommes heureux que vous soyez bien rentrés.* Un vieux monsieur en salopette grise nous fait signe depuis son gyropode, une sorte de trottinette de course, avec un panier à l'avant.

– Bonjour ! Bienvenue chez vous.

Carter lui rend son salut avant de m'expliquer :

– C'est Ben. Il a travaillé quarante ans comme éboueur à New York. Il porte encore sa tenue de travail. Si tu veux, c'est comme un portier en uniforme.

On roule lentement et je regarde avec curiosité ce village qui ne ressemble en rien à ce que j'imaginais. En fait, malgré sa propreté, ce serait plutôt l'exact opposé d'un gratte-ciel élancé. On ne voit là que de simples bâtiments à deux niveaux.

Au bout de quelques rues, on s'arrête dans un parking. Carter me désigne en souriant une fenêtre au premier.

– Et voilà mon appartement de luxe.

CHAPITRE 14

KENDALL

– Bienvenue dans mon humble demeure.

Carter ouvre grand les bras en me faisant entrer dans son appartement.

Ni trop petit ni trop grand, c'est plutôt un espace ouvert au milieu duquel trônent deux canapés moelleux de couleur miel. Derrière, une porte vitrée mène à un patio où l'on aperçoit deux palmiers.

– On dirait un petit paradis caché.

– Pas vraiment ce à quoi tu t'attendais ?

– Franchement ? Non. Je voyais plutôt un appartement au dernier étage sur South Beach.

– Je sais que je mène une existence plutôt désordonnée mais, quand je suis à la maison, je ne recherche que la tranquillité. En fait, tout le contraire de la vie agitée d'un pilote.

Mon estomac se met à gargouiller.

– Oh… pardon !

– Tu as faim ? Je vais te préparer un petit déjeuner.

– Oh oui ! Je veux bien !

– Je regarde ce que j'ai dans le frigo. Ah oui ! Des plats tout préparés.

– Ils sont forcément périmés, depuis le temps que tu es parti !

– Non, ils ont été préparés aujourd'hui. Regarde la date.

Il y a en effet un papier collé sur le Tupperware, indiquant le jour et le mois, avec un petit message : *Plat chaud pour mon chaud lapin. Muriel.* Il sort ensuite un Pyrex sur lequel est écrit : *Essaie celui-là. Il est meilleur que celui de Muriel. Irene.*

Mon cœur se met à battre.

– C'est quoi, ces trucs ? Tu as des femmes qui te font la cuisine ?

– Mes voisines. Elles connaissent mes dates de retour et me laissent de la nourriture. Elles ont mes clefs car elles s'occupent de mon chat et changent sa litière.

– Tu as un chat ?

– Oui, Matilda. Elle se cache quand elle sent l'odeur d'un inconnu. C'est pour ça que tu ne l'as pas encore vue.

– Et bien sûr, c'est une chatte !

– J'espère bien que ma vraie chatte est là, devant moi, parce que je n'en veux pas d'autre, et j'ai trop hâte de la goûter.

Les jambes flageolantes, je préfère changer de sujet.

– C'est qui, ces voisines ?

– Pas du tout ce que tu crois.

– Qu'est-ce que c'est, alors ?

– Elles ont l'âge de ta grand-mère, Kendall.

Soulagée, je plisse les yeux.

– Des vieilles dames te font la cuisine ?

– Oui. Elles tiennent à me remercier ainsi de les aider de temps en temps.

– C'est adorable.

– Et heureusement, parce que je suis incapable de faire cuire un œuf.

Après un petit déjeuner autour des plats de Muriel et d'Irene, je vais prendre une douche. En ouvrant la porte de la salle de bains, je sursaute devant une Matilda qui feule à mes pieds, toutes griffes dehors.

Je me mets à crier :

– Carter ! Ta chatte semble possédée. Aide-moi. Elle ne veut pas me laisser passer.

– Merde. J'arrive.

Je me penche vers Matilda en soufflant :

– Hé, calme-toi minette ! Je ne vais pas te faire de mal.

Carter apparaît derrière moi.

– Je ne savais pas qu'elle était là. D'habitude, elle se cache plutôt sous mon lit. Elle est très possessive.

Il soulève le gros chat gris qui se met à miauler. Matilda n'est donc qu'une nouvelle femelle tarée parmi toutes les autres. Mon cœur se serre un peu quand je vois Carter se frotter les joues sur sa fourrure, puis l'embrasser. Je m'efforce de chasser l'idée qu'il pourrait faire un bon père. Je ne sais pas pourquoi mais ça me fait mal. Peut-être parce que je sens dans mes tripes que l'avenir ne nous appartient pas.

– Ne passe pas trop de temps sous la douche. Je voudrais te montrer les environs. On a plein de choses à faire. Le jour où je rentre est toujours très chargé.

– Pourquoi ?

Il sourit.

– Tu vas voir.

Qu'est-ce que ça veut dire ? Dès que je sors de la douche, Carter apparaît devant la salle de bains et j'attrape instinctivement une serviette pour me couvrir.

Il tend les mains.

– Je peux ?

Saisissant la serviette, il promène son regard sur mon corps mouillé puis se met à l'essuyer doucement. Ses doigts vont et viennent entre mes cuisses quand il me frotte les jambes. Alors qu'il est censé me sécher, je suis de plus en plus mouillée.

La serviette tombe par terre mais les mains de Carter continuent à me caresser, si bien que je suis bientôt au bord de l'orgasme.

– Viens, murmure-t-il. Laisse-toi aller. C'est bon. Je veux voir ton visage.

Alors je m'abandonne à mon plaisir. Jamais je n'avais réagi aussi vite, aussi fort. Finalement, je rouvre les paupières et Carter me désigne son bas-ventre du doigt.

– Merde, marmonne-t-il. On n'aurait pas dû.

Son sexe est gonflé sous son jean. Je relève les yeux vers son visage, encore tout échevelé après les câlins du chat. Il est sexy en diable. J'ai une envie folle de m'agenouiller pour m'occuper un peu de lui mais, sans me laisser le temps de réagir, il recule.

– Bon sang ! maugrée-t-il en sortant de la salle de bains. Parfois, c'est trop pour moi.

Et il me laisse là, hyper excitée même si je viens de jouir. Le temps que je m'habille, Carter reparaît, apparemment calmé. Du coup, je me demande s'il est allé se branler. Idée qui m'excite plus que jamais.

Quand il a pris sa propre douche, il revient, adorable avec ses cheveux mouillés, en short et tee-shirt moulant.

– Prête pour un petit tour dans le quartier ?

– Tout à fait.

Le soleil de Floride brille haut dans le ciel quand on arrive devant une rangée de gyropodes Segway garés le long d'une grille. Il en détache deux.

– Qu'est-ce que tu fais ?

– Ça appartient à tout le monde, ici. On a chacun une clef pour les débrancher. C'est comme ça qu'on circule, par ici.

Bizarre.

Carter est si grand, debout sur cet engin aux deux énormes roues, qu'il a l'air un peu ridicule. Il me montre comment s'en servir puis m'aide à m'installer et à démarrer, jusqu'à ce que je me sente à l'aise.

Incapable de réprimer un sourire, je le suis tout en l'écoutant me présenter les coins importants de cette résidence sécurisée, par exemple le lac, une petite salle des fêtes et une piscine couverte. En fait, c'est un endroit gigantesque, je commence à comprendre pourquoi les gens ont besoin de ces engins pour se déplacer.

Alors qu'on poursuit notre course, je fais une autre constatation. On n'a croisé personne de moins de soixante-quinze ans. Et tous ceux qu'on a vus avaient soit les cheveux blancs, soit pas de cheveux du tout.

– On dirait qu'il y a beaucoup de retraités, par ici.

J'ai à peine dit ça que Carter bondit et manque de tomber. Il s'arrête, mort de rire.

– Je l'attendais, celle-là, Céleste !

– Comment ça ?

– Tu es trop mignonne.

Sautant à terre, il vient m'embrasser sur le nez.

– Pourquoi tu te moques de moi ?

– Parce qu'il t'en a fallu du temps !

– Qu'est-ce que tu racontes ?

– Il n'y a pas juste *beaucoup* de retraités, par ici, Kendall. Il n'y a que ça. On se trouve dans une résidence réservée aux seniors actifs de plus de soixante-cinq ans. La plupart ont entre soixante-dix et quatre-vingts ans et plus.

Mais alors... Quoi ?

– Qu'est-ce que tu fous ici, au juste ?

– Ça, c'est la question de l'année !

Il me donne une petite tape sur les fesses.

– Allez, je vais te raconter une histoire.

On repart et, en chemin, il m'explique :

– Bon, ma grand-mère est morte il y a deux ans.

– Désolée.

– Merci. En fait, elle était la propriétaire de mon appartement. Elle y vivait avec son chat, Matilda. Après son enterrement, j'ai appris qu'elle m'avait légué ses biens.

– Pourquoi à toi et pas à tes sœurs ?

– Je crois qu'elle n'avait pas envie de choisir entre elles deux. Il faut dire qu'elles se font terriblement concurrence. Elle leur a laissé de l'argent, mais moi, j'ai eu droit à l'appartement. J'avais bien entendu l'intention de le vendre mais, en venant le nettoyer, je me suis aperçu que j'adorais me reposer ici. C'était l'endroit le plus calme de ma vie. Peu importaient mon apparence, mon métier… et pas une femme de mon âge pour essayer de me conquérir. C'était le meilleur des refuges.

– Alors tu es resté.

– Exactement.

– Tu es le seul jeune, par ici ?

– Pour autant que je sache, oui. Et voilà… même si je voulais m'en aller maintenant, je me sentirais un peu coupable.

– Pourquoi ?

– Ça va te sembler bizarre…

Malicieuse et pleine de sarcasme, je lui réponds :

– Bizarre ? Mais enfin Carter, il n'y a vraiment rien de bizarre dans cette histoire !

– Beaucoup de ces gens dépendent maintenant de moi. La plupart du temps, dans les airs et en escale, je mène une vie égoïste. Mais quand je suis au sol, quand je reviens ici, je laisse mon ego dans le ciel. Tu vois ? Quand j'aide ces gens, soit en les emmenant faire des courses ou en portant leurs affaires… je me sens bien.

Soudain, je comprends.

– Oh, c'est pas vrai ! Le Suburban… C'est pour ça que tu as une si grosse voiture ?

– Oui, s'esclaffe-t-il.

– Tu les emmènes au supermarché avec ça.

– Plusieurs fois par mois, oui.

– Ah ouais ! J'ai l'impression que pas mal de choses m'avaient échappé, sur toi.

– J'espère t'en montrer bien d'autres, ma puce.

– Ne joue pas les aguicheurs !

– Ce serait bien la première fois que j'essaierais de draguer quelqu'un sur un gyropode !

– Au fait, où va-t-on ?

– On y est presque.

– Où ça ?
– Chez mon père.
– Ton père ? Je croyais que tes parents étaient dans le Michigan !
– En effet.
– Je ne comprends pas.
– Tu vas vite piger. Rappelle-toi ce que tu m'as dit à Amsterdam… De jouer le jeu ?
– Oui.
– C'est ce que je vais te demander maintenant.

Carter a une clef pour entrer dans un autre appartement. Un homme qui doit avoir dans les quatre-vingts ans est assis devant une vieille télé démodée.
– Il était temps, Brucey ! Mes pieds me font un mal de chien !
Brucey ? Carter me jette un regard souriant.
– Ne me mets pas la honte devant une amie, Papa.
– Qu'est-ce que tu fiches avec Michelle Pfeiffer ?
– Ce n'est pas Michelle Pfeiffer.
– Qui est-ce, alors ?
– Elle s'appelle Kendall.
– Ken Doll ?
Carter élève la voix.
– Kendall… Kendall.
– On s'en fiche. Viens me couper les ongles.
– Ça n'a pas été fait depuis mon dernier passage ?
– Qui va s'occuper de ça à part toi ?

– D'accord. Où sont les ciseaux ?

– Qu'est-ce que j'en sais, moi ?

– Tu vas encore m'envoyer à la chasse au trésor ?

– Apporte-moi du jus de pruneau, pendant que tu y es. Je suis bloqué depuis des jours.

Là-dessus, il pète avec vigueur. *Oh ! D'accord...*

– Beurk, ça semblait humide ! raille Carter en me faisant signe de le suivre.

– Qui est-ce, Carter ?

– Gordon Reitman, dit-il à voix basse. C'était un ami de ma grand-mère. Dans son testament, elle a demandé que je garde un œil sur lui. Il n'a personne d'autre. Sa femme a passé l'arme à gauche quelques années avant ma grand-mère. Il reçoit la visite d'infirmières deux fois par semaine, mais ça ne suffit pas.

– Pourquoi il t'appelle Brucey ?

– Bruce était le nom de son fils unique, mort adolescent dans un accident de voiture. Quand Gordon a commencé à perdre la tête, il s'est mis à croire que Bruce était toujours vivant et que c'était moi. J'ai essayé de lui dire la vérité une fois mais il n'a pas voulu me croire. Ça l'a mis en pétard. Alors je n'ai pas insisté.

– Il te prend vraiment pour lui, ou juste il voudrait bien ?

– Je crois qu'il est sincère.

Ah ouais ! Il ouvre quelques tiroirs dans la salle de bains et finit par trouver la petite pochette en plastique contenant les ciseaux. Il enfile également des gants de caoutchouc.

– Tu as besoin de ça pour lui couper les ongles ?

– Tu vas voir.

De retour dans le salon, Carter s'assied sur un divan devant les pieds de Gordon, avant de lui enlever ses chaussettes, révélant des ongles jaunes et cassants. Dès lors, je comprends pourquoi Carter a mis ces gants.

Alors qu'il commence à les couper, je me dirige vers une cheminée où s'alignent les portraits d'un jeune garçon coiffé d'une casquette de baseball ; on le voit également adolescent. Et, au bout, apparaît une photo de Carter, agenouillé près de Gordon.

– Ouille, putain de merde ! s'exclame ce dernier.

– Ne bouge pas le pied et cesse de jurer devant ma copine, Papa, sinon je te chatouille.

– Il était temps que tu nous amènes une fille, gamin !

– Celle-ci est spéciale.

Il n'avait donc jamais amené de fille ici ?

– Vous m'avez beaucoup plu dans *Grease*, me dit Gordon.

J'interroge Carter du regard.

– Apparemment, répond-il, il te prend toujours pour Michelle Pfeiffer. Fais comme si.

Puis il range les ciseaux dans le sac.

– C'est fait !

Là-dessus, et à ma grande surprise, il commence à lui masser les pieds. Le vieil homme s'adosse à son siège et ferme les yeux, puis il se met à geindre de délice. Au bout de quelques minutes, les gémissements se transforment en ronflements.

Carter se lève et je le suis dans la salle de bains. D'un seul coup, il se retourne, lève ses mains couvertes de lotion.

– Laisse-moi caresser ton visage.

– Beurk ! Enlève-moi ces gants !

– Arrête, je sais que tu veux les mêmes choses que moi.

– Non, sérieux. Lave-toi les mains avant même de songer à me toucher.

Il se rapproche en riant, fronce les sourcils.

– Quoi, un petit champignon par-ci-par-là, ce n'est pas si grave.

– Carter !

– C'est bon ! C'est bon !

Il enlève les gants, se lave les mains puis se retourne lentement vers moi pour mieux me plaquer contre le mur et planter un baiser sur mes lèvres.

Je lui passe la main dans les cheveux.

– Tu sais, j'apprends petit à petit à te faire confiance, quand je vois le mec qui se cache derrière la façade du pilote playboy. Mais là, ce que tu fais pour cet homme – pas seulement soigner ses pieds mais lui laisser croire qu'il a encore de la famille –, ça, ça me montre qui tu es vraiment. Ça me rappelle à quel point j'ai aimé aider Wanda, il y a des années, et ça me donne envie de devenir meilleure. Tu es altruiste, Carter.

Il se rapproche encore.

– En ce moment, je me sens tout le contraire du mec altruiste. Plutôt vorace.

– Vraiment ?

– Je t'ai déjà dit comme tu étais belle, Céleste ?

– Je crois, oui.

– Non, je veux dire… *vraiment dit.* Je ne crois pas t'avoir jamais avoué à quel point je te désire et il faut que tu le saches, avant d'essayer de t'en aller. Je sais que je me suis super bien conduit, mais je vais être franc. Depuis qu'on a atterri en Floride, il me devient de plus en plus difficile de me retenir. Si tu me disais, là, tout de suite, que je pouvais te baiser, je le ferais sur-le-champ. Alors je préfère t'annoncer que j'ai atteint mon point de rupture, enfin, surtout ma queue. J'ai besoin de te baiser, de me trouver en toi.

– Là ? Dans la salle de bains de ce vieil homme ? Avec son dentier qui nous regarde depuis le bord du lavabo ?

– Si tu me disais que tu voulais qu'on le fasse ici… putain, oui ! Je te baiserais sur place. Je ne pourrais plus perdre une seconde de notre précieux temps. Mais, plus sérieusement, la balle est dans ton camp. J'ai une chambre d'amis. Tu dormiras dedans, d'accord ?

– Attends, je ne comprends pas. Maintenant tu m'annonces que tu ne veux pas dormir avec moi ?

– Non. C'est fini. Je ne peux plus dormir à côté de toi, ma queue pressée contre tes fesses, sauf si tu m'y laisses entrer. Je ne suis qu'un homme faible.

– D'accord. Je comprends.

– Et, puisqu'on en est aux aveux, je vais te dire autre chose, parce que tout pourrait tourner à la folie cette nuit et je n'en aurai peut-être plus l'occasion.

– D'accord…

– Nous n'avons que quelques jours à passer ici. Je sais que tu as une importante décision à prendre. Je pense qu'au minimum, nous sommes devenus bons amis. Alors, en tant qu'ami, je tiens à ce que tu saches que tu commettrais une énorme erreur en procédant à cette insémination artificielle en Allemagne.

– Ah bon ? Dis-moi pourquoi.

– Il y a énormément d'argent en jeu, je le sais. Mais l'argent n'est pas tout, Kendall. Un jour, lorsque la panique de cette date limite sera passée, tu regarderas derrière toi et regretteras d'avoir abandonné ton bébé. Et, crois-moi, il sera très précieux si c'est le tien. On ne peut pas jouer ainsi avec la vie humaine. Tu sais bien que l'argent ne fait pas le bonheur. Je pense que ton enfance t'en a largement donné la preuve. Voilà, prends mon avis pour ce qu'il vaut, pas des millions, mais c'est ma participation.

Je le regarde un moment dans les yeux, pour mieux digérer ses paroles, avant de lui demander :

– Qu'est-ce qui te rend heureux ?

– Toi, répond-il sans hésiter. Voilà longtemps que je n'ai plus connu un tel bonheur, et je ne tiens pas à perdre ces sensations.

– Merci. Je ressens la même chose, et ton avis est enregistré. Promis, je l'ai parfaitement entendu.

Il pousse un grand soupir en regardant son téléphone.

– On ferait mieux de s'en aller d'ici avant qu'il se réveille et me demande de lui laver le cul.

– Pourquoi tu dis ça ? C'est déjà arrivé ?

– Il a mal au dos… Il ne peut pas se retourner. Je reviendrai demain voir où il en est.

– Tu es vraiment un saint.

– Mais non ! Je me conduis juste comme un bon fils.

– Tout à l'heure, tu as dit que la nuit serait longue. Il y a quelque chose de prévu ?

Il a l'air trop content pour que ça me rassure.

– Je te laisse deviner mais, si ça peut t'aider, n'oublie pas où on se trouve.

– Mais encore ?

– Ça commence par un B.

– Bander ?

– Merde, pourquoi tu dis ça ? Maintenant, je vais triquer tout le long du chemin.

Je me concentre et répète :

– Où on se trouve… où on se trouve… Je sais ! Barbecue !

– Pas mal, mais non. Je vais te donner un autre indice. Tu pourrais avoir de la chance cette nuit.

Je pouffe de rire :

– Bâillon boule.

– Bingo !

– C'est ça ? J'ai raison ? Bâillon boule ?

– Non, Céleste. *Bingo.* C'est ça, la réponse. La soirée bingo.

CHAPITRE 15

KENDALL

– Entre !

J'ai dû le crier sans me retourner car j'achève de nouer ma queue-de-cheval devant la glace de la chambre d'amis.

La porte s'ouvre.

– Comment ça, « entre » ? Arrête de dire des cochonneries alors qu'on s'apprête à passer la soirée au milieu d'une centaine de retraités !

Je ris.

– *Entre*, ça n'a rien d'une cochonnerie. C'est ton cerveau, le cochon, Carter.

Il entre et se plante derrière moi, s'adressant à mon reflet.

– Je te conseille d'éviter certains mots, ce soir, comme « entre » et quelques autres.

– Lesquels, par exemple ?

– De but en blanc ? Suce, lèche, branle, trou, chevauche, bande, avale, pénètre, chair, noix, déguste, goûte, dévore, bois, tire, arrache, chaud, tiède, humide, mordille, frémis, baise, dépucèle, défonce, mange, brûle, nique, pousse, tire, éperonne, cul, sale, laboure, fourre et remplis.

– Tu as tout ça à la fois dans la tête ?

– Ouais, et je ferais bien d'ajouter *tête* à cette liste.

– Tu la perds, la tête.

J'achève de me coiffer et me retourne pour lui faire face. Jusque-là, je n'avais pas remarqué ce qu'il portait.

– Tu as mis ton uniforme ? Pour jouer au bingo ?

Là, je crois le voir rougir.

– Ces dames me demandent de le porter.

Je me plaque une main sur la bouche pour étouffer un éclat de rire.

– Oh, mon Dieu ! Le joli cœur des vieilles dames !

– La ferme.

Il semble terriblement gêné. C'est la première fois que je le vois jouer les modestes et je ne peux m'empêcher de le provoquer :

– Tu es leur bébé bingo.

– La ferme, Céleste !

– Un amateur de cougars.

Il secoue la tête mais je vois les coins de sa bouche s'étirer.

– Tu es leur PILF.

– PILF ?

– *Pilot I'd like to fuck*, comme une MILF mais avec un pilote canon à la place.

Il me tire la queue-de-cheval.

– C'est ça, continue tes discours de grande gueule. Chaque fois que tu me taquineras, j'aurai mon droit de réponse.

Là-dessus, il se penche pour me lécher l'épaule jusqu'à l'oreille. Alors qu'un gémissement m'échappe, il me souffle :

– Tu vas devoir fermer cette porte à clef si tu décides de dormir ici cette nuit.

*

* *

J'ai encore les lèvres gonflées quand on arrive au bingo, dix minutes plus tard. La salle retentit de cris de bienvenue à l'entrée de Carter et plusieurs hommes viennent lui taper dans le dos et lui serrer la main. Les femmes frétillent sur leur siège. Je n'ai jamais vu un truc pareil. Carter la rock star… d'un groupe de personnes âgées dans une communauté de retraités.

J'observe la scène du fond de la salle, jusqu'à ce qu'une vieille dame s'approche de moi.

– Vous devez être Kendall ?

– Oui. Comment le savez-vous ?

– Carter m'a envoyé un SMS tout à l'heure pour me demander de m'occuper de sa copine. Et… enfin…

Elle regarde autour d'elle.

– Vous êtes bien la seule à ne pas devoir vous accrocher les seins pour vous rendre au bingo.

Je lui souris et elle m'offre le bras.

– Venez. Je suis Muriel. Je vous ai retenu une place entre Bertha et moi.

Toutes deux ont étalé devant elles au moins une douzaine de cartons, mais aussi quelques objets personnels : pour Muriel, une photo encadrée d'argent représentant trois jeunes enfants, une bouteille d'eau, trois tampons encreurs de couleurs différentes et une petite bonbonnière remplie de caramels. Voyant que je la regarde, elle soulève le cadre :

– Voici Seth, Rachel et Emma, les enfants de mon fils. Il a épousé une sacrée garce mais elle m'a fait cadeau de trois beaux petits, alors je la supporte.

– Ils sont magnifiques.

– Merci. Vous pensez avoir un jour des enfants avec Carter ?

Mon cœur se serre à l'évocation d'un bébé…

– Je ne sais pas. On ne se connaît pas depuis assez longtemps.

Bertha se penche pour intervenir :

– Moi, je les porterais bien, ses gamins, si je pouvais. Je lui pondrais trois mini-pilotes à fossettes.

– Ne faites pas attention, chuchote Muriel. Elle se biture avant de venir au bingo. Personne ne s'en plaint, car ça la rend incapable de jouer correctement, ce qui nous laisse davantage de chances de gagner.

– Je t'entends, tu sais ! miaule Bertha.

Dans un haussement d'épaules, Muriel lui fait signe de se taire. Bertha a toute une ligne de 7 devant elle et m'en offre un.

– Vous voulez un 7 et 7, Barbie ? Vous n'avez qu'à verser du gin dans la bouteille d'eau. Ainsi, ça ne se verra pas, car les membres du conseil les plus coincés ont décrété qu'on ne buvait pas d'alcool dans les soirées bingo.

– Dis-lui pourquoi ils ont décidé ça, pépie Muriel.

Son amie se met alors à couiner au-dessus de sa tasse rouge :

– Mon pantalon était trop serré. Je l'ai ouvert alors que j'étais assise ici et j'ai oublié de le refermer avant de me lever. Ces gens-là se conduisent comme s'ils n'avaient jamais vu un petit cul de leur vie.

– D'abord, ce n'est plus un petit cul depuis 1953. Ensuite, elle omet de préciser qu'elle voulait s'en aller avec son pantalon sur les chevilles, qu'elle a trébuché, s'est étalée, en bousculant au passage M. Barthman qui s'est cassé une dent en tombant.

– Ce n'était même pas une vraie dent.

Elles continuent de se chamailler devant moi, en se penchant chacune leur tour pour me crier dans les oreilles. Quand je lève les yeux, je m'aperçois que Carter nous observe depuis l'estrade, hilare. Il lève un doigt puis tapote sur son micro.

– Comment vont mes minettes du bingo, ce soir ?

Les femmes se mettent à glousser et brailler.

– Tout le monde est prêt ? Ce soir, on va s'éclater avec une de mes parties préférées, que j'aimerais dédicacer à mon invitée. Le premier jeu tournera sur une ligne horizontale. Marquez cinq chiffres dans votre grille et vous gagnez.

Avant de poursuivre, il m'adresse un clin d'œil.

– À vous de choisir la façon dont vous voulez vous allonger, ce sera bon pour moi.

Je lève les yeux au ciel. Bertha me donne une de ses cartes, un tampon, avance l'un de ses trolls échevelés devant moi en me souhaitant bonne chance, et la partie commence.

Carter se tient derrière une table pliante sur laquelle se trouve une cage grillagée remplie de petites boules blanches. Il abaisse un levier qui les met en mouvement puis en attrape une.

– Aujourd'hui, on commence avec un petit canard.

Tout le monde se tait, et les tampons se mettent à tamponner. Je ne comprends pas du tout ce qui se passe. Il me semble juste que Muriel soit en train d'imprimer le numéro deux. Quand elle voit mon désarroi, elle explique :

– Un petit canard… c'est un terme de bingo pour mentionner le numéro deux. Le deux ressemble à un canard.

Je n'ai pas de deux sur ma carte mais je vois Carter qui inspecte toute la salle. Il s'assure que chacun a eu le temps de tamponner sa douzaine de cartes puis il tourne de nouveau la manivelle. Cette fois, il regarde la boule et annonce dans le micro :

– Grand-mère est poissante.

Muriel traduit :

– 60. Poissante rime avec soixante.

De nouveau, ça tamponne sec. Apparemment, je suis la seule qui aurait besoin d'un dictionnaire de bingo. Alors qu'ils sont tous occupés à vérifier leurs cartes, Carter se met à chantonner dans le micro. Je reconnais l'air mais sans parvenir à mettre un titre dessus.

Après quelques autres tirages, il m'adresse un clin d'œil :

– Allons-y ! Une de mes préférées.

Cette fois, je n'ai pas besoin qu'on me traduise le 69 qu'il vient de citer. Tout au long de la soirée, il continue de fredonner sa chanson. Je suppose qu'il s'agit des Beatles jusqu'au moment où il se met à chanter le premier couplet, où il est question de savoir lâcher les cartes. Alors je reconnais *The Gambler*[10], de Kenny Rogers.

Je me tourne vers Muriel :

– Ça lui arrive de chanter des chansons des Beatles quand il est ici ?

– Ça lui est arrivé. Jusqu'à ce qu'on l'emmène à un concert de Kenny Rogers pour son anniversaire.

– Vous l'avez emmené voir un concert de Kenny Rogers ?

– Ouais. La plupart d'entre nous ne célébrions plus notre anniversaire depuis des années, jusqu'à

10. « Le joueur ».

ce que Carter arrive. Maintenant on guette les nôtres avec impatience. Au sien, on fait une collecte pour lui présenter des événements de notre génération. Au nôtre, il nous surprend avec quelque chose de la sienne.

Je n'en reviens pas qu'il soit à ce point attaché à ces gens.

– Qu'est-ce qu'il vous a donné pour le vôtre ?

Le regard de Muriel s'illumine et elle se retourne en levant les pieds pour me montrer ses chaussures.

– Des Reebok Pumps. Mon dos me tuait chaque fois que je sortais faire ma promenade quotidienne. Vous enfilcz ces baskets démentes… et fini le mal de dos.

– Je ne savais même pas qu'on en fabriquait encore.

Vers la fin de la soirée, je me rends compte que j'ai passé un excellent moment. Muriel m'a écrit la recette du plat préféré de Carter, et Bertha, encore à moitié beurrée, m'a raconté des dizaines de plaisanteries salaces, toutes mettant des pilotes en scène. Je suis là, dans une salle peuplée de gens de l'âge de mes grands-parents, et je ne voudrais surtout pas être ailleurs. Alors que je regarde de loin Carter en train de récupérer ses affaires tout en bavardant avec quelques résidents, je me rends compte à quel point je suis déjà sous son emprise. Ma réflexion ne semble pas échapper à Muriel.

– On se pose des questions sur le monsieur ?

Je soupire :

– Comment le savez-vous ?

– Je connais ce regard. Je suis passée par là avec mon Connor. Je l'ai rencontré à dix-huit ans et il me fichait la pétoche. Il m'aurait fait quitter mon pantalon s'il l'avait voulu. Il en jetait, comme Carter. Moi, j'essayais de lui échapper. Et tant pis si c'était un superbe policier, je le trouvais trop brut de décoffrage.

– Vous avez dit *mon Connor*. J'imagine que vous avez fini par le laisser vous attraper.

Elle fait la grimace.

– Oui mais, malheureusement pour moi, j'avais déjà presque trente-cinq ans.

– Qu'est-ce qui s'est passé ?

– J'avais dix-huit ans et lui vingt-cinq. Je venais d'une famille juive de la côte Est, lui était fils d'immigrants irlandais. Mon cœur lui disait oui, mais ma raison, non, tout comme mon père, d'ailleurs. J'ai commis l'erreur de suivre ma raison. Et nos chemins se sont séparés. J'ai perdu près de vingt ans avec l'amour de ma vie, avant qu'on finisse par se retrouver.

– Ah oui ! Et il… il vit ici avec vous ?

– Il est mort en 1982. Un contrôle routier qui a mal tourné quand il a voulu stopper une voiture au coffre plein d'armes. Le mec lui a tiré dessus à bout portant et je suis devenue veuve à trente-neuf ans. Tout ça pour apprendre que j'étais enceinte de mon fils, quelques jours après l'enterrement.

– Oh, mon Dieu ! C'est terrible.

– Oui, merci. Mais je ne vous ai pas raconté mes malheurs pour vous gâcher la soirée, juste pour vous rappeler que la vie est courte. La moitié des gens sur cette Terre vous dira de suivre votre esprit, l'autre moitié, votre cœur. Si vous voulez mon avis, je dirais qu'il faut se fier à celui qui n'hésite pas. Le plus formel des deux saura convaincre l'autre.

Carter arrive, poussant un homme en fauteuil roulant.

– Prête ? On repart à pied. Je conduis juste M. Hank à sa voiture.

Je serre Muriel dans mes bras.

– Merci. Pour tout.

– De rien, ma chérie. Occupez-vous bien de notre commandant et je vais m'assurer que Bertha ne vienne pas frapper à votre porte dès sept heures du matin, dans la nuisette qui, d'après elle, va lui permettre de faire craquer un jeune pilote.

Carter l'embrasse sur la joue.

– Bonne nuit, Muriel.

Une fois que tout le monde a quitté la salle, il ferme la porte à clef et on retourne chez lui. Sur le chemin, il me prend la main. Je l'interroge doucement :

– Je peux te demander quelque chose ?

– Ce que tu veux.

– Comment connais-tu toutes ces formules de bingo ?

– Ils m'en avaient confiées plusieurs. J'ai vu que ça leur plaisait quand j'utilisais ce langage. Alors j'ai regardé sur Internet et j'ai fini par les mémoriser. C'était une bonne façon de m'occuper pendant les vols intercontinentaux. Même si mon copilote trouvait que je déraillais quand je lui demandais de m'interroger entre l'Allemagne et New York.

– Décidément, tu m'étonneras toujours. Un coup tu me racontes des saletés à l'oreille et, l'instant suivant, tu m'emmènes au bingo.

– Oui, je sais, tu ne dois pas avoir l'habitude de ce genre de sortie.

– Pas vraiment.

– Demain soir, je t'emmènerai ailleurs. Tous les deux dans un restaurant à la mode.

Je m'arrête sur place.

– Ce n'est pas ce que je voulais dire. En fait, je crois que je viens de passer la meilleure soirée de ma vie.

– C'est vrai ?

– Quand on sort avec quelqu'un, c'est d'abord pour apprendre à le connaître. Malheureusement, je ne le savais pas jusqu'ici. C'est vrai, pour moi, une soirée avec un mec, ça se résumait au genre de restaurant où il m'emmènerait. Je jugeais les hommes sur le fric qu'ils dépensaient et les vêtements qu'ils portaient. Leur nom de famille comptait plus que la façon dont ils traitaient les gens autour d'eux. Mais, après t'avoir vu là-bas ce soir, j'ai eu comme une révélation.

– Une révélation, tu dis ?

On est toujours arrêtés sur le trottoir, main dans la main. Finalement, c'est au milieu de ce quartier de retraités que je vais vraiment être honnête avec lui. Je lui prends l'autre main, pousse un grand soupir et me lance :

– Je suis folle de toi, Carter Clynes. Je préfère être avec toi dans une salle de bingo, coincée entre Bertha et Muriel qui se disputent, que dans un restaurant étoilé avec un descendant des Rockefeller. Tu chantes Kenny Rogers pour leur faire plaisir, coupes les ongles des orteils de ton faux père, et tu offres des baskets à des vieilles dames pour qu'elles n'aient pas mal au dos.

Là-dessus, je le prends dans mes bras et, après un nouveau soupir, me recule et lui parle les yeux dans les yeux.

– Je suis folle de toi, Carter. Nulle part je ne serai mieux qu'à tes côtés, peu importe où ça m'entraîne.

Il pose son front sur le mien, ferme les paupières, laisse passer un silence avant de répondre :

– Céleste, tu ne sais pas à quel point c'est important pour moi de t'entendre dire ça. Parce que je ressens exactement la même chose, si ce n'est davantage. Je n'ai pas toutes les réponses, mais je veux être celui qui t'aidera à les trouver.

Les larmes m'inondent le visage.

– Je suis heureuse, Carter. Tellement heureuse ! Et en même temps terrifiée.

Ses pouces me parcourent les joues et rattrapent mes larmes qui continuent à couler.

– Moi aussi, ma beauté. Moi aussi.

C'est là qu'une voiture de sport rouge s'arrête à notre hauteur, que sa vitre avant s'abaisse :

– Je peux vous déposer quelque part, commandant ?

Il lève la main.

– Merci, George. Ça va.

Le vieil homme lui répond d'un geste.

– J'ai l'air plus jeune, là-dedans, non ? Les demoiselles reluquent ma voiture.

– Vous êtes superbe, George. Allez-y, mettez-leur-en plein la vue. Mais faites attention à votre hanche.

Il repart et, tout d'un coup, je pige :

– C'était quoi, ça ? Une… Targa ?

– Bien vu.

– C'était la tienne, non ? Celle que tu as échangée avec un copain qui s'était fait opérer ?

– Il en a plus besoin que moi.

Carter me passe un bras sur l'épaule et on reprend notre marche.

– On dirait que je n'en ai vraiment pas besoin, ajoute-t-il. Moi, je peux draguer une jolie blonde dans une salle de bingo.

CHAPITRE 16

CARTER

C'est une nuit typique de Floride, légèrement venteuse, un peu humide. Mais la lune qui brille n'a rien de typique ; elle est spectaculaire, magique. Et je sens mon cœur battre à m'en éclater les côtes ; comme un débutant au bord d'un territoire inconnu. Comme s'il allait m'arriver quelque chose d'extraordinaire.

La fille dont je suis fou vient de me regarder avec des larmes plein les yeux et elle m'a dit qu'elle aussi était folle de moi. Je voudrais que cette sensation ne s'arrête jamais, que cette nuit ne s'arrête jamais. Je suis au septième ciel. Non… au soixante-neuvième ciel. Toute la soirée, au bingo, je n'ai pu détacher mes yeux de cette fille. J'avais trop hâte de me retrouver seul avec elle.

Alors que nous poursuivons notre route, main dans la main, je traîne un peu derrière elle, à dessein, incapable de m'empêcher de regarder comment la soie délicate de sa robe moule son joli petit cul. Je suis l'homme le plus chanceux du monde de pouvoir la ramener chez moi. J'ajuste mon pantalon dans une tentative de masquer mon érection, puis je regarde le lac dans le lointain. Comme les gens se couchent tôt dans le coin, on va l'avoir pour nous tout seuls. Quant à mes voisins, ils ne vont pour ainsi dire jamais jusque-là, même le jour. Alors je lui propose :

– Tu veux aller dans l'eau ? Plonger ?

Moi en toi, ça oui. Voilà mon esprit salace qui me reprend. Impossible de le faire taire, ce soir.

– Je n'ai pas de maillot de bain. Cette robe ne supporte que le pressing. Je ne peux pas la mouiller.

Mouiller. Putain ! Je hausse un sourcil.

– En fait, je proposais de nous baigner sans nos vêtements.

– Ah… je vois.

Elle sourit en se mordant les lèvres.

– Bien sûr, commandant. Tout ce que vous voudrez.

Tout… Elle pousse un cri lorsque je la soulève brusquement de terre pour courir vers le lac alors qu'elle s'accroche à mon cou. Je suis incapable de me rappeler quand j'ai bandé comme ça pour la dernière fois, je me sens comme un ado. Je ne me rappelle pas davantage m'être senti aussi heureux. Peut-être avant la mort de Lucy. Tout ce que je sais, c'est que, ce soir, Kendall fait mon bonheur.

Une fois que je l'ai reposée sur ses pieds, elle m'examine, l'air de découvrir que je porte toujours mon uniforme de pilote ; puis elle prend un air gourmand alors que je commence à déboutonner ma chemise et finis par la jeter dans l'herbe. Nous sommes loin de toute maison, personne ne risque de nous voir nus à cette heure. Inutile d'être prudent.

Après m'être débarrassé de ma ceinture, j'ouvre mon pantalon, l'enlève, pose les mains sur les hanches et la regarde me reluquer. Les paupières lourdes, emplies de désir, elle contemple ma verge engorgée, à moitié sortie de mon boxer. J'adore. Ça ne fait que me raidir davantage. Je ne cherche plus à cacher mon désir, je veux qu'elle voie l'effet qu'elle me fait.

– Je suppose que tu sais nager, Céleste ?

Elle finit par remonter son regard, qui s'accroche au mien.

– Je fais très bien la planche.

La planche. Putain. Ma queue sursaute en imaginant ses seins à fleur d'eau, je me vois déjà la tirer vers moi.

Je me rapproche de Kendall.

– Si tu fais la planche…

Elle s'éclaircit la gorge.

– Qu'est-ce que ça te ferait ?

Je l'attrape par la taille pour la coller contre moi.

– Tu veux savoir ce que ça me ferait ?

– Je crois que je peux le deviner, et si tu en profitais pour caresser mes seins ?

Putain de merde.

– Je rêve de me balader sur ces beaux, sur ces célestes nichons depuis le bar de l'aéroport. Tu vas me tuer, vilaine. Je me noie alors qu'on n'a même pas mis les pieds dans l'eau.

– Ne t'inquiète pas, si tu te noies, je sais faire le bouche-à-bouche.

Elle sourit contre mes lèvres. Je tire sur la bretelle de sa robe.

– Je peux t'enlever ça ?

Elle hoche silencieusement la tête et me laisse faire ; je détache ensuite son soutien-gorge, je le laisse tomber et ne peux résister à l'envie de lui prendre un téton entre mes dents, laissant alors échapper un grognement involontaire. Je ne résiste plus.

En lui ôtant lentement sa culotte, je remarque à quel point elle est humide. Nos conversations salaces l'ont autant excitée que moi. Un vent léger passe sur nous et, la voyant frémir, je suis pris d'un immense besoin de réchauffer son corps en le serrant contre le mien. À partir de là, je perds tout contrôle.

Lorsque deux personnes sont liées comme Kendall et moi, les paroles ne servent plus à rien. Ses ongles se plantent dans mon dos, son cœur bat contre le mien. De chaque fibre de son être, elle me dit qu'elle est prête à céder à l'extraordinaire attraction qui opère depuis notre première rencontre. Il ne reste pas la moindre résistance entre nous.

Et là, sous cette magnifique lune, je me rends compte que nous ne mettrons jamais les pieds dans l'eau. Car je vais prendre cette fille, juste ici, dans une propriété privée en bordure de ce lac.

Je retiens son visage entre mes mains pour mieux l'embrasser, de toute la ferveur de mon corps, tandis qu'elle passe ses doigts dans mes cheveux. On tombe ainsi dans l'herbe humide et je m'allonge sur elle.

À travers l'étoffe de mon boxer, je frotte mon pénis contre son clitoris, la faisant frémir sous moi. Sa chaleur ne me donne que plus envie d'enfoncer mon membre dans sa chatte mouillée. On se frotte ainsi l'un contre l'autre comme deux ados obsédés. Ses hanches ondulent et se collent de plus en plus à moi. Sans dire un mot, elle me supplie d'aller plus loin.

Je cesse de l'embrasser, le temps de lui dire :

– Je ne peux plus me retenir, Kendall. Continue comme ça et je vais exploser sur toi, alors que je voudrais tellement exploser en toi.

– Alors viens en moi.

– Je te jure, dis-moi d'arrêter. Sinon je te baise sur la pelouse de ces retraités.

Elle répond en m'attirant davantage contre elle, croisant ses jambes derrière mon dos, et elle se met à tirer sur mon boxer pour m'en débarrasser.

Alors je cherche à tâtons mon pantalon car, depuis Rio, je garde toujours un préservatif dans ma poche arrière. Sans trop savoir si je m'en servirai jamais avec elle. Je l'enfile à une vitesse record, je ne vais plus tenir une seconde à l'idée de ce qui m'attend.

Je m'enfonce en elle dans une euphorie complète. Sa chatte serrée m'étreint davantage à chaque poussée. Incapable de résister, j'accélère le mouvement avec une vigueur, une fougue désespérée que je ne me connaissais pas. Tout cela parce que j'ignore si je ne vais pas perdre cette fille dans quelques jours.

Et ça me terrifie.

Cette idée me pousse à la baiser plus violemment encore, dans un élan plus possessif que jamais.

– Écarte un peu plus les jambes.

Elle y consent sans se faire prier, saisit mes fesses pour mieux contrôler le mouvement. On est comme deux animaux en chaleur, en train de s'accoupler dans le silence de la nuit. Quand je pense aux petits avions qui planent si souvent dans les parages… En plein jour, nous leur offririons le spectacle de l'année : mon cul dénudé en pleine action sur Kendall, au milieu d'une pelouse privée, en principe.

J'ai atrocement besoin de jouir mais je n'ai qu'un préservatif et il faut que ça dure longtemps, car le trajet du retour à la maison va durer un moment. On n'entend que nos respirations, nos corps qui se joignent, mes couilles qui claquent sur ses fesses, la moiteur de nos mouvements alors que je vais et viens dans sa chatte. On est au bord de la surcharge sexuelle, je me noie littéralement en elle.

Kendall est plus menue que la plupart des femmes que j'ai fréquentées, j'avais donc un peu peur de lui faire mal. C'était osé de vouloir la baiser de cette façon, en pesant de tout mon poids sur elle. Si bien qu'elle me surprend quand elle se dégage soudain et balance son beau petit cul devant moi. Elle veut que je la prenne par-derrière. À croire qu'elle lit en moi comme dans un livre.

Je tire ses cheveux blonds, savourant le plaisir de rentrer à nouveau en elle. La vue de ses fesses bien fermes me rend fou. En quelques secondes, je lâche toute ma charge.

– Mais Kendall, je vais jouir. C'est… c'est si…

Je n'arrive plus à parler.

– Moi aussi, dit-elle.

Et elle ne cesse de claquer ses fesses sur moi. Notre orgasme n'en finit plus – à croire qu'il s'étendra sur des jours et des jours de sensations physiques et mentales. Mon corps tremble jusqu'à ce que la dernière goutte se soit déversée dans le préservatif.

Et là, j'en veux tout de suite davantage. Après m'être délicatement retiré, je la retourne vers moi. On s'embrasse dans l'herbe tandis qu'elle frotte sa chatte mouillée sur mon bas-ventre. Ça me rend fou.

– Je bande de nouveau comme un cheval, ma puce. Il faut que je m'écarte, sinon, je vais encore exploser en toi et, cette fois, sans rien pour nous protéger. On ferait mieux de vite rentrer à la maison.

– D'accord.

Elle m'embrasse avec encore plus d'ardeur, au point que je m'effondre sur elle.

– Tu te rappelles notre idée de dîner dans un restaurant à la mode, demain ?

– Oui, sourit-elle.

– On ferait peut-être mieux de se faire livrer quelque chose, parce que je ne crois pas que je pourrai rester trop longtemps près de toi en public sans te toucher. Ça te va ?

– Bonne idée.

Je m'éloigne d'elle en soupirant :

– Viens, on s'en va.

– Je voudrais quand même me laver vite fait dans le lac.

Elle file et je cours derrière elle. On se retrouve bientôt à folâtrer dans l'eau. Je la soulève, la laisse tomber, la fais tournoyer, et on ne cesse de s'embrasser. Je suis allé dans bien des endroits en tant que pilote, j'ai voyagé dans le monde entier, mais rien ne m'aura autant bluffé que cette nuit avec Kendall au bord du lac.

Des lumières clignotantes arrivent dans le lointain et on plonge tous les deux sous l'eau, on s'embrasse tranquillement en attendant qu'elles soient passées. Je ne saurais dire s'il s'agissait d'une voiture ou de quelqu'un qui marchait armé d'une lampe torche. Ce serait bien ma chance de nous attirer un ennui qui pourrait gâcher la plus belle nuit de ma vie. Ça n'arrivera pas.

– Tu es prête, ma beauté ?

– Oui, à la maison, commandant !

On retourne où on se trouvait et Kendall enfile vite sa robe, tandis que je cherche mon pantalon des yeux.

– Merde, je ne le vois nulle part !

Elle essore ses cheveux.

– Tu ne le trouves pas ?

– Non, il a disparu. Mon caleçon aussi.

– C'est une blague ? Tu crois que ça a un rapport avec les lumières qu'on a aperçues ?

– Il semblerait que quelqu'un se soit éclaté en me prenant mes vêtements.

Kendall se couvre la bouche.

– Oh non ! Excuse-moi de rire, mais c'est tellement ridicule ! Tu veux que j'aille te chercher un pantalon chez toi ?

– Ce serait super, sauf que la clef se trouvait dans celui qu'on m'a volé.

– Flûte.

Elle m'envoie sa culotte.

– Tiens.

– Qu'est-ce que tu veux que j'en fasse ?

– La mettre.

– Ce petit machin ne couvrira pas la moitié de mon équipement.

– C'est mieux que rien.

Je me frotte les tempes en essayant de réfléchir. Ma maison se trouve à plus de six cents mètres.

– On pourrait courir chez Gordon. Il habite plus près, à l'angle du premier pâté de maisons. Il doit dormir à cette heure-ci, mais il garde une clef dans le pot de fleurs devant sa porte. Je vais lui prendre un pantalon.

On ne peut pas s'empêcher de rire en courant tout le long du chemin. Je la tiens d'une main et me couvre les fesses de l'autre. Une fois devant la porte de Gordon, Kendall m'attend pendant que j'entre à l'intérieur.

Il ronfle comme un bienheureux lorsque je pénètre dans sa chambre. La porte de son placard grince au moment où je l'ouvre, ce qui le réveille en sursaut.

– Papa… C'est moi. Tout va bien.

– Brucey ?

– Oui.

– Qu'est-ce que tu fais là ?

– Il faut que je t'emprunte un pantalon.

– Qu'est-ce qui t'est encore arrivé ?

– Je me baignais à poil avec une fille et on me l'a volé.

– Michelle Pfeiffer ?

– Oui…

– Vas-y mon gars !

Il roule sur le côté et se remet à ronfler.

Je serre le pantalon de Gordon avec une ceinture puis sors rejoindre Kendall. Il est trop large pour moi, et pourtant trop court, ça nous fait nous tordre de rire tout au long du chemin.

Je casse un carreau et fais entrer Kendall, l'emporte directement dans ma chambre et, avant de la déposer à terre, je cherche une capote dans le tiroir de ma chambre.

– Je t'en prie, dis-moi que tu vas ôter ce pantalon ridicule.

Je ris contre sa bouche et me hâte de l'exaucer, desserrant la ceinture avant de laisser tomber par terre ce machin de géant, puis je réussis à enfiler le préservatif sans la reposer au sol. J'ai trop hâte de replonger en elle, d'autant qu'elle est déjà complètement mouillée.

– Et merde, Céleste, je ne vais jamais plus pouvoir te lâcher, maintenant. Tu le sais, non ? C'est trop bon ! Furieusement bon.

Je suis accro, au point de ne pouvoir imaginer la suite de ma vie sans cette fille.

– Carter, geint-elle.

Je m'enfonce en elle.

– Kendall.

Et encore :

– Kendall.

Et encore :

– Merde, Kendall. Comment je vais pouvoir piloter un avion maintenant que je ne veux plus rien faire d'autre que ça de toute ma vie ?

D'un seul coup, elle se contracte, et elle m'étreint si bien que je la rejoins aussitôt. Son dos se plaque contre la porte tandis que je la fourrage toujours, encore affamé.

Nous transpirons à grosses gouttes et je finis par lui confier :

– J'ai l'impression d'avoir complètement perdu la tête avec toi. Je n'ai jamais ressenti un truc pareil avec personne. Je ne sais pas comment ça va se passer demain. Je ne sais même pas où se trouve mon putain de pantalon ! Tout ce que je sais, c'est que je ne peux pas te lâcher, ma puce.

Je l'étreins un peu plus fort.

– Je ne peux pas te lâcher.

Mon cœur bat plus fort que jamais après l'amour. Je sais pourquoi : pour la première fois, ce n'était pas qu'un rapport sexuel, mais bien autre chose.

CHAPITRE 17

KENDALL

Une odeur de bacon flotte dans l'air. J'enveloppe mon corps nu dans le drap et me laisse guider vers la cuisine, m'arrête sur le seuil pour contempler la scène qui s'y déroule : Carter, complètement nu, balade ses fesses fermes devant la plaque de gaz où il fait frire du bacon tout en chantant à tue-tête avec les Beatles *I Got a Woman*[11], qui passe à la radio. Scène des plus surprenantes. La quintessence du magnétisme de Carter Clynes s'étale là, devant moi – sculptural, sûr de lui, enjoué, aimant, un peu givré et complètement magique.

Quand il m'aperçoit, adossée à la porte, je sens son sourire me traverser la poitrine. Mon cœur fond quand je le vois venir vers moi, me prendre par la main, me passer le bras sur l'épaule pour m'entraîner dans un slow.

---

11. « J'ai une femme ».

Il chante dans mon oreille. *I got a woman. I got a woman.*

Je vis là un des plus beaux moments de ma vie, un rêve. Je voudrais qu'il dure toujours, et nous avec. À la fin de la chanson, il pose les lèvres sur mon front.

– Bonjour, ma belle.

Existe-t-il une plus belle façon de commencer la journée ?

– Depuis combien de temps es-tu levé ?

– Pas longtemps, répond-il, peut-être une demi-heure.

Un nuage de fumée s'élève derrière lui.

– Euh… je crois que ça brûle.

– Merde !

Il se précipite vers la poêle, éteint le gaz. Le bacon grésillant émet un violent claquement et des gouttes d'huile brûlante sautent sur son torse.

– Aïe ! Merde !

Ça me fait rire.

– Tu ferais mieux de mettre un pantalon avant de brûler tes meilleures parties.

Il agite vers moi la spatule avec laquelle il cuisinait.

– Mes meilleures parties ? Tu veux dire mes mains ?

– Humm… elles sont vraiment superbes. Mais ce n'est pas ce qui m'inquiète le plus.

– Alors ma bouche ? Ce doit être ça.

– Elle est très bien aussi. Surtout lorsque tu fais ce petit truc avec ta langue, que tu l'enroules et la fais vibrer.

Ses pupilles se dilatent, sa voix s'assombrit.

– Tu aimes ça, hein ?

Mes joues s'empourprent quand je pense qu'il m'a plus d'une fois menée à l'orgasme avec sa bouche. Je hoche la tête.

Sans me quitter des yeux, il déplace la poêle vers le brûleur voisin resté froid.

– Je ne sais plus de quoi on parlait, du coup.

– Je te conseillais de couvrir certaines parties de ton corps afin de ne pas risquer de les brûler.

– Bon, puisque tu insistes, je vais les couvrir.

Là-dessus, il revient vers moi et, d'un seul coup, m'attrape pour me jeter par-dessus son épaule.

– Je vais les couvrir dans dix secondes avec ta jolie petite chatte.

Il me tape sur les fesses en m'emmenant vers la chambre.

– Et le bacon, alors ?

– Tant pis pour le petit déjeuner. C'est toi que je vais dévorer.

*

* *

C'est seulement au début de l'après-midi qu'on songe vraiment à s'alimenter. Carter passe le contenu d'un de ses Tupperware au micro-ondes, et on s'assied sur le lit pour manger du goulasch dans la même boîte. Il avale une nouille aux œufs en louchant. C'est digne d'un enfant de six ans et je me demande comment il était à cet âge-là.

– Tu as des albums de photos ?

– Pas très récents.

– De toi quand tu étais petit.

– En fait, oui. Quand je me suis installé en Floride, ma mère m'a fabriqué un album sur la famille. Je l'ai trouvé accompagné d'une lettre parmi mes cartons. Elle voulait que je me rappelle combien j'étais aimé et me demandait de regarder cet album au moins deux fois par an – à mon anniversaire et au sien.

– C'est trop adorable !

Il me tend la boîte de goulasch presque vide, mais je refuse.

– Je n'en peux plus. Tu peux tout terminer.

– J'aime bien manger avec toi. Tu n'avales que la moitié de ta part et je peux tout finir.

– Méfie-toi, à force tu vas bientôt prendre du ventre si tu manges deux parts à chaque repas.

– On va essayer d'arranger ça.

Je n'en doute pas. Carter me tend la bouteille d'eau que nous partageons et j'avale une gorgée.

– Tu fais ce que ta mère t'a demandé dans sa lettre ? Tu regardes l'album deux fois par an ?

– Oui.

– C'est quand, ton anniversaire, au fait ?

– Le 4 juillet.

– Tu rigoles ?

– Non, pourquoi ?

– Parce que c'est aussi le mien.

– Finalement, les pièces du puzzle s'assemblent.

– Comment ça ?

– Non, c'était une remarque que ma mère faisait souvent.

– Comment fêtais-tu tes anniversaires en grandissant ?

Carter finit les nouilles puis se lève.

– Je vais te montrer.

Il revient une minute plus tard armé d'un épais album de photos et s'assied contre la tête de lit. Je viens me placer à côté de lui et le regarde ouvrir la couverture. Sur la première page apparaissent deux photos d'un bébé joufflu et tout nu, âgé de trois ou quatre mois.

– C'est toi.

– Oui. Regarde la taille de mes couilles. Pourquoi elles sont si grosses ? C'est pareil pour tous les bébés ou j'étais déjà exceptionnel ?

– Je ne sais pas, dis-je en riant. Mais tu étais trop mignon ! Et bien rond, aussi.

Sur la page suivante apparaissent deux filles d'environ six ou sept ans et un garçon d'à peu près quatre ans, certainement Carter. Il suffit de voir sa fossette.

– Ce sont tes sœurs ?

– Oui, Catherine et Camille.

– Elles sont jumelles ?

– Oui, fausses jumelles. Ma mère en a une elle aussi.

Carter, Catherine, Camille.

– Et tes parents, comment s'appellent-ils ?

– Calliope pour maman et Carter pour papa.

– Ah oui ! Il y a des familles comme ça, où tous les prénoms commencent par la même lettre.

– On est cinq avec CC pour initiales. Quand j'étais gamin, je ne sais pas pourquoi, mais j'avais horreur de ça.

Il tourne plusieurs pages et je le vois grandir sous mes yeux, encore plus mignon petit garçon que bébé. Puis un ado de plus en plus beau. On se marre devant sa coiffure qui évolue année après année. Dans les dernières pages, je tombe sur un portrait de lui avec dans les bras une petite fille de deux ans tout au plus. Ils sont assis au pied d'un arbre de Noël.

– Qui est-ce ? Elle est adorable.

Elle porte des nattes blond platine, et la casquette de Carter lui masque presque entièrement les yeux. Elle brandit un éclair au chocolat qui a souligné son sourire d'une belle moustache.

– C'est Corinne, la fille de Camille. Ne te laisse pas charmer par son visage. C'est une véritable petite terreur.

– Je suis sûre qu'elle est adorable. Au fait… encore un nom en C ?

– Oui. Catherine a un fils. Tu donnes ta langue au chat ?

– Charlie ? Chance ? Cash ? Christopher ?

– Christopher.

– Et toi, tu comptes également suivre la tradition ? Avec un petit Carter ? Ou une Claire ?

Là, c'est toute son attitude qui change. Son expression prend une gravité que je ne lui connaissais pas.

– Je ne sais pas. Je n'y ai jamais vraiment songé.

Il semble réfléchir un moment, avant d'ajouter :

– En fait, je n'ai jamais été trop sûr de vouloir des enfants. Je suis absent douze jours par mois. Mais, maintenant, je commence à me demander si ce n'est pas quelque chose que je veux, finalement. Après tout, quand on tombe sur la femme qu'il vous faut, elle a le pouvoir de changer ce qu'on attend de la vie. Ça dépend d'elle. De nous.

J'en ai la gorge sèche.

– Je vois.

Il me montre la dernière photo de l'album, qui le révèle avec ses parents et ses deux sœurs. Tous arborent un large sourire et se tiennent par l'épaule. Carter passe une main sur la page.

– Mes sœurs me cassent les couilles à me demander quand j'aurai des enfants. À croire que je vais sur mes cinquante ans au lieu de mes trente ans. Pendant des années ma mère a répété un truc que je croyais sorti tout droit d'une pub.

– Quoi ?

– Que je fonderais une famille quand je serais prêt à cesser de voyager à travers le monde à la recherche d'on ne sait quoi alors que j'ai tout ce qu'il me faut à la maison.

Il ne me quitte pas des yeux. Depuis l'instant où j'ai croisé le regard de Carter Clynes à l'aéroport, mon cœur bat à trois cent mille à l'heure. Mais là, j'ai l'impression d'atteindre un sommet. Et soudain, ça s'est passé. Mes battements ralentissent ; je prends une profonde inspiration avant de laisser échapper un grand soupir. Voilà tout. Mon cœur a lâché prise, il ne résiste plus. Je ne sais pas combien de temps on a devant nous et comment les choses vont tourner, je sais seulement que je suis amoureuse de Carter.

*

* *

La vie reprend en fin d'après-midi. Carter commence par aller voir Gordon et, à son retour, on fait l'amour sous la douche, puis par terre dans la chambre. J'ai l'impression que mes fesses auront connu à peu près tous les coins et recoins de l'appartement à notre départ, bientôt. Alors que j'ai l'impression d'émerger d'une épuisante séance de yoga suivie d'un marathon, Carter semble s'en sortir indemne.

– Et si on allait faire une heure de gym, après quoi je t'emmènerais dîner dans un bon restaurant ?

Avachie sur le lit, je regarde une vieille émission de télé.

– Tu rigoles ? Tu veux faire de l'exercice après cette séance de sexe dingue ?

Il me rejoint en riant, me donne une grande tape sur les fesses. Je pousse un gémissement à peine exagéré.

– Allez viens, flemmarde. J'ai encore des tonnes d'énergie à dépenser. Si on ne va pas faire de la gym, tu ne pourras plus mettre un pied devant l'autre pendant un mois.

On décide de marcher jusqu'à la salle, à l'autre bout du lotissement. Le lac se trouve sur notre chemin et Carter voudrait vérifier à la lumière du jour s'il ne voit toujours pas son pantalon d'uniforme. Je lui demande :

– Où veux-tu qu'il soit passé ?

On a beau faire le tour du lac, rien en vue. C'est totalement incompréhensible.

– Heureusement que je dois récupérer mes habits de rechange le mois prochain. J'ai perdu la moitié de mon uniforme en un an.

– Perdu ? Tu le laisses derrière toi à l'hôtel pendant tes escales ?

– Non, justement, c'est ça le plus bizarre. Le mois dernier, j'aurais juré avoir porté une casquette au bingo. Impossible de remettre la main dessus. Je crains que les pertes de mémoire de certains de mes voisins ne commencent à déteindre sur moi.

*

* *

J'ai décidé de jouer à fond le jeu pour ce dîner. J'enfile une petite robe noire et les plus hauts talons aiguilles que j'ai emportés dans ma valise, des sandales ouvertes sur les orteils, avec des rubans de soie à nouer jusqu'à mi-mollet. Je mets un soutien-gorge à balconnet pour pouvoir afficher un profond décolleté sous le col en V. Quand je pense combien Carter a aimé mon look de chaudasse à Dubaï, je me fais un brushing pour épaissir mes cheveux blonds, maquille mes yeux bleus à l'eyeliner noir, choisis le plus vif de mes rouges à lèvres.

Le résultat ne se fait pas attendre, dès que je sors de la chambre.

– Waouh !

Je tourne sur moi-même.

– Tu aimes ?

– Tu ressembles à mes pires rêves d'ado.

– Je dois le prendre comme un compliment ?

– Plutôt, oui. N'importe quel homme ne pourrait que rêver de se branler devant toi.

Dehors, il ouvre la portière de son SUV et m'aide à monter dedans.

– J'ai l'impression, lui dis-je, que tu ne te prives jamais de dire tout ce que tu veux, juste parce que tu sais que tu es beau.

– Tu crois ?

– Oui. Je pense que tu éblouis les gens avec ton allure et ton charme, au point de donner l'impression qu'il est tout à fait normal de dire « n'importe quel homme ne pourrait que rêver de se branler devant toi ».

– C'est normal. Et naturel. Tout homme qui ne songerait pas à ça en te voyant comme tu es ce soir ne serait qu'un connard. Je te le dis franchement.

J'éclate de rire.

– Tiens, encore ! Ça sonne comme une remarque charmante mais je suis sûre que, dans la bouche d'un autre, ça deviendrait… complètement flippant.

Il traverse lentement le lotissement, encore qu'il n'ait pas trop le choix, tant les ralentisseurs se succèdent. Arrivés devant le portail d'entrée, on a dépassé cinq ou six couples en survêtement. Ils nous ont tous fait signe et Carter leur a répondu en utilisant le prénom de chacun. Je ne me fais toujours pas à l'idée qu'il soit tellement enraciné dans ce village de retraités.

À la sortie, on passe devant la salle de bingo, dont le parking est encore plein.

– Qu'est-ce qu'ils font, ce soir ?

– C'est la soirée danses western des célibataires.

– Tu rigoles, là ?

– Hé non ! Il y a plein de veufs et de veuves qui essaient de se distraire ensemble.

– Trop cool.

Au pied du portail, Carter sort sa carte pour la scanner et déclencher l'ouverture. C'est là qu'on voit une petite voiture se garer à la dernière place pour handicapés encore libre dans le parking.

– Ce n'est pas ton ancienne voiture ?

Effectivement, George, le vieil homme avec qui Carter a échangé sa voiture, sort d'une petite Porsche rouge. On le regarde tous les deux la contourner pour aller ouvrir la portière passager. Il tend la main à une dame pour l'aider à sortir.

– Qu'est-ce que… marmonne Carter.

– C'est… c'est ce que je crois ?

Il a l'air stupéfait, la bouche bée.

– Putain, on dirait bien !

On n'en revient ni l'un ni l'autre. Pourtant, George est bel et bien en train de conduire sa conquête vers la salle de bal… revêtu d'un uniforme de pilote. *Celui de Carter*.

CHAPITRE 18

CARTER

En regardant les infos sur la petite télé de la cuisine, je me prends à rêver qu'on nous annonce un typhon. Un ouragan, une tempête tropicale, une tornade, un cyclone, enfin n'importe quoi pourvu que ça annule mon vol de ce soir. Depuis le jour où j'ai reçu mon insigne ailé, je n'ai jamais souhaité rester au sol. Pas une fois. Pourtant, ce matin, je déteste ce fichu métier de pilote. J'ai carrément mal au cœur à l'idée de quitter Kendall pendant sept jours.

Je suis sûr qu'elle ressent la même chose. Ce matin, on a décidé de passer la journée à la maison. Durant cinq jours, on a tourné autour du pot sans aborder la question cruciale : que va-t-elle faire, maintenant ? Il faut pourtant qu'on en parle. Et moi qui suis mort de trouille à l'idée qu'on sonne bientôt la fin de la partie…

Je sens bien que je suis amoureux d'elle ; je crois que même ma raison s'y est faite. Mes craintes n'ont rien à voir avec ce qui pourrait m'arriver si je le reconnaissais vraiment. Mais plutôt avec ce que mon amour pourrait provoquer chez elle. Que se passerait-il si je lui disais que je l'aimais pour m'apercevoir au bout d'un an que c'était autre chose que de l'amour ? Ou si je n'étais plus amoureux ?

Lucy. Je ne peux risquer de gâcher la vie de Kendall à moins d'être sûr de moi. Plus que sûr. J'ai déjà causé assez de dommages avec mes promesses en l'air. Et si je le lui disais et que ça influençait sa décision ? L'argent ou l'amour ? Ça semble facile, non ? Pas du tout.

Pourtant, la solution qui m'occupe l'esprit depuis vingt-quatre heures m'a l'air un peu trop simple. Pourquoi ne pourrait-elle avoir les deux ? Je pourrais tout lui donner, non ? Mon amour. Un enfant. Son héritage légitime. Un enfant. Notre enfant.

Kendall est sous la douche. J'ai regardé la pendule quand j'ai entendu l'eau commencer à couler. Midi. Il faut que je prenne une décision. Il faut qu'on parle.

Tic-tac. Tic-tac. Tic-tac.

Ça me laisse à peu près la journée entière avant de gagner l'aéroport ce soir pour mon vol vers le Venezuela. Je me fiche de ce qu'on va faire aujourd'hui pourvu qu'on soit ensemble à chaque instant. Lorsque Kendall émerge de la salle de bains, je ne peux m'empêcher de lui sourire. Elle plisse les yeux.

– Quoi ?

– Je ne peux pas te regarder ?

Elle vient s'asseoir sur mes genoux.

– Dire que tu t'en vas ce soir !

Soudain, j'ai l'impression que toutes ces questions sans réponse qui m'obsèdent commencent à m'étouffer. Et je lui demande brusquement :

– Qu'est-ce que tu comptes faire, Kendall ? J'ai besoin de savoir.

Elle pose la tête sur mon épaule.

– Je rentre chez moi au Texas. J'ai besoin de temps pour réfléchir. Je dois donner une réponse définitive à Hans et Stephen.

Je recule pour la regarder dans les yeux.

– Ils s'appellent comme ça ? Les mecs en Allemagne ?

– Oui. Je ne peux pas les faire patienter plus longtemps.

– Tu as raison. Prends ton temps. J'ai beau adorer t'avoir auprès de moi, on ne peut pas réfléchir posément tant qu'on est ensemble.

– Il faut que je prenne l'ordi pour acheter un billet en ligne. Je vais chercher un vol qui parte de Miami, comme ça, on pourra décoller du même aéroport vers la même heure.

– C'est ça, dis-je, joueur, en lui tapant sur la fesse, fais donc ça qu'on n'en parle plus ! Je voulais qu'on reste à la maison mais, dès que tu auras fini, on pourrait peut-être aller à la plage profiter du soleil et de l'air frais, se détendre pour le reste de la journée, jusqu'à ce qu'on doive rentrer se préparer.

Une demi-heure plus tard, on se rend ensemble à Deerfield Beach. Bien que la mer soit calme et parfaitement claire, on préfère rester sur le sable, à écouter le mouvement des vagues et à admirer le ciel bleu clair. Malgré tout, on est tous les deux anxieux. À un moment, on est allongés sur le ventre, et elle ne veut plus me lâcher la main. On se regarde, jusqu'à ce qu'elle se retourne sur le dos, alors je fais de même et place la main sur son ventre plat. Je caresse du pouce son nombril parfait et, d'un seul coup, je me sens pris d'une poussée de jalousie et de possessivité. La réponse se fait claire en moi.

Je veux qu'elle m'appartienne à moi et à moi seul. Je ne veux pas qu'elle porte l'enfant d'un autre. Hors de question. Je veux qu'elle porte mon enfant. Pas juste à cause de ce putain d'héritage, mais parce que j'ai envie d'un enfant d'elle, d'un avenir avec elle. Bien que ce ne soit pas vraiment le moment idéal pour faire un bébé, je ne doute pas un instant d'en avoir envie. Alors, vu l'urgence de la situation, pourquoi attendre ?

Lucy. Je n'arrive plus à penser à autre chose. La peur de blesser Kendall, comme j'ai blessé Lucy, flotte au-dessus de moi tel un nuage noir – cette peur de laisser tomber Kendall, qui reste constamment présente mais, bon sang, pas assez pour éclipser le besoin que j'ai d'elle, mon amour pour elle.

Maintenant, ce sera tout ou rien. Maintenant ou jamais.

Il me faut du temps avec elle mais je dois également respecter ses priorités. Elle perdra tout si nous n'agissons pas vite. Quoi qu'il arrive, j'ai tout à y gagner. J'ai de quoi nous faire vivre tous les deux, même si son héritage doit nous échapper au cas où elle aurait une fille. D'ailleurs, à l'idée d'une version miniature de Kendall qui m'appellerait papa, j'ai plutôt envie de sourire. Il faut en passer par là, voilà tout. Je veux être le père de son bébé. *Notre bébé.*

Mon cœur se met à palpiter.

– Je t'aime, Kendall.

Rien de plus facile à dire. C'est pourtant la première fois que je le dis à quelqu'un en dehors de ma famille proche, et de Lucy. Elle se retourne vers moi, l'air abasourdie, porte la main à son front pour se protéger les yeux du soleil.

Je poursuis :

– Avant de te laisser répondre quoi que ce soit, je voudrais te dire tout le reste.

– D'accord…

– C'est dingue, non ? Tomber amoureux si vite ? Mais je suis sûr que ça se passe ainsi quand c'est du sérieux. Et là, on le sent. Kendall, tu me rends extraordinairement heureux ! Et s'il est vrai que j'aimerais te garder encore un moment rien que pour moi, je comprends que, quand on aime quelqu'un, on doit tenir compte de ses attentes.

– C'est-à-dire ?

– Que je ne veux te partager avec personne. C'est également valable pour ton corps. Je ne veux pas que tu portes l'enfant d'un autre homme. Je veux que ce soit moi. Je veux te mettre enceinte. Mais, par-dessus tout, je veux être un père pour cet enfant, et l'aimer, car il serait autant de toi que de moi. Je veux tout de toi. Et peu importe qu'on se connaisse depuis dix minutes ou depuis dix ans. Quand on sait, on sait.

Je lui prends le visage entre les mains avant d'ajouter :

– Je sais où sont mon cœur et ma tête : à la même page ; néanmoins, je suppose que tu dois à ton tour décider si tu veux me suivre ou non.

Elle me dépose un baiser léger sur les lèvres.

– Je t'aime aussi, Carter. C'est vrai. Je n'ai pas le moindre doute sur ce point, mais je ne m'attendais pas à ce que tu me proposes ça. Avoir un bébé, c'est une chose, l'élever, c'en est une autre. Là, tu m'ouvres une nouvelle perspective et je vais avoir besoin de temps pour y penser.

Un immense soulagement irradie dans tout mon corps. Au moins, elle ne m'a pas traité de fou, au moins elle veut bien réfléchir à mon offre.

– Tu ne crois pas que je délire, à vouloir te mettre en cloque ?

– Toute cette situation est un vrai délire… dans le bon sens. En tout cas, si je ne te connaissais pas si bien, peut-être que ça me paraîtrait délirant, effectivement. Mais vous êtes mon adorable commandant et rien de ce qu'on a fait ensemble jusqu'ici n'était conventionnel. Pas une seule fois.

– Crois-moi, j'ai peur. Mais jamais je ne te laisserai tomber comme je l'ai fait avec Lucy. Je crois, pour la première fois de ma vie, que je mesure l'importance d'une relation pour vouloir tenter ma chance. J'ai mille fois plus peur de te perdre que de risquer d'essayer et d'échouer. Et je peux te jurer que si nous avions un enfant ensemble et que ça ne se passe pas bien, je ne tournerais jamais le dos à mon gosse. Il n'y a rien de plus important qu'un enfant et tout ce qui se passe autour de lui. Ce bébé – notre bébé – sera ma priorité. S'il faut pour ça que je change de carrière car tu ne pourras plus supporter mes trop longues absences, j'assumerai.

– Jamais je ne te demanderais une chose pareille, Carter.

– Bon, disons que j'envisageais les extrêmes, pour te prouver que je prends les choses sérieusement.

– Compris.

Elle regarde le ciel.

– Ça t'ennuie si on quitte la plage ? Je voudrais qu'on passe les dernières heures qui nous restent chez toi.

Je me soulève de notre couverture, lui tends la main pour l'aider à se lever.

– On s'en va.

On passe le reste de l'après-midi à faire l'amour dans mon lit, avec une lenteur intense, impensable avant notre dernière discussion. En lui avouant que je l'aimais, j'ai hissé notre relation à un autre niveau et je dois avoir assez confiance pour que notre éloignement n'y change rien.

J'ai beau être prêt à plonger la tête la première dans tout ce qui pourrait se présenter avec elle, quelque part subsiste en moi l'inquiétude de ne jamais plus la voir. C'est fou, non ? Après tout ce qui vient de se passer entre nous. Cela doit venir du remords qui me tenaille et m'interdit d'aimer si fort en l'absence de Lucy.

Le soleil est presque complètement couché quand on part pour l'aéroport. Kendall ne veut pas me lâcher la main. Ça me fait drôle de ne pas l'emmener avec moi au Venezuela. Comme si j'avais perdu l'habitude de voler sans elle.

En arrivant à Miami International, je me gare sur la place de parking qui m'est réservée, mais ni elle ni moi ne cherchons à sortir du SUV, jusqu'à ce que j'attire sa joue à moi pour lui donner un baiser passionné.

– Céleste, s'il te plaît, n'oublie jamais comme on est bien ensemble.

– Jamais. Je ne pourrais pas, Carter.

Son vol part deux heures après le mien, alors elle m'accompagne à ma porte d'embarquement, avant de rejoindre la sienne, à l'autre bout de l'aéroport.

Une hôtesse, Renee, passe devant nous.

– Ravie de te voir de retour ! me lance-t-elle avec un clin d'œil.

Je sais parfaitement ce que Kendall pense en ce moment, et elle a raison. Cette fille est l'un de mes plus récents trophées. Et ça m'embête, surtout que je sais maintenant ce que c'est que vraiment faire l'amour avec quelqu'un. J'ai envie de crier à Kendall : *« Arrête de la regarder ! Elle ne compte pas ! »* On n'avait vraiment pas besoin de ça maintenant. Ça ne fait qu'ajouter au stress de notre séparation.

Après une minute de silence, je la prends dans mes bras et lui murmure à l'oreille :

– Il faut que j'y aille.

Ses larmes mouillent la chemise de mon uniforme.

– Ça semble trop irréel, murmure-t-elle.

– Je sais, mais c'est juste temporaire. On se retrouvera bientôt.

– D'accord, renifle-t-elle.

Je lui soulève le menton.

– *P.S. I Love You*[12].

– C'est une chanson des Beatles ?

– Oui, mais celle-ci correspond parfaitement à l'instant présent, peut-être plus que toutes les autres.

---

12. « P.S. Je t'aime ».

– Je t'aime, Carter.

– Je t'aime, Céleste. Promets-moi qu'on va se téléphoner et prendre rendez-vous pour la prochaine fois.

– Promis.

– Je vais penser à toi pendant tout le vol. Tu le sais, j'espère ?

Elle m'attrape le col en riant.

– Tu as intérêt.

– Tu vas me manquer.

– Vous chanterez une chanson pour moi, commandant.

– Tu peux compter là-dessus.

Je l'étreins une dernière fois.

– Merde, je ne peux pas te lâcher.

Elle se détache de moi en s'essuyant les yeux, m'adresse un signe de la main.

– Vas-y. Tu risques d'être en retard.

Je me dirige vers le contrôle de sécurité. Lorsque je me retourne, elle est toujours là, à me regarder. Je lui envoie un baiser avant de poursuivre mon chemin. Juste avant de tourner à l'angle du couloir, je regarde en arrière une dernière fois, mais elle est partie.

Au décollage, lorsque l'avion prend de l'altitude, j'aperçois une chose que je n'avais encore jamais vue : une étoile filante. Je me dis que c'est un signe. Tout va bien se passer.

Ne me laisse pas tomber, Céleste.

J'attrape le micro :

– Bonsoir, Mesdames et Messieurs. Ici votre chef suprême, autrement dit le commandant Clynes. Je tiens à vous souhaiter la bienvenue à bord de ce magnifique Boeing 757. La durée du vol entre Miami et Caracas devrait être d'approximativement trois heures et trente minutes. Nous prévoyons un vol paisible avec éventuellement quelques petites poches de turbulence. Alors détendez-vous. Encore bienvenue sur le vol 553 à destination de Caracas, au Venezuela. Comme j'aime souvent le faire avec mes passagers, voici ma petite interprétation d'une chanson des Beatles qui s'adapte parfaitement à la situation de ce soir – car je viens de donner mon cœur à une personne restée à l'aéroport. Elle l'emporte avec elle au Texas. Je suis sûr que certains d'entre vous comprennent de quoi je parle. La chanson de ce soir est donc intitulée *Don't Let Me Down*[13].

13. « Ne m'abandonne pas ».

CHAPITRE 19

KENDALL

Ma mère empeste l'alcool.

– Tu plaisantes ! lâche-t-elle.

J'ai commis l'erreur de lui raconter mon voyage pour la préparer à l'idée que tout ne se passera sans doute pas comme initialement prévu. Elle m'a toujours encouragée à recourir à cette insémination artificielle en Allemagne, d'abord et avant tout parce que ça l'arrange.

– En temps normal, je ne t'aurais pas dit ça, d'autant que tu es à moitié ivre, mais, étant donné les circonstances, tu dois savoir ce que j'ai en tête ; parce que ça risque de ne pas se faire, pour l'Allemagne.

– Et que vont devenir ces pauvres garçons, maintenant que tu as changé d'avis ?

– Je ne leur ai pas encore fermé la porte à cent pour cent. De toute façon, je ne leur ai jamais rien promis. Je ne les ai même pas rencontrés, et je ne suis pas la dernière femme sur Terre équipée d'un utérus. Ils trouveront une autre solution.

– Oui, c'est ça. Ils iront voir ailleurs si tu continues à les faire marcher.

– Tu crois que je ne le sais pas ? Je leur ai parlé ce matin pour leur dire que je leur donnerai ma décision dès la semaine prochaine.

– Tu vas finir par te retrouver seule et on n'aura plus de quoi vivre.

Mon sang ne fait qu'un tour.

– C'est tout ce qui t'intéresse, en fait ?

Elle tend un doigt accusateur vers moi :

– Je ne devrais pas avoir à m'inquiéter de mon avenir. C'est ton abruti de grand-père qui nous a mis dans cette situation, pas moi.

– Ne sois pas si égoïste. On parle d'une vie humaine, je te signale.

– Non, on en parlait avant – quand il était question que tu fasses cadeau d'une vie à un gentil couple qui attend tellement de toi, et qu'ainsi nous ne soyons plus dans le besoin. À présent, on parle d'un projet ridicule d'enfant de l'amour, qui ne peut que mal se terminer.

– Comment tu le sais, au juste ?

– Kendall, tu veux bien réfléchir une minute à ce à quoi cela ressemble, vu de l'extérieur ? Tu pars en voyage, tombes amoureuse du pilote de ton satané avion… qui veut maintenant te donner un enfant ? À propos, dis-moi aussi que ça n'a rien à voir avec le fait que tu venais juste de lui annoncer que tu allais hériter de millions de dollars ! Réveille-toi, ma chérie !

– Carter ne court pas après l'argent !

J'ai crié si fort que je vois les chevaux devant le ranch commencer à s'agiter.

– Ça, c'est ce que tu voudrais croire et, franchement, je te pensais plus intelligente que ça.

Elle se laisse tomber dans un fauteuil avant de reprendre d'un ton morne :

– Tu viens de passer plusieurs mois à mettre au point une stratégie avec ces gentils garçons. En suivant ce projet, tu n'aurais plus de souci à te faire à propos d'un enfant dont tu ne voudrais pas. Et nous serions tranquilles pour la vie. Tout le monde y gagnerait. Or voilà que… tu te mets à envisager l'exact contraire de tout ce dont nous avons parlé, tout ça parce qu'un pilote a passé sa tête entre tes jambes.

– Tu es vraiment dégueulasse.

– Peut-être, mais je dis la vérité.

– Bon, je n'ai plus envie d'entendre ça. Je vais finir par dire adieu au ranch et à cet argent. Tu risques de ne jamais me revoir.

– Ne parle pas comme ça, Kendall. Tu ne vas pas t'infliger une chose pareille.

– Je suis sérieuse. Cette histoire d'héritage n'a fait que me stresser depuis le début. Ne fais pas comme si tu en avais quelque chose à faire, maman. Tu ne vois que des dollars quand tu me regardes. Je suis ta fille, pas un chèque en blanc.

– Je voudrais juste que tu récupères ton dû.

– Dans ce cas, tu ne verras pas d'inconvénient à ce que je fasse enregistrer par écrit un document disant que tu n'as aucun droit dessus ?

Silence de plomb.

– C'est bien ce que je pensais, dis-je avant de partir en claquant la porte.

Je prends la voiture pour filer en ville ; en route, je dois essuyer plusieurs fois mes larmes, jusqu'à ce que je finisse par mettre la musique à plein tube pour ne plus penser à rien.

Lorsque je m'arrête, je me rends compte que j'ai trop besoin de Carter et prends aussitôt mon téléphone. Heureusement, il répond. D'une voix grave et sensuelle.

– Comment sais-tu que je pensais à toi ?

– Carter…

Il devine tout de suite que j'ai pleuré.

– Qu'est-ce qui t'arrive, ma puce ?

– Je n'aurais jamais dû rentrer à la maison.

– Pourquoi ?

– Ma mère… elle me dit des choses pour essayer de me laver le cerveau.

– Quel genre de choses ?

– Elle dit que je suis folle de t'écouter. Que tu ne t'intéresses qu'à mon argent.

Un long silence s'ensuit. Quand il reprend la parole, c'est d'un ton plein de colère :

– Je ne te dis pas comme ça me fout en pétard. D'abord, je voudrais que cette histoire d'argent n'ait jamais existé. Ensuite, je suis prêt à signer ce qu'il faut pour prouver que je ne veux pas de cet argent. À vrai dire, ça me fait plutôt mal au cœur. Je veux juste partager ta vie, Kendall. Dis-moi où il faut signer, putain, Céleste !

Je pousse un soupir.

– Rien que le fait de te parler m'apaise. Tu me manques tellement.

– Tu veux que je vienne ? Je dis à la compagnie aérienne que j'ai une urgence familiale.

– Je ne veux pas que tu mentes pour échapper à ton travail.

– Ce ne serait pas un mensonge. Pour moi, tu fais partie de la famille, la partie la plus importante de ma vie.

J'en ai le cœur qui fond.

– Merci pour ta proposition, mais il faut que je fasse le point toute seule.

– D'accord. Quand tu auras besoin de me parler, n'hésite pas. Je serai là dans les heures qui suivront.

– Merci. Ça me rassure de savoir que tu ferais ça pour moi.

– Je ferais n'importe quoi pour toi, Céleste.

– Je sais. Même me mettre enceinte.

– Non, ça ce serait pour nous deux. Plus le temps passe, plus j'en ai envie. Et j'aimerais beaucoup m'y mettre. Ce sera génial.

J'éclate de rire et il s'enquiert :

– Je t'entends sourire, là ?

– Quoi ? Tu entends les sourires, maintenant ?

– On va y arriver, tous les deux. Je te le promets. Au cas où tu ne m'aurais pas entendu en Floride, je vais le répéter : je t'aime. Et si on fait ce bébé ensemble, rien ne comptera davantage pour moi. Jamais je ne délaisserais mon enfant.

– D'accord… je t'entends.

– Accorde-toi donc une pause de deux ou trois jours. Parfois, quand on veut vraiment comprendre ce qui nous arrive, il vaut mieux ne pas trop y réfléchir. Ça ne fait que compliquer les choses. Tu devrais t'éloigner quelque temps de ta mère, te trouver un endroit paisible où te détendre. La réponse viendra toute seule.

Carter a raison. Il faut que je quitte le ranch.

– Bien vu, je vais faire ça.

– Devine où je suis ?

– Où ?

– Sur la plage de Caracas. Et j'aimerais tant prendre avec toi notre cocktail préféré.

– Notre cocktail ?

– Tu ne te souviens pas ?

– Non.

– La Caipirinha. On n'est pas au Brésil, mais ça a du succès ici aussi.

– Ah oui ! Notre verre à Rio ! Dites-le encore avec votre accent portugais, commandant.

– Caipirinha.

– Mmm !

– J'adore ce petit geignement. Ça m'excite.

– J'espère que tu l'entendras bientôt de vive voix.

– Je ne vis que pour ça, ma puce.

*

* *

J'ai fini par suivre l'avis de Carter en m'installant quelques jours dans un hôtel de Plano. Ça me permet d'échapper à ma mère et à ses avis tranchés.

Au fond, je sais très bien ce que je veux. Passer ma vie avec Carter, mais dois-je pour autant accepter qu'il me fasse un enfant, ou dois-je seulement renoncer à cet héritage ?

Et pourquoi n'aurais-je pas les deux – Carter et l'argent ? Ça semble presque trop beau pour être vrai, comme s'il s'agissait d'une décision trop simple. En même temps, j'ai l'impression que je vais passer mon existence à m'attendre au pire. Dans la vie, rien n'est parfait.

J'entre dans une galerie marchande près de l'hôtel pour m'offrir une glace puis m'asseoir sur un banc devant une des boutiques. En attendant un signe de Dieu.

S'il vous plaît, dites-moi que j'ai pris la bonne décision.

Je continue à contempler l'espace autour de moi tout en léchant ma glace à l'italienne.

En me levant pour jeter le reste du cornet, j'aperçois devant moi une gigantesque pub pour vêtements de bébé. On y voit la grande photo d'un nouveau-né joufflu aux jambes en marshmallow. Il ressemble exactement à celui qui apparaissait dans l'album de Carter et son joyeux sourire me réchauffe le cœur. Si ce n'est pas un signe, je ne sais pas ce que c'est. En fait, je ne vois pas ce qui aurait pu m'arriver de plus clair. Du moins jusqu'à ce que je découvre le nom de la boutique.

Carter's.

*

* *

Je range mes achats de la journée lorsque mon téléphone retentit. J'ai récemment changé la sonnerie pour *Come Fly With Me*[14], de Frank Sinatra. Et ça me fait sourire. Encore un signe évident. Je ne me rappelle pourtant pas avoir jamais entendu cette chanson à la radio. À la rigueur sur le lecteur CD de mon grand-père, mais c'est tout.

Après avoir jeté mon cornet, je suis allée faire un tour dans le magasin de vêtements de bébé. C'était la deuxième fois de ma vie que ça m'arrivait, après y avoir accompagné ma cousine Harper enceinte à dix-huit ans de son prof de trente-neuf ans, marié jusqu'au cou. Nous, les Sparks, femmes de la haute société, ne faisons que jeter de la poudre aux yeux.

– Salut, beau mec ! dis-je en guise de bonjour.

---

14. « Viens, envole-toi avec moi ».

– Tu as l'air plus en forme.

– C'est vrai.

– Tu as une raison pour ça ? Note bien que je ne m'en plains pas. Mais j'aimerais savoir ce qui t'a fait changer d'humeur. Que je le garde à l'esprit pour le jour où je pourrais en avoir besoin.

– En fait, c'était toi.

– Continue. J'aime déjà la suite.

– Eh bien, dis-je en riant, j'ai passé la journée à réfléchir. Et, disons que tu étais présent d'une certaine façon.

Je range dans ma valise les petites fringues que j'ai achetées. Non seulement le magasin s'appelle Carter's mais j'y ai trouvé un minuscule costume bleu marine avec des passepoils qui ressemblaient exactement à ceux de l'uniforme de pilote de Carter. Je n'ai pu m'en empêcher. J'étais déjà en train de payer quand je me suis rendu compte que j'achetais des vêtements pour bébé.

En sortant avec mon paquet, j'ai eu l'impression que le soleil brillait plus fort, que je respirais mieux. Mon cœur et ma tête qui venaient de passer des semaines d'angoisse ont fini par s'apaiser. *Oh mon Dieu !* Je vais avoir un bébé. *Un bébé.* Avec un homme que j'aime à la folie.

Tout d'un coup libérée, j'ai alors fait ce que fait toute fille bien éduquée du Texas. *Des courses.* Il me suffisait de visiter les autres magasins de la galerie. Si bien qu'à la sortie, mes sacs étaient presque trop lourds pour moi. Il me restait pourtant à visiter un stand de l'armée de l'air où j'ai trouvé un ancien insigne ailé.

Maintenant que je regarde le costume bleu marine plié devant moi, avec son écusson au revers, j'ai l'impression de le voir sur un petit garçon à fossettes fièrement porté par son père. Perdue dans mes rêves, j'en oublierais presque que j'ai Carter au téléphone.

– Céleste, tu es toujours là ?

– Oui, pardon. Mais je crois que je ne vais pas t'en dire davantage sur ma journée. Je préfère te montrer ce qui m'a fait penser à toi.

– Ça veut dire que je vais bientôt te voir ?

Je capte l'espoir dans sa voix et j'en ai les paumes toutes moites.

– Absolument. J'espérais qu'on allait se donner rendez-vous.

J'achève de fermer ma valise sur mon lit.

– Dis-moi tout. Où et quand ? Quitte à ce que j'annule mon vol pour Dubaï demain matin. Ou que je détourne un 757 vers le Texas si tu as de bonnes nouvelles pour moi.

Je sais qu'il plaisante mais je n'ai envie de rien lui passer.

– Où est-ce que tu seras, lundi prochain ?

– Euh… je vérifie sur mon téléphone.

Trente secondes plus tard, il reprend la communication.

– À Miami.

Je ne peux y voir qu'un nouveau signe.

– À l'aéroport où on s'est rencontrés ?

– Exact. J'ai une escale pour la nuit et puis je retourne au Brésil. Pour moi, c'est un coup du destin, ma belle. Qu'en dis-tu ? On se retrouve à Miami ? Dans le bar où tout a commencé. Tu veux que je t'achète un billet pour arriver à peu près au même moment que moi ?

Dans un grand soupir, je relâche ce qui me restait d'angoisse.

– Oui. J'ai envie de te voir. J'ai des choses à te raconter. Sans compter que tu me manques atrocement.

– C'est parti. Tu auras ton billet dans la matinée.

On bavarde encore une petite heure. Je ne mentionne ni mes achats ni la décision que je m'apprête à prendre. On parlera de ces choses-là face à face. Toutefois, vers la fin de la conversation, je précise :

– Aujourd'hui, j'ai acheté un truc qui me fait penser à toi.

– Ah oui ? Quoi ?

– C'est une surprise.

– Tu sais, je ne devrais peut-être pas te le dire, mais moi aussi j'ai un truc qui me fait penser à toi. Sauf que je ne l'ai pas acheté ; disons plutôt que je te l'ai volé avant ton départ.

Je suis allongée en travers du lit de l'hôtel, les yeux au plafond, une main sur l'estomac.

– Qu'est-ce que tu…

Et puis je me rappelle qu'il me manquait quelque chose lors de la dernière lessive que j'ai faite à la maison. Tous mes sous-vêtements étaient là, sauf le soutien-gorge rouge…

– Oh non ! Tu n'as pas…

Lorsque j'entends Carter renifler à l'autre bout du fil, je porte une main à ma bouche. *C'est pas vrai*…

– Tu l'as devant toi en ce moment, c'est ça ?

Il me répond avec une sorte de geignement.

– Oh, Carter, j'hallucine ! Je te faisais confiance. Ne me dis pas que tu me l'as volé !

– Je pensais que c'était le genre de choses que tu aurais appris à deviner, maintenant.

– Je suppose, oui. Et tu…

– Je… quoi ?

– Tu sais…

– Ça va de soi ! Mais je voudrais t'entendre le dire.

Décidément, il est mille fois plus provocant que moi. Il faudrait sans doute que je révise mon vocabulaire cochon si je veux entretenir une relation longue distance avec un pilote, alors qu'on sera constamment séparés. Alors, je m'aventure sur un terrain que je ne fréquente pas beaucoup. Baissant la voix, je prends une intonation sexy.

– Est-ce que tu touches ton pénis quand tu renifles mon odeur ?

Il ronronne, littéralement :

– Houlà, ce mot dans ta bouche tu vas me faire exploser.

– C'est vrai ? J'aurais plutôt cru que ce serait ton pénis dans ma bouche qui te ferait exploser.

– Kendall…

– Quoi ? C’est toi qui as commencé.

– Oui et tu ne dois pas jouer comme ça avec moi.

– J’aimerais pouvoir jouer avec toi en ce moment.

Il pouffe de rire.

– Il va falloir que je commence à voyager avec du lubrifiant pour nos appels nocturnes.

– Excellente idée. Si tu en achetais à l’aéroport dès ton arrivée ? Comme je rentre à la maison demain matin, je retrouverai Jack pour notre appel du soir.

– Jack ?

– C’est le nom que je donne à mon petit lapin vibrant.

– Je croyais qu’on devait juste se raconter des choses.

– Et s’en faire.

– Je t’appelle dès que j’arrive à mon hôtel.

– D’accord. Ça marche.

La voix de Carter reprend de son sérieux.

– Je t’aime, Kendall.

– Je vous aime aussi, commandant. Encore quatre jours et on se retrouve.

Encore quatre jours.

CHAPITRE 20

KENDALL

Je n'ai jamais été aussi excitée de ma vie.

Voilà exactement trois heures que je suis arrivée à l'aéroport pour mon départ. Carter m'a pris un billet en première classe, ce qui me permet de passer par une file d'attente privilégiée. Je ne peux m'empêcher de sourire. La petite fille devant moi porte des oreilles de Mickey et tient à peine en place tandis que sa mère fait enregistrer leurs billets pour Orlando. Disney World… elle paraît presque aussi impatiente que moi.

Si tout se passe comme prévu, je retrouverai les bras de Carter dans un peu moins de six heures. Il doit arriver une heure avant moi et m'a promis de ne pas prendre de retard.

Déjà, le seul fait de voir défiler tant d'employés d'International Airlines dans le même uniforme que lui me réchauffe le cœur. C'est quand même fou que l'aéroport de Dallas m'apporte plus de réconfort que ma propre maison.

Une fois ma décision prise, j'ai préféré ne pas en avertir ma mère. C'était risquer de mettre de l'huile sur le feu. J'ai toujours su qu'elle plaçait l'argent au-dessus de tout, inutile de me voir confirmer que mon bonheur n'arrive qu'en deuxième ou troisième position. La semaine dernière, j'en ai reçu la preuve éclatante, au moment où je ne m'y attendais pas du tout… ou peut-être que je préférais fermer les yeux.

Pourtant, je suis certaine qu'elle a tout deviné. En me réveillant ce matin, j'ai trouvé une enveloppe kraft sur la table de la salle à manger, avec mon nom inscrit dessus. À l'intérieur se trouvait un long document d'accord parental, spécifiant tout d'abord que Carter n'avait aucun droit légal sur l'héritage de mon ou mes potentiels futurs enfants. Il suffisait que j'inscrive le nom de Carter dessus et le lui fasse signer. Lorsque ma mère s'est réveillée, vers midi, avec sa gueule de bois habituelle, elle a trouvé l'enveloppe exactement là où elle l'avait laissée pour moi. Sauf que l'accord apparaissait au-dessus, déchiré en deux. J'ai mis les points sur les i avec un peu moins de subtilité qu'elle.

Je m'arrête devant un kiosque pour m'acheter quelques magazines et un sandwich avant de gagner ma porte d'embarquement. Un groupe d'hôtesses s'installe près de moi. Je m'en veux de me demander aussitôt si Carter les a toutes mises dans son lit.

Non que je ne lui fasse pas confiance ; bizarrement, j'ai une entière confiance en lui, maintenant. Mais je suis prise d'une jalousie animale dès que ça le concerne. À la seule idée qu'il puisse se trouver en compagnie de quelqu'un d'autre, j'attrape déjà des boutons. J'ai beau savoir que c'est complètement irrationnel – on fréquente tous les deux bien d'autres gens –, je ne peux m'en empêcher.

L'embarquement a commencé une bonne heure avant le décollage, ce qui est toujours bon signe. Comme je suis en première, j'ai la priorité, pourtant j'attends que la porte soit presque déserte avant de me diriger à mon tour vers la passerelle.

Ma place est au 2A, un siège couloir. Je range mon sac au-dessus puis m'assieds, souriant à ma voisine tout en bouclant ma ceinture. L'hôtesse arrive pour nous proposer un verre avant le vol et jette un coup d'œil sur sa liste.

– Puis-je vous offrir quelque chose, madame Sparks ?

– Avec plaisir. Je prendrai un verre de merlot.

Après quoi, elle s'adresse à ma voisine :

– Et toi, Cass ? Lait, eau, jus d'orange ?

– Une bouteille d'eau. Merci, Lana.

Comme je me tourne vers elle, ma voisine croit bon d'expliquer :

– Je suis hôtesse dans cette compagnie. Je ne voyage pas pour le travail, aujourd'hui, mais j'ai eu la chance de me retrouver dans ce large siège.

Je n'ai mon vin que depuis cinq minutes lorsque la voix du commandant nous annonce qu'on va entamer les manœuvres de décollage. Comme j'ai besoin de calmer mes nerfs, je me dépêche de le boire, avant que l'hôtesse revienne débarrasser.

Ma voisine pousse un grand soupir.

– Qu'est-ce que je donnerais pour pouvoir en faire autant !

– Siffler son verre en quinze secondes tout en espérant que personne ne s'en apercevra ?

Elle se tapote le ventre en souriant.

– Exactement. J'entame le quatrième mois.

– Ah ouais !

On ne voit rien sur cet abdomen tout plat.

– Je n'aurais jamais deviné. Vous êtes si mince !

– En fait, mon corps n'a rien compris. C'est mon derrière qui a doublé de volume.

– Je n'en crois pas un mot ! Vous êtes mince de partout. De toute façon, les belles fesses sont très à la mode de nos jours.

– J'espère quand même que ma poitrine suivra. Le père de ce petit bonhomme adorerait.

Je songe à mon propre corps. Mes seins grossiront-ils quand je serai enceinte ? Carter a toujours prétendu qu'il aimait ma taille B, mais quelque chose me dit qu'il ne verrait pas d'inconvénient à ce que je passe au C.

Une fois qu'on a décollé et pris de l'altitude, Cass, dont j'ai appris que le prénom complet était Cassandra, s'empare des écouteurs mais, au lieu de les placer sur ses oreilles, elle les colle contre son petit bidon.

– J'ai lu quelque part, m'explique-t-elle, que les bébés entendent très bien dans le ventre de leur mère. Alors je lui passe de la musique classique.

– C'est un garçon ou une fille ?

– Je ne sais pas encore. Je dirais un garçon.

J'ai tant de choses à apprendre. Après tout, je ne connais pas cette femme, je peux bien lui confier mon petit secret.

– Puis-je vous poser une question personnelle ?

– Bien sûr.

– Il vous a fallu longtemps pour concevoir ? Je veux dire, vous cherchiez à l'avoir depuis des mois ou… Je vous demande ça parce que mon petit ami et moi…

J'hésite avant de le reconnaître pour la première fois à haute voix :

– On a décidé de faire un bébé.

La jeune femme semble sincèrement ravie.

– C'est super, félicitations !

C'est bien la première fois que quelqu'un semble approuver ce projet. Et ça fait du bien. Tout semble se mettre en place.

– Merci.

– En fait… ça ne nous a pas pris longtemps du tout. Je suis tombée enceinte dès notre deuxième rendez-vous.

– Oh, c'est fantastique !

– N'est-ce pas ? Ce bout de chou n'était pas prévu au programme. Mais nous aurions fini par décider d'en faire un, de toute façon. C'est le lien qui nous unira tous les trois à jamais.

– Mais vous pouvez encore travailler ? Je croyais que les compagnies aériennes n'acceptaient pas les femmes enceintes à partir d'un certain stade de grossesse.

– C'est vrai, d'ici à douze semaines, je ne pourrai plus voler. En fait, même les passagères sont la plupart du temps interdites de vol à partir de vingt-huit semaines. C'est trop risqué. On me donnera un travail au sol. Sans doute autour des portes d'embarquement. J'espère pouvoir quand même retourner en Floride, ce sera plus sûr pour moi.

– Vous vivez au Texas, en ce moment ?

– Oui, à Allen. Mais je suis originaire de Floride et la majorité de ma famille s'y trouve encore, ainsi que le père du bébé. Donc, je vais sans doute m'y réinstaller.

– Vous pensez reprendre votre métier après la naissance du bébé ?

– J'espère que non. J'ai toujours rêvé d'être mère au foyer avec plein de gosses. Ce n'est pas facile, de nos jours, de vivre sur un seul salaire. Il faut se trouver un beau parti, comme je l'ai fait.

Son intonation me déplaît un peu. Accrocher le bon filon, dirait sans doute ma mère… À mon deuxième verre de vin, je commence à sentir mon adrénaline remonter, ma fatigue se tasser. Sachant que Carter va se montrer insatiable, j'ai intérêt à m'offrir un petit somme. Je ne me réveille que lorsque le commandant annonce notre atterrissage dans quelques minutes.

Je me redresse sur mon siège.

– Ouf ! J'ai bien dormi.

– En effet. J'ai dû reprendre les écouteurs au bébé pour éviter d'entendre votre petit ronflement.

– Oh, pardon ! Je suis désolée !

Elle ouvre sa bouteille d'eau, achève de la vider.

– Non, je vous taquine, dit-elle. Vous ronfliez un peu mais ça ne m'a pas dérangée. Je crois que je suis trop anxieuse pour pouvoir dormir, sinon nous aurions formé un beau duo, toutes les deux.

– Anxieuse à cause du bébé ?

– Non, mais je retrouve son père demain. On ne s'est pas vus depuis un moment.

– Je vous comprends. Je n'ai pas vu mon copain depuis une semaine et je suis au bord de la crise de nerfs. Si je n'avais pas avalé ces verres de vin, je n'aurais jamais pu dormir. Je suis trop excitée.

– Pour nous, ça remonte à bien plus d'une semaine.

– Ah bon ? Combien de temps ?

– Trois mois.

– Houlà ! Ça fait beaucoup. Ainsi, il ne vous a pas encore vue enceinte.

– Oui, c'est vrai. Mais c'est le cadet de mes soucis.

Je dois faire une tête abasourdie, car elle croit bon d'ajouter :

– Il ne sait pas encore que je suis enceinte.

– Oh la la !

– Oui. Maintenant, vous comprenez pourquoi j'aurais bien sifflé ce vin.

– Tout à fait. Vous… vous croyez qu'il sera content de devenir père ?

– Je n'en ai aucune idée. C'est quelqu'un de très autonome. Il ne prévoyait pas de se laisser mettre le grappin dessus. Mais au fond, je suis sûre que c'est un homme bien, qui saura réagir comme il faut.

Je ne suis pas trop sûre de savoir ce qu'elle entend par « réagir comme il faut ». Toute cette conversation commence à me retourner l'estomac. Quelle femme faut-il être pour ne pas dire à un homme qu'elle est enceinte depuis des mois ? Elle doit sans doute avoir d'excellentes raisons pour ça. Ce type ne doit pas être des plus recommandables, et elle aura commencé par ne pas vouloir de cet enfant. Je n'ai pas à porter de jugement. Surtout avec les projets que j'ai moi-même échafaudés. On ne connaît pas la véritable histoire de quelqu'un tant qu'on ne s'est pas mis à sa place.

L'atterrissage est plutôt agité mais compensé par quelques minutes d'avance, je suis contente. Je voudrais passer aux toilettes de l'aéroport pour me rafraîchir avant de retrouver Carter au bar. Alors que l'avion roule vers notre porte d'arrivée, je replie mes magazines, range mon sac, puis me retourne en souriant vers Cass :

– Bonne chance ! Vous allez bientôt retrouver votre ami ?

– Demain. Il a un vol demain matin que je vais effectuer avec lui. Même s'il n'est pas encore au courant.

L'avion s'arrête et nous sommes autorisés à sortir. Je commence à détacher ma ceinture.

– Il voyage beaucoup pour son travail, c'est ça ?

– Oui. Tout le temps, en fait. Il est pilote.

Je me lève pour récupérer mon bagage.

– Oh, c'est drôle, mon copain aussi !

La porte de la cabine s'ouvre plus vite que dans tous les autres vols que j'aie jamais effectués. Décidément, les signes affluent, aujourd'hui – un vol paisible, une compagne de voyage enceinte, une arrivée à l'heure. En m'engageant dans le couloir, j'ajoute :

– Ravie d'avoir fait votre connaissance. Je vous souhaite le meilleur pour votre bébé et le reste.

– Merci. À vous aussi. J'espère que vous pourrez avoir un bébé aussi facilement que moi.

Je m'apprête à sortir quand j'entends l'hôtesse dire au revoir à Cass, juste derrière moi :

– Bonne chance, ma chérie. Appelle-moi plus tard, tu me diras comment Jet aura pris la nouvelle.

Je me fige. Ce n'est pas possible, mon esprit me joue des tours. Je me retourne quand même :

– Elle vient de dire Jet… comment Jet aura pris la nouvelle ?

Cass me décoche un sourire insouciant.

– Oui. C'est le surnom du père de mon bébé. Ça le change, car son nom est composé des trois mêmes initiales.

Mon sang ne fait qu'un tour.

– Quelles initiales ?

– C. Pour commandant Carter Clynes.

CHAPITRE 21

KENDALL

Ma valise est la dernière à apparaître sur le tapis roulant. Combien de cercles a-t-elle parcourus avant que je ne la remarque ? Depuis combien de temps suis-je ici ?

Ma joie de ces dernières vingt-quatre heures s'est complètement transformée en un mélange de choc, de panique et de tristesse. Je ne sais plus à quand remonte la dernière fois que je me suis laissée à ce point consumer par le chagrin. Mes émotions m'ont dévorée au point de ne plus faire de moi qu'une carcasse glacée immobile en plein retrait des bagages.

J'ai perdu la trace de Cass peu après la révélation du nom du père de son enfant. À vrai dire, je ne me rappelle même pas avoir quitté l'avion ni parcouru tout ce chemin jusqu'ici.

Finalement, je saisis ma valise et regarde autour de moi les gens qui vont et viennent dans l'aéroport.

Quelque part, j'ai juste envie de m'enfuir en courant, mais je sais aussi que je tiens à entendre la version de Carter au sujet de cette fille et de ce bébé. Ai-je une seule petite chance pour qu'elle ait tout inventé ? Je me hâte d'écarter cette idée de mon esprit. Inutile de me bercer de faux espoirs.

J'ai l'impression que ma tête va exploser, entre les annonces de vols, le bruit des gens qui se précipitent et ces effrayantes pensées qui s'entremêlent. Tout me paraît hurler. En jetant un coup d'œil sur mon téléphone, je m'aperçois que je suis en retard pour mon rendez-vous avec Carter.

Un pied devant l'autre. Vas-y. Tu dois l'affronter.

L'escalier roulant descend doucement vers mon pire enfer. Arrivée devant le bar, je ferme les yeux pour essayer de me reprendre avant d'entrer. Je l'aperçois tout de suite dans un coin, tiré à quatre épingles dans son uniforme, la tête levée vers la télé qui passe du sport. Le cœur battant, je reste sur le seuil, à admirer sa haute stature, tout en me disant que je le vois sans doute pour la dernière fois.

Soudain, il se retourne. Mon cœur défaille quand je m'aperçois qu'il a apporté un grand bouquet de fleurs. Il me décoche un large sourire et chacun de ses pas vers moi me brise un peu plus le cœur. D'autant que son sourire s'efface peu à peu, comme s'il se rendait compte que je ne suis pas en train de pleurer de joie.

Il laisse tomber les fleurs sur une table voisine.

– Céleste ? Qu'est-ce qui se passe ?

Incapable de parler, je m'agrippe à sa chemise pour ne pas tomber.

– Il t'est arrivé quelque chose pendant le vol ?

Toujours incapable d'articuler un mot, je fais oui de la tête. Il me serre dans ses bras. Trop faible pour résister, je me mets à sangloter et je sens son cœur battre à tout rompre contre ma joue. Il finit par reculer pour me demander :

– Dis-moi ce qui t'arrive, s'il te plaît.

Fermant les yeux, je prie intérieurement pour trouver la force de parler enfin. Et ça sort, d'une voix tremblante :

– J'étais assise à côté d'une femme, dans l'avion. Enceinte de quatre mois.

– Bon. Et ça t'a fait peur ?

– Non.

– Il lui est arrivé quelque chose ?

Je m'assieds sur une chaise, relève les yeux vers lui. Il ne bouge pas.

– Dis-moi ce qui s'est passé, Kendall.

– C'était une hôtesse en congé.

– D'accord. Où veux-tu en venir ?

– Elle s'appelle Cass. Tu la connais ?

Il ouvre la bouche pour dire quelque chose mais s'immobilise, comme s'il commençait à saisir.

– Je la connais, oui.

– Tu sortais avec elle.

– Oui. Combien de fois va-t-il falloir que je te le répète ? Ça ne voulait rien dire pour moi. C'était avant de te rencontrer et…

L’air soudain paniqué, il écarquille les yeux, l’air de comprendre.

– Attends. Tu ne crois tout de même pas que c’est moi qui l’ai mise enceinte !

– Je ne crois rien du tout, c’est elle qui me l’a dit, sans se douter de rien. Elle dit que tu es le père de son bébé, Carter. Elle vient en Floride pour te l’annoncer en personne. Elle fera partie de ton équipage demain.

L’air incrédule, il secoue la tête puis se met à crier :

– Quoi ? Non !

Et là, il s’agenouille pour se mettre à ma hauteur, me regarde dans les yeux.

– Non, Kendall, non !

– Ose me dire en face que tu ne peux pas être le père de son bébé.

Il se détourne, se passe la main dans les cheveux. Il tombe des nues lui aussi, apparemment trop assommé pour reprendre la parole.

Alors je répète ma question :

– Tu as couché avec elle il y a quatre mois, oui ou non ?

– Oui, murmure-t-il.

– Donc, techniquement, c’est possible.

Toute lumière s’éteint dans ses yeux. C’est donc possible. Il ne peut le nier. Il se prend la tête dans les mains.

– On n’en sait rien. Et si elle mentait ?

– Elle ne savait pas qui j'étais, Carter. Elle n'avait aucune raison de me mentir.

Ma peur ne fait que grandir quand je vois son air atterré. J'aurais tellement voulu l'entendre dire qu'elle délirait. Moi qui espérais qu'il pourrait me rassurer, mais non… Il ne peut strictement rien affirmer.

La voix de ma mère retentit dans ma tête. *« Tu vas finir par te retrouver seule et on n'aura plus de quoi vivre. »* Et puis ce sont les paroles de Carter lui-même qui me reviennent à l'esprit. *« Je ne tournerais jamais le dos à mon gosse. Il n'y a rien de plus important qu'un enfant et tout ce qui se passe autour de lui. »*

Je suis prise de vertige.

– Désolée, Carter.

– Quoi, désolée ?

– Je m'en vais.

Il me prend les mains.

– Céleste, non ! Ne fais pas ça. Quoi qu'il arrive, on s'en sortira, je te le prom…

– Je ne peux pas. Désolée.

– Tu ne peux pas quoi ?

– Rester avec toi.

Et là se produit une chose que je n'avais jamais vue chez lui. Ses yeux s'humidifient. En homme ferme et sûr de lui, il ravale ses larmes, me dévisage d'un air incrédule.

Incapable de supporter son désarroi, je lui sors un mensonge :

– De toute façon, je voulais te dire que j'avais décidé de faire cette insémination. Dans un sens, ça tombe bien.

– N'importe quoi !

– Non.

– Ne me mens pas.

Il est temps de crever l'abcès. Les yeux encore pleins de larmes, je me lève soudain et me dirige vers ma valise.

– Je m'en vais.

Il me suit aussitôt.

– Kendall, ne fais pas ça.

– Je n'ai pas d'autre choix.

– Et si c'était un mensonge ? Ou si ce n'était pas… et si ce bébé n'était pas de moi ? On n'en sait rien, après tout.

Ça me fait hurler :

– Et s'il était de toi ?

– Quand bien même. Je t'appartiens. Ça n'y changerait rien.

– Ça changerait tout, au contraire. Tout ! Je n'ai jamais eu autant de chagrin qu'en ce moment, Carter. Je ne supporte pas cette situation. Si tu m'aimes vraiment, je t'en prie, laisse-moi m'en aller.

Mes larmes m'aveuglent alors que je murmure une dernière fois :

– Laisse-moi m'en aller.

Apparemment, mes paroles ont atteint leur but. Il reste là, pétrifié, à me regarder partir. Je me concentre sur le bruit des roues de ma valise, luttant contre le désir de le regarder une dernière fois. Je ne me retourne pas. Il faut que je m'éloigne le plus vite possible d'International Airlines. Un quart d'heure plus tard, j'arrive au comptoir d'enregistrement de la Lufthansa.

– Quand décolle le prochain vol pour Munich ?

L'hôtesse consulte son écran.

– Nous en avons un dans une heure avec une escale à New York.

J'essaie de dominer l'immense tristesse qui m'envahit lorsque je me rends compte de ce que je m'apprête à faire. Toute notre histoire se déroule en flash dans ma mémoire : Rio, Dubaï, Amsterdam, Boca Raton. Et tout cet amour qui ne faisait que s'épanouir d'escale en escale. Je l'aime encore, je sais que je l'aimerai toujours. Mais je ne peux prendre le risque de tout perdre. Pas plus que je ne supporte l'idée que Carter puisse avoir un enfant avec une autre femme. Impossible de le voir vivre une partie de notre rêve avec quelqu'un d'autre. Moi qui cherchais des signes pour m'aider à prendre ma décision, j'en ai reçu un plus qu'évident en me retrouvant à la place voisine de Cass dans cet avion.

Sans me donner le temps de changer d'avis, je laisse échapper un long soupir avant de répondre :

– Très bien.

CHAPITRE 22

CARTER

– La semaine dernière, dit le Dr Lemmon, nous avons exploré votre passé, ce qui est arrivé avec Lucy. Nous n'avons pas eu le temps de revisiter la situation à laquelle vous avez fait allusion, celle qui vous a amené ici pour demander de l'aide. Ainsi je pense que nous devrions l'aborder aujourd'hui, si ça vous convient. Je voudrais que vous m'en parliez.

– Très bien.

– Prenez votre temps.

Soudain, j'ai l'impression que je ne peux plus respirer. J'ai du mal à formuler un seul mot.

– Pardon, dis-je dans un souffle.

Je déglutis puis me lance :

– Ce n'est pas facile pour moi, je n'ai jamais parlé d'elle à personne. Je passe mon temps loin de chez moi, c'est à peine si j'ose encore y mettre les pieds car, même si nous ne sommes restés que très peu de temps ensemble, c'est un endroit qui me fait sans cesse penser à elle, car c'est là que nous… avons consommé notre relation.

– Parlez-moi d'elle, répète la psy.

– Elle s'appelait Kendall. Enfin, elle s'appelle toujours… Elle n'est pas morte. Elle vit, quelque part ailleurs…

– Comment vous êtes-vous rencontrés ?

– À l'aéroport.

– Plutôt banal pour un pilote, j'imagine.

– Oui, mais notre histoire était tout sauf banale.

Je passe les vingt minutes qui suivent à décrire les semaines où Kendall et moi sommes tombés amoureux. Je raconte tout sans trop de difficultés, du moins jusqu'au moment où j'arrive à la partie pénible.

– Alors elle vous a appelé pour vous donner rendez-vous à l'aéroport. Ça vous a plu. Vous pensiez qu'elle allait accepter votre offre de lui faire un enfant. Vous vous sentiez prêt…

Je ferme les yeux.

– Oui. Oui, c'est ça. Avec elle…

– Que s'est-il passé ce jour-là ?

Je poursuis mon récit, bien obligé d'aborder nos derniers moments ensemble, avant qu'elle n'évoque sa rencontre avec Cass et sorte de ma vie pour de bon.

Le Dr Lemmon ôte ses lunettes, l'air compatissant.

– Ça a dû être très difficile pour vous.

– Je n'arrive toujours pas à m'y faire. Tout s'est passé si vite…

– Vous lui en voulez d'être partie si brusquement ?

– Non, non. Peut-être qu'à sa place j'aurais agi de la même façon.

– Qu'avez-vous fait après son départ ?

– Je suis resté dans le bar, incrédule. Il m'a fallu plusieurs heures pour trouver l'énergie de rentrer chez moi. Je me suis fait ramener par des amis, car j'avais beaucoup bu, et là, je me suis effondré sur mon lit jusqu'à ce que je sois obligé de me lever pour attraper mon prochain vol.

– Et comment ce vol s'est-il passé ?

– Comme Kendall me l'avait dit, Cass travaillait sur ce vol. Après l'atterrissage au Brésil, elle m'a annoncé qu'elle avait quelque chose d'important à me dire. Et là, elle m'a tout révélé… qu'elle était enceinte et portait mon bébé.

– Comment avez-vous réagi ?

– J'étais anéanti, incapable de songer à autre chose qu'au départ de Kendall. Rien d'autre ne comptait pour moi. J'ai dit à Cass que je l'aiderais dans ses dépenses pour l'enfant s'il s'avérait que c'était bien le mien, mais que je ne pourrais rien lui donner de plus. J'ai clairement indiqué que je voulais passer un test de paternité dès que le bébé serait né.

– Elle a accepté ?

– Elle n'était pas contente que je montre si peu d'empressement, seulement je ne pouvais rien faire de plus. Je ne voulais pas d'elle dans ma vie. Tout ce qui m'intéressait, c'était Kendall, je n'arrivais pas à envisager autre chose.

– Qu'est devenue Kendall ?

– Si je le savais…

Elle semble surprise.

– Vous n'en savez rien ?

– À ce jour, non. Elle disait vouloir procéder à cette insémination mais j'ignore si elle l'a vraiment fait ou non.

– Avez-vous tenté de l'appeler ?

– Oui, plusieurs fois. Soit elle avait coupé son téléphone, soit elle a changé de numéro, mais je n'ai jamais réussi à la joindre. Je me souviens qu'un jour elle m'a parlé de sa mère et m'a donné son nom. Alors j'ai envoyé un courrier à Annabelle Sparks, à Dallas, mais j'ignore toujours s'il est parvenu ou non à Kendall. Je ne la trouve nulle part sur les réseaux sociaux. Je ne sais plus quoi faire, ni même si elle voudrait seulement me parler au cas où je parviendrais à la contacter.

La psy prend quelques notes avant de relever les yeux sur moi.

– Dites-moi comment ça s'est passé… avec le bébé.

– Je me suis rendu à l'hôpital quand il est né. Cass l'a appelé Aidan. Je ne savais pas qu'en penser car, quelque part, je ne croyais toujours pas qu'il était de moi. En même temps, je m'en voulais de ne rien ressentir d'autre.

– Il est de vous ?

– Quinze jours après sa naissance, elle a finalement fait faire le test. Les jours qui ont suivi ont été une torture pour moi.

– Et ?

– Ce n'est pas mon fils.

Je laisse échapper un soupir. Chaque fois que je revis ce moment de vérité, je ne peux m'empêcher de ressentir le même soulagement qu'à l'instant où je l'ai appris.

Le Dr Lemmon se redresse sur son siège.

– Hé bien !

– Oui.

– Qu'en avez-vous éprouvé ?

– Un curieux mélange de colère et de soulagement ; soulagement parce que ça me libérait d'une responsabilité que je n'avais pas choisie, mais colère en songeant à tout ce que ça m'avait fait perdre. Tant de choses que je ne retrouverai jamais.

La femme que je ne retrouverai pas.

La famille que je ne retrouverai pas.

La vie que je ne retrouverai pas.

– Quelle vie menez-vous depuis que vous avez découvert la vérité ?

– À vrai dire, elle n'a pas beaucoup changé. Je fais autant d'heures de travail que je peux. Je suis le mouvement. Comme toujours.

– Votre métier vous sert à masquer vos démons. D'abord, il y a eu Lucy. Maintenant c'est Kendall.

J'élève la voix, sur la défensive.

– Que me conseillez-vous, alors ?

Après tout, je vous paie pour ça.

– Tant que vous ne saurez pas ce qu'est devenue Kendall, vous ne trouverez pas la paix. En venant ici, vous avez accompli un premier pas utile, mais je ne peux empêcher cette obsession de vous hanter.

– Je vous l'ai dit. J'ai essayé de reprendre contact avec elle. Je ne sais pas où elle est.

– Vous avez évoqué une adresse possible au Texas. Qu'est-ce qui vous empêche de vous y rendre pour tâcher de découvrir ce qu'elle est devenue ?

Impossible de lui répondre, bien que je sache déjà pourquoi. Je suis mort de peur. À l'idée d'apprendre ce qui a pu se passer, de la bouleverser, peur simplement de l'inconnu… Je suis au moins certain d'une chose : si je savais que Kendall acceptait de me revoir, je serais chez elle en un clin d'œil.

*

* *

Cette séance d'analyse m'a vidé. Au lieu de me sentir mieux, j'ai l'impression que le barrage qui protégeait ma santé mentale vient d'exploser.

De retour chez moi à Boca Raton, je range mes uniformes récupérés du pressing lorsque mes yeux se posent sur une fourrure blanche au fond de mon placard. Toujours à l'endroit où je l'ai jetée, il y a plusieurs mois.

J'avais acheté un ours en peluche au Venezuela et comptais l'offrir à Kendall si elle acceptait ma proposition. À présent, je le récupère et m'assieds sur mon lit.

– J'aurais dû te jeter à la poubelle. Comme ça, je ne serais plus obligé de te regarder.

Génial. Voilà que je parle à un objet inanimé.

– Qu'en penses-tu ? Je devrais aller au Texas ? Essayer de la retrouver ?

Tu déraillles, Carter.

– Qu'est-ce que j'ai à y perdre ? J'ai déjà tout perdu, non ?

Je le rapproche de mon visage.

– À toi de prendre la décision. Si tu restes silencieux, j'en conclurai que tu n'as rien contre.

Je le range en haut de mon placard et le regarde encore un peu en croisant les bras.

– Parle maintenant ou garde le silence à jamais.

Là-dessus, je m'allonge sur le lit, ouvre mon ordinateur portable. J'ai trois jours avant de reprendre un vol pour Rio. Utilisant mes miles, je prends un billet pour l'aéroport de Dallas-Fort Worth. Après quoi, je me retourne vers l'animal en peluche.

– Si ça me revient en pleine figure, ce sera ta faute.

*

* *

Le gigantesque ranch s'étend sur plusieurs hectares, et quelques chevaux sont en train de paître, mais l'ensemble paraît plutôt désolé, mal tenu. *Le tristement célèbre ranch Sparks.* Si j'ai toujours rêvé de voir l'endroit où Kendall a grandi, je ne m'attendais pas à le voir sans elle.

Une femme blonde, qui a sans doute été belle il y a vingt ans, ouvre la porte ; malgré sa cigarette au coin de la bouche, son haleine dégage une forte odeur d'alcool.

– Vous désirez ?

– Vous habitez ici ?

– Oui, c'est chez moi.

– Vous êtes Annabelle ?

– Oui. Qui êtes-vous ?

– Je suis à la recherche de votre fille, Kendall. Je m'appelle Carter Clynes. Je l'ai connue il y a quelques mois.

Elle inspire une longue bouffée, recrache la fumée en tendant le doigt vers moi.

– Oh, mon Dieu ! C'est vous. Vous êtes le pilote !

– Oui. Elle vous a parlé de moi ?

– En effet.

Ça commence plutôt bien.

– Elle est là ?

– Non. Ma fille n'est plus venue ici depuis des mois.

Cette fois, c'est la peur qui m'envahit.

– Où est-elle ?

– Aucune idée. Kendall m'a clairement laissé entendre qu'elle ne voulait pas me donner son adresse.

– Quand est-elle venue pour la dernière fois ?

– Elle devait partir en Allemagne. Elle n'a pas dit ce qu'elle allait faire là-bas. Son voyage a duré une quinzaine de jours. Je n'ai su qu'elle partait qu'en voyant l'étiquette de ses bagages. Sinon, elle ne me l'aurait même pas dit.

– Combien de temps est-elle restée ici avant son départ pour l'Allemagne ?

– Quelques jours. Elle voulait récupérer ses affaires et repartir. Elle m'a dit de ne pas m'inquiéter pour elle.

– Elle n'a pas dit si elle allait procéder à l'insémination ?

– Non. Ma fille préfère me torturer. Elle a changé son numéro de téléphone afin que je ne la retrouve pas. Elle préfère me laisser souffrir, à me demander si je vais tout perdre ou non. Il ne nous reste pas beaucoup de temps. Si elle n'a pas donné naissance à un enfant mâle, nous n'aurons bientôt plus rien. Ce sera la fin de mon monde.

Incroyable, cette bonne femme ! Je dois prendre sur moi pour ne pas lui balancer à la figure ce que je pense. Mais, là, il faut que je l'empêche surtout de m'envoyer promener.

– Je crains que ce ne soit un peu excessif, Madame. Vous savez, on peut toujours se remettre à travailler. Ce ne sera pas la fin du monde si vous ne pouvez continuer à mener ce genre de vie. En l'occurrence, je trouve que vous devriez davantage vous préoccuper du bien-être de votre fille.

Elle ignore ma remarque et demande soudain :

– Qu'est-ce que vous voulez ?

– Il faut que je lui parle.

Elle s'éloigne pour trouver un cendrier dans lequel écraser sa cigarette.

– Désolée. Je vous ai déjà dit que je ne pouvais pas vous aider.

– Elle a bien une chambre, ici ?

– Oui.

– Me permettriez-vous de jeter un coup d'œil à l'intérieur pour vérifier si elle n'aurait pas laissé d'indice sur ses projets ? Ça nous rendrait service à tous les deux si je pouvais la localiser.

Allumant une autre cigarette, elle hausse les épaules.

– Allez-y. Deuxième à gauche en haut de l'escalier.

– Merci.

La porte grince lorsque j'entre dans la chambre de Kendall. Le soleil qui s'y répand projette juste une ombre sur le dessus-de-lit jaune. Tout est si propre, délicat, féminin, comme elle… J'ai le cœur gros en passant les doigts sur ses affaires.

Ma main s'arrête sur un portrait d'elle en compagnie d'un homme âgé, qui pourrait être son grand-père. Cela remonte à plusieurs années. En revoyant son beau sourire je me sens plus déterminé que jamais à la retrouver.

Cependant, cette inspection ne m'apprend rien et j'en émerge un peu sonné. Un regard sur son placard à moitié vide me donne envie de sortir ses robes une par une, de les sentir, dans l'espoir de retrouver son odeur.

Ma main se pose alors sur un objet inattendu. Accroché tout au fond, apparaît un minuscule costume de petit garçon, bleu marine, avec des passepoils sur les côtés qui lui donnent une allure d'uniforme de pilote. Je regarde l'étiquette. La marque s'appelle *Carter's*.

Putain. Je le décroche et vois alors une paire d'ailes de pilote accrochée sur le revers. Bouleversé, je ferme les yeux en me rappelant ce qu'elle m'a dit peu de temps avant que tout ne s'écroule : *« J'ai acheté un truc, aujourd'hui, qui me fait penser à toi. »*

Ce devait être ce qu'elle voulait m'apporter. La preuve qu'elle allait accepter mon offre. Elle aussi voulait ce bébé, autant que moi. Je serre le costume contre mon cœur. Elle a menti en disant avoir choisi l'Allemagne. Pourtant, c'est bien ainsi que ça s'est terminé. Il faut que je sache ce qui s'est passé, où elle est. Il faut que je lui dise que je l'aime toujours et que j'accepterai tout ce qu'elle décidera.

L'aimerai-je encore si elle porte l'enfant d'un autre homme ?

Oui. Bon sang, deux fois oui !

Il faut que je la retrouve. *Réfléchis. Réfléchis. Réfléchis.*

Et si je faisais intervenir le FBI ? La police ? Non, elle est partie de son plein gré. Ils ne vont pas perdre leur temps à la rechercher. Je pourrais engager un détective privé, mais est-ce que ça ne la mettrait pas hors d'elle si elle l'apprenait ?

C'est là qu'une lueur m'illumine l'esprit. Dans deux jours, je retourne à Rio. S'il existe au monde une personne capable de m'aider à résoudre ce mystère, c'est bien cette brave illuminée. Pas la police.

Un job pour Maria Rosa.

CHAPITRE 23

CARTER

Il n'est pas loin de minuit lorsque le taxi me dépose. Un hôte m'ouvre la porte et regagne sa chambre. Je suis mon odorat, qui me mène droit à la cuisine. Maria est en train de mélanger une marmite d'une main tout en offrant un morceau de mangue à Pedro de l'autre. Elle ne se retourne pas, alors que je suis entré sans m'annoncer et que je ne l'avais pas prévenue de mon arrivée ; elle doit donc me prendre pour un autre.

– *Venha comer. Conversaremos, então.* Venez manger. Nous allons bavarder.

– *É Carter, Maria.* C'est Carter, Maria.

Elle ne se retourne toujours pas mais prend un second bol dans le placard près d'elle, le remplit de feijoada, puis le dépose sur la table, pas le moins du monde surprise de me voir. À croire qu'elle savait que j'allais venir.

– *Comer ! Comer !* Mange. Mange.

Si elle est assez visionnaire pour savoir quand je viens, je réussis quand même à la surprendre en jetant mes sacs pour la prendre dans mes bras. Et là, j'éprouve une sensation que je n'avais plus ressentie depuis près d'un an – l'espoir. Je ne la relâche qu'au bout d'un bon moment, alors elle m'embrasse sur les deux joues. Après quoi, on s'installe pour manger dans un agréable silence. Quand on a fini, je sens revenir mon anxiété à l'idée de ce que je compte lui demander. Ce sera bien la première fois que je l'interrogerai sur mon avenir. Parfois, ça lui arrive de me lancer des bribes de ce qui m'attend quand elle pose les yeux sur moi. Je ne suis même pas sûr qu'elle soit capable de me répondre. Peut-on voir l'avenir sur demande ?

Une fois qu'on a débarrassé la table, je cherche encore par où commencer lorsqu'elle me prend soudain les mains. Je n'ai pas besoin de lui poser une seule question. Elle me dit de m'asseoir et se met à me prédire l'avenir.

Trois heures plus tard, je me retrouve dans ma chambre, pris d'un sérieux vertige. J'essaie de m'endormir mais c'est quasi impossible ici : la seule qui était disponible est celle que nous avons partagée avec Kendall. Et je sens encore sa présence, onze mois plus tard. *Onze mois.*

À quoi ressemble-t-elle, enceinte ? Avec sa céleste poitrine gonflée de lait, ses fesses un peu plus potelées ? Faut-il que je sois fêlé pour qu'imaginer

Kendall très enceinte suffise à me faire bander ? *Merde !* Il n'y a qu'elle qui arrive encore à me mettre dans un tel état. Onze mois de célibat. Ça ne m'était plus arrivé depuis mes seize ans.

Pendant le vol jusqu'ici, je me suis rendu compte que je me fichais qu'elle porte l'enfant d'un autre. Bizarrement, j'aimerais presque que ce soit le cas. Ainsi, elle aurait obtenu ce qu'elle voulait, et le temps qu'on a passé loin l'un de l'autre aurait un sens. Car mon cœur se serre à l'idée qu'on ait pu gâcher les onze derniers mois de notre vie pour rien.

Je repense aux paroles de Maria tout à l'heure. Comme toujours, il faut savoir interpréter ses messages, et j'ai eu du mal à déchiffrer ce qu'elle tentait de me dire. Mais il faut à tout prix que je suive ses conseils. Sauf que je ne sais pas exactement en quoi ils consistent.

A resposta está no céu. A resposta está no céu.

Elle ne cessait de répéter la même phrase.

« La réponse est dans le ciel. La réponse est dans le ciel. »

*

* *

Au petit matin, j'ai fini par m'endormir, pour ne me réveiller que dans l'après-midi. Comme mon prochain vol n'est prévu que pour le lendemain, j'ai encore tout le temps d'essayer de comprendre ce que m'a dit Maria. Je pars à sa recherche mais apprend qu'elle est au marché. Il ne me reste plus qu'à aller faire un tour sur la plage, histoire de m'éclaircir les idées.

Après un bon kilomètre de marche au soleil, je m'installe dans un transat au bord de l'eau. Je me rends alors compte que je me suis déjà promené ici avec Kendall. J'ai l'impression de revoir l'épisode se dérouler comme dans un film. Nos deux sièges face à face, on se caressait les pieds dans le sable. Je lui ai demandé pourquoi elle avait pris ce vol et, sur le moment, elle est restée plutôt vague. Jusqu'à ce que je découvre qu'elle évitait de me confier un secret, d'avouer la vérité. De peur que je ne voie en elle qu'une jeune femme futile et désespérée.

Alors qu'en fait, avant de la rencontrer, c'était moi qui menais une vie futile et désespérée. Je passais d'une conquête à l'autre sans jamais vouloir m'attarder. Et celle qui se croyait désespérée s'est avérée être celle dont j'avais désespérément besoin. Mon grand amour.

Non seulement elle m'a confié son secret ici même, mais je me suis également ouvert en évoquant Lucy. C'était la première fois que j'en parlais à quelqu'un. Même mes parents n'ont pas vraiment su ce qui s'était passé. Or voilà que j'ai partagé mes démons avec Kendall, et que ça ne l'a pas empêchée de me raconter ce qu'elle avait sur le cœur. Du moins, c'est ce que j'ai cru.

Ça me fait un bien fou de sentir le soleil sur mon visage. Le bruit tranquille des vagues me calme. Je laisse échapper un soupir tandis que la plage achève d'apaiser quelques-unes de mes angoisses. Inutile de me lamenter sur mon passé. Je ne peux désormais contrôler que l'avenir.

Mon avenir.

A resposta está no céu. A resposta está no céu. Les paroles de Maria Rosa m'obsèdent.

« La réponse est dans le ciel. La réponse est dans le ciel. » Que voulait-elle donc me dire ? « La réponse est dans le ciel. La réponse est dans le ciel. »

Tout en me protégeant les yeux de la main, je me tourne vers le soleil. Et là, la réponse me frappe d'un coup. « La réponse est dans le ciel. » *Lucy In The Sky With Diamonds.* Maria voulait dire que je devrais aller voir Lucy.

*
* *

J'ai dû demander quelques faveurs pour parvenir à organiser tout ça. Étant donné que j'ai toujours accepté de remplacer des collègues au pied levé, je n'ai eu aucun mal à obtenir cinq jours de congé. Je rentre aux États-Unis aujourd'hui et, de là, je file vers le Michigan. Voilà plus d'un an que je ne suis pas allé voir ma famille et encore plus longtemps que je n'ai pas rendu visite à Lucy. En fait, la dernière fois que je me suis rendu sur sa tombe remonte à… jamais.

Il est grand temps.

Je ne sais pas comment ni pourquoi, mais Maria savait. « La réponse est dans le ciel. »

*

* *

Journée typique de fin mars dans le Michigan : le sol est couvert de neige et la glace couvre la neige. Mes pas crissent alors que je traverse la pelouse gelée en direction de l'allée soixante-huit de la section Crestwood du cimetière de Fairlawn.

Arrivé sur place, je regarde autour de moi en prenant une grande inspiration. Heureusement, il n'y a personne en vue dans les parages, car je ne tiens surtout pas à rencontrer un membre de sa famille. Un jour comme aujourd'hui, je ne pourrais pas le supporter.

Il y a une vingtaine de tombes dans cette rangée. Je lis les noms qui y sont inscrits jusqu'à ce que je voie la sienne.

Lucy Langella
10 juillet 1986 – 7 septembre 2004

Une sombre douleur m'étreint la poitrine. Je pousse un soupir tremblant avant de lire l'épitaphe gravée sous son nom.

Parfois, l'amour dure un moment.
Parfois, l'amour dure toute une vie.
Parfois, un moment est toute une vie.
Le nôtre n'a duré qu'un instant.
Mais il survole l'éternité.

Ça remonte à douze ans, cependant le temps n'a pas fermé la blessure que m'a laissée la mort de Lucy. Elle reste béante. Sauf qu'aujourd'hui, au lieu de la chasser, je l'accepte.

Je relis le début : *Parfois, l'amour dure un moment. Parfois, l'amour dure toute une vie.*

C'est donc cela que Maria voulait m'indiquer ? Que Lucy était l'amour d'un moment et Kendall celui de ma vie ? *Mais il survole l'éternité.* Voulait-elle me dire que je ne la méritais pas davantage ? Que j'étais destiné à survoler le monde pour l'éternité, sans jamais me poser ?

Ma douleur s'intensifie. Je ferme les yeux et sens le goût salé des larmes qui coulent sur mon visage. Faut-il que je sois ainsi puni ? Lucy m'a aimé et cela a causé sa perte. À présent, je me rends compte que je menais une vie plus facile avant de tomber sur Kendall dans ce bar d'aéroport. On dit qu'il vaut mieux avoir aimé, quitte à en souffrir, que de n'avoir jamais connu l'amour, mais à ce moment précis, je dirais que ce sont vraiment des conneries. On se serait beaucoup mieux portés, Lucy et moi, si on n'avait jamais aimé. Je n'aurais jamais pris conscience que ma vie était sans intérêt avant Kendall, et Lucy serait… toujours là.

Mes épaules commencent à se secouer, et, brusquement, je sanglote, au point de devoir m'asseoir dans la neige pour ne pas tomber. Impossible de me retenir davantage. Je pleure tout ce qui a été perdu. Pour les parents de Lucy qui n'auront jamais connu les joies auxquelles les miens ont eu droit. Pour Lucy et Kendall, que j'ai laissées m'échapper faute d'avoir su garder ma queue dans mon pantalon. Mais aussi pour me rendre compte que…

Parfois, un moment dure toute une vie.

… et c'est tout.

CHAPITRE 24

CARTER

Ces cinq jours de repos n'y auront pas suffi. J'ai renoncé à rendre visite aux parents, bien que je ne me trouve pas très loin de chez eux. Je suis dans un état abominable. S'ils me voyaient ainsi, ils s'inquiéteraient.

Je n'ai malheureusement qu'une seule envie : retourner travailler. Je ne me sens bien que dans les airs, je deviens dingue n'importe où ailleurs. J'arrive à l'aéroport de Détroit avec trois heures et demie d'avance pour mon vol. L'enregistrement de l'équipage n'a pas encore commencé. Si bien que je me dirige vers le bar pour y prendre un petit déjeuner. Je viens de commander une omelette à la dinde et au fromage et je me plonge dans mon journal lorsqu'une voix m'interpelle :

– Salut, Jet !

La tenue d'Alexa Purdy est à l'opposé de son uniforme de commandant et ses longues jambes galbées par des talons aiguilles lui donnent un air de danseuse de cabaret.

– Salut, Alexa.

– Où vas-tu, aujourd'hui ?

– À New York, et toi ?

Elle me décoche son sourire à la « je-te-dévore-pour-mon-quatre-heures » et susurre :

– New York.

– Le plan de vol indiquait Ken Myers comme copilote.

– Oh, j'y vais juste comme passagère ! Je devais passer quelques jours avec une amie mais elle a annulé à la dernière minute. Du coup, je vais m'y retrouver toute seule.

Elle a prononcé cette dernière phrase avec une moue séductrice. Je m'éclaircis la gorge.

– C'est une ville immense, tu vas trouver de quoi t'occuper.

Sans me demander mon avis, elle s'assied en face de moi.

– Tu fréquentes toujours cette petite blonde ? Comment elle s'appelle, déjà ? Kylie ?

Je n'essaie pas de la corriger car ça me ferait trop mal d'articuler son nom.

– C'est fini.

Elle ne cherche même pas à cacher combien ma réponse lui fait plaisir.

– Et combien de temps tu passes à New York, Jet ?

– Juste une nuit. Demain soir je pars pour Copenhague.

– Une nuit ?

Par chance, le serveur m'apporte mon omelette. Bien que je n'aie pas très faim, je me jette dessus histoire de me remplir la bouche pour ne plus avoir à parler.

Alexa commande un parfait au yaourt et un café. Avec sa haute taille mince, ses longs cheveux et ses grands yeux bruns, c'est vraiment une très belle femme. Bien que tout en elle soit à l'exact opposé de Kendall. Pour autant que je m'en souvienne, c'est également le cas au lit. Si Kendall possède un véritable appétit sexuel, elle aimait voir en moi un partenaire dominateur, tandis qu'Alexa se montrait agressive et supprimait toute notion de mystère en disant parfaitement à son amant ce qu'elle voulait. À l'époque, ça marchait avec moi. Ça garantissait un aboutissement réussi pour chacun de nous. Étant donné que mon aventure avec elle s'est résumée à quelques ébats pendant les escales, je ne cherchais que mon plaisir, suivi d'un bon sommeil réparateur.

Je m'en veux de ne penser à Alexa que de cette façon, mais j'en veux également à Kendall. Ces cinq derniers jours, je me suis rendu compte que l'éventualité qu'elle soit enceinte d'un autre homme ne suffirait pas à me faire fuir. Je sais à présent que je continuerais à m'accrocher. Ce serait compliqué, mais elle en vaut la peine. Pourtant, elle m'a quitté avant même d'être certaine que j'avais un enfant. Je suis passé de la tristesse à la colère et vice versa à plusieurs reprises au cours de ces derniers jours. En ce moment, mon esprit erre plutôt dans la zone rageuse.

Pendant près d'une heure, nous évoquons certains endroits où nous sommes allés, parlons des camarades qui ont quitté la compagnie. Chaque fois que le sujet tourne autour du travail, je me sens réconforté. *Parce que c'est tout ce qui me reste.*

– Tu as déjà réservé une chambre pour ton escale ? demande-t-elle.

En fait, je n'ai rien réservé nulle part car je n'avais pas vérifié avant ce matin sur quel vol je serais affecté.

– Sans doute au JFK Radisson. Je crois qu'on nous y loge encore d'office.

– J'ai une chambre au Plaza. Ça te dirait de m'y rejoindre pour la nuit ? On pourrait aller danser. Sauf si tu n'en as pas envie. On pourrait aussi aller directement au lit.

Elle hausse un sourcil. On ne peut pas dire qu'elle s'embarrasse de circonvolutions.

Bien que je n'y tienne pas spécialement, je me dis que je pourrais quand même reprendre ma vie passée. Voilà plus de onze mois que je n'ai pas couché avec une femme. Si je dois m'y remettre, autant que ce soit avec quelqu'un que je connais et qui n'attend pas plus de moi qu'une bonne partie de baise. De toute façon, ça vaut mieux que rester encore une fois seul.

– D'accord.

*

* *

Après l'atterrissage, je dois attendre l'arrivée d'un mécanicien d'International Airlines. L'une des jauges de l'avion a cessé de fonctionner en plein vol. Rien de dangereux pour la sécurité, mais la police exige qu'on rencontre le technicien de service afin de lui expliquer en direct ce qu'il en est. Je dis au copilote de partir, tandis que je reste sur place. J'en ai pour une bonne heure d'attente et Alexa me tient compagnie dans le cockpit.

– Tu te rappelles le jour où on a failli se faire prendre à Berlin, alors qu'une intempérie nous empêchait de décoller ? J'étais sur tes genoux, la porte du cockpit grande ouverte, mais on était trop occupés pour entendre annoncer que l'embarquement allait commencer.

Assise à côté de moi, elle me caresse le bras tout en parlant.

Je hoche la tête, incapable de répondre à haute voix de peur qu'Alexa ne perçoive mon dégoût. Je me souviens très bien de cet incident, même si son souvenir me rend encore malade. *Baiser sans amour.* Qu'est-ce qui m'est arrivé pour que ça ne m'intéresse plus ? Je sais pourtant bien que si je lui demandais de s'agenouiller, elle le ferait aussitôt. Il fut un temps où je n'aurais rien souhaité d'autre. Est-ce que cette époque reviendra un jour ? En tout cas, pas pour le moment.

– On a une heure à tuer. Si on mettait le pare-soleil, histoire d'être tranquilles ?

– Je préfère attendre le mécanicien puis aller à l'hôtel.

Elle ne répond pas tout de suite.

– Qu'est-ce qui t'arrive, Jet ? Tu n'as pas l'air dans ton assiette.

– Rien, je suis juste fatigué après ce vol.

Je ne vais pas l'offenser en lui disant la vérité. Que je préfère me retrouver ici à attendre plutôt que d'envisager d'entrer en elle. Inutile de la blesser. C'est moi qui ai un problème, pas elle. Elle doit avoir senti que j'avais l'esprit ailleurs.

– Qu'est-ce qui s'est passé avec ta petite blonde ? D'après l'équipage, il semblerait que quelqu'un ait finalement fait atterrir le commandant Bellequeue.

– Le commandant Bellequeue ?

– Ne fais pas celui qui ignore le surnom que les hôtesses t'ont donné. Tout le monde sait que tu adores baiser et que tu es bien équipé.

Je n'en reviens pas. *Quel connard j'étais avant de connaître Kendall !* Comme je ne réponds pas, elle insiste :

– Quoi ? Tu n'étais quand même pas amoureux d'elle ?

Et merde !

– Je n'ai pas envie de parler de ça avec toi, Alexa.

– Quoi ? J'ai déjà été mariée, tu sais. J'étais amoureuse. Je peux aussi être une amie pour toi. Je vaux mieux qu'une simple niche pour ta queue. Tu n'as jamais vraiment cherché à me connaître.

Je lève les yeux vers elle et la regarde. Elle a parfaitement raison. Avant Kendall, je n'aurais pas été d'accord mais, désormais, je sais ce que c'est de s'ouvrir à quelqu'un – pas seulement pour faire l'amour –, si bien que je vois clairement les choses. Jamais je ne lui aurais donné la moindre chance.

– Désolé, Alexa.

Tout d'un coup, elle lâche prise et, pour une fois, je vois en elle une vulnérabilité que je ne lui aurais pas soupçonnée.

– C'est bon, murmure-t-elle. J'ai pris ce que j'ai pu en toi.

Par chance, le mécanicien arrive plus tôt que prévu et met fin à notre petit tête-à-tête. Après lui avoir montré la jauge cassée et avoir répondu à ses questions, je suis libre de mes mouvements. Alors je quitte l'avion avec Alexa et nous traversons l'aéroport en direction du parking.

En route, je sens les idées se bousculer dans mon esprit. Ai-je raison de vouloir reprendre mon ancien mode de vie ? De baiser avec une collègue ? Pourquoi est-ce que ça me dérange tellement, maintenant ? Kendall est partie, voilà plus de onze mois, je n'ai aucune raison de rester fidèle à un fantôme.

Et voilà qu'en arrivant devant un kiosque à journaux, j'ai justement l'impression d'en voir un de fantôme. Une femme qui feuillette des magazines ; de dos, elle ressemble parfaitement à Kendall. Mon cœur se met à battre à une vitesse plus atteinte depuis des lustres. Cette simple impression me réveille plus que l'idée de ce qui m'attend avec Alexa. Je passe devant cette femme sans la quitter du regard, m'aperçois qu'elle porte un uniforme d'hôtesse d'une compagnie partenaire, la National Elite. Là, je me force à détourner les yeux. Je perds la tête ou quoi ?

Devant la sortie, je prends conscience d'une chose. Jamais je ne pourrai faire ça avec Alexa. Même si, là tout de suite, je me déteste de ne pas réussir à tourner la page, c'est pourtant le cas. La file d'attente pour le taxi se réduit à une seule personne. Lorsque la voiture suivante s'immobilise, j'attends que le conducteur prenne les bagages d'Alexa avant de lui dire :

– Alexa, désolé, j'apprécie ta proposition mais je ne peux pas faire ça.

– Faire quoi ? demande-t-elle sincèrement étonnée.

– Aller avec toi. À ton hôtel. Je ne suis pas prêt.

– Pas prêt ? Tu veux dire…

– Pas ça. Ce n'est pas un problème physique. C'est juste que… j'ai l'esprit ailleurs et ce ne serait pas sympa envers toi.

Elle se rapproche, saisit les revers de mon uniforme.

– Je m'en fiche.

– Pardon, mais pas moi.

Elle pousse un grand soupir.

– Est-ce qu'il y a ne serait-ce qu'une chose que je puisse faire pour te convaincre ?

Tu pourrais rendre la vie à un fantôme ?

– Rien. Désolé.

Je lui ouvre la portière arrière du taxi. Elle se glisse à l'intérieur, l'air vraiment attristé.

– Si tu changes d'avis, tu sais où me trouver.

– Merci. Prends soin de toi, Alexa.

Je ferme et cogne le toit d'un petit coup pour signaler au chauffeur qu'il peut partir. Après quoi je demeure sur place une dizaine de minutes à regarder passer les voyageurs sans les voir. Je ne sais quoi faire, quoi penser. L'idée de prendre une chambre quelque part me déprime encore plus que l'incident avec Alexa. Alors je fais l'unique chose qui m'ait fait me sentir un peu mieux ces derniers temps : je retourne à l'aéroport.

Je devrais trouver un restaurant qui offre une cuisine à peu près correcte. Et puis ça me fera gagner du temps avant de me rendre seul dans une chambre d'hôtel sinistre. Je retourne dans le hall, du côté de la National Elite. En passant la porte trente-deux, j'aperçois la femme que j'ai prise pour le fantôme blond de Kendall. Elle s'apprête à embarquer pour un prochain vol, sans doute. De dos, elle lui ressemble vraiment, avec la même courbure de hanches. Je m'arrête pour mieux l'observer, sans plus bouger jusqu'à ce qu'elle disparaisse. De nouveau, mon cœur bat à tout rompre.

Qu'est-ce qui me prend ? Après avoir secoué la tête à plusieurs reprises, histoire de reprendre mes esprits, je poursuis mon chemin. J'ai franchi trois ou quatre portes lorsque je me retourne en marmonnant :

– Non mais je divague !

Quel imbécile ! Pourtant, mon cœur bat encore ; je ne pourrai jamais m'endormir cette nuit si je ne pose pas au moins la question. Je retourne vers la file d'attente où elle s'est éclipsée, patiente derrière une dame qui veut changer de siège. Lorsque mon tour arrive, je me lance :

– Bonjour. Je suis le commandant Carter Clynes, d'International Airlines. Je crois avoir vu une ancienne collègue passer ici il y a quelques minutes.

– Vous voulez dire le commandant Reisher ?

– Non, c'est une hôtesse.

– Voyons ça. Nous avons Melissa Hansen, Nat Ditmar et…

La femme se tourne vers sa voisine :

– Comment s'appelle déjà la nouvelle hôtesse ? La blonde ?

Mon cœur se remet à battre.

– Celle qui vient de terminer sa formation ?

– Oui, elle embarque sur le prochain vol.

– Ah oui… Kendall.

Je me fige. Ce n'est pas possible.

– Vous avez dit Kendall ?

– C'est ça. Vous parliez d'elle ?

Ce ne peut être qu'une énorme coïncidence.

– Kendall… son nom de famille est Sparks ?

– Oui. C'est ça. Elle travaille maintenant sur la navette New York-Boston.

Ai-je bien entendu ? Ou est-ce que je déraille complètement ? Comment imaginer que Kendall ait pu devenir hôtesse de l'air et se soit justement trouvée dans ce couloir ? Ça paraît insensé. Je jette un coup d'œil sur le tableau d'embarquement qui vient de se mettre à clignoter. Le vol pour Boston est retardé.

– À quelle heure doit-il décoller ?

– En principe dans un quart d'heure, mais on vient de nous annoncer une heure d'attente à cause de vents violents.

– Il est complet ?

Elle tapote sur son clavier.

– Il reste quelques places.

– Je reviens.

Je file aussi vite que possible, courant vers le comptoir pour m'acheter une place.

Comme ce n'est pas ma compagnie, je dois faire la queue comme tout le monde, et ça me rend fou. J'ai vérifié l'heure au moins dix fois sur mon téléphone depuis un quart d'heure que j'attends. Le type devant moi semble s'en être rendu compte.

– Vous avez peur de manquer votre vol, mon vieux ?

Il parle avec un fort accent australien.

– J'essaie de prendre un vol retardé. Il ne reste pas beaucoup de places.

– Vous êtes pilote, non ?

Je fais oui de la tête.

– Ils ne donnent pas la préférence aux mecs du métier ? Pourquoi vous faites la queue avec les civils ?

– Parce que je ne travaille pas pour cette compagnie.

– Ah ! Si ça peut vous aider de passer devant moi, j'ai trois heures d'attente avant mon vol.

Il pousse devant lui un gros panier.

– Vous êtes en avance pour enregistrer votre chien, ou quoi ?

Il pouffe de rire.

– Avec ma femme, on est venus visiter New York. Elle ne veut pas laisser Méchoui tout seul à la maison. Cette bestiole nous accompagne partout où on va.

– Méchoui ?

Il se penche et me souffle :

– En fait, c'est une chèvre que je transporte.

Là-dessus, il me fait chut d'un doigt.

– Ne le dites pas aux employés de cette compagnie. Ma femme pense qu'ils ne s'en apercevront pas.

Je me penche sur le panier et constate qu'il contient bien un chevreau.

– Vous croyez qu'ils ne sauront pas que c'est une chèvre ?

– Vous ne connaissez pas ma femme, Aubrey. Elle est partie aux toilettes. Mais quand on sortira de ce comptoir, je peux vous dire qu'ils offriront des biscuits à Méchoui. Elle vendrait du miel à une abeille. Je vous conseille vivement de passer devant moi, parce que si ces gens essaient d'enregistrer cette petite bête parmi des animaux de ferme, on n'est pas sortis de l'auberge.

Décidément, ce type est vraiment sympa ; à mon avis, lui aussi pourrait convaincre les hôtesses du comptoir que cette chèvre est un chaton.

– Alors, me demande-t-il une fois derrière moi. Où est-ce que vous allez ? Vivre la grande aventure ?

– J'aimerais bien.

Quand l'hôtesse crie « suivant », j'adresse un signe de la main à l'Australien.

– Merci. Et bonne chance avec votre… petit chat.

– Merci. J'espère que vous allez vivre cette aventure.

J'espère, moi aussi.

CHAPITRE 25

CARTER

C'était elle.

Mon cœur se serre. Putain, je n'imaginais pas du tout les choses comme ça ! Assis à l'arrière de l'avion, je plisse les yeux pour mieux observer chacun des mouvements de Kendall en train de travailler à l'avant du Boeing 737. C'est surréaliste de la voir dans ce rôle.

Étrangement, elle ne m'a pas vu embarquer et tant mieux, car il me faut un peu de temps pour m'adapter. Elle aidait un vieux monsieur à ranger un sac dans le casier à bagages quand je suis passé devant elle sans en croire mes yeux.

Sur le coup, j'ai eu envie de l'interpeller, mais ce n'était ni le moment ni l'endroit, alors qu'on a tellement de choses à se dire. J'espère juste qu'elle ne va pas paniquer quand elle m'apercevra.

Je n'ai aucune envie de la faire renvoyer. Je sais comment ça se passe. Nombreux sont ceux qui rêvent de se faire embaucher comme hôtesse ou steward. Nombreux également sont ceux qui passent la formation sans jamais se faire embaucher. Et là, franchement, j'ignore comment elle a réussi à franchir toutes ces étapes. Mais visiblement elle y tenait, et je ne prendrai pas le risque de l'en priver.

J'en ai le vertige. *Elle a eu ce bébé ou pas ?* La formation des hôtesses ne dure guère plus de deux mois. Techniquement, elle peut très bien l'avoir suivie enceinte, puis avoir volé un certain temps, jusqu'à ce qu'elle n'en ait plus le droit. Tout ça représente un complet mystère pour moi.

Le vol vers Boston ne doit durer qu'une heure, Dieu merci. Je n'aurais pas tenu plus longtemps coincé à ma place sans obtenir de réponse. Des gouttes de sueur se forment sur mon front. Jamais mon cœur n'a autant battu dans un avion. En fait, je me sens au bord de la crise de nerfs. De toute façon, je n'aime pas voler autrement qu'en étant au contrôle dans le cockpit.

Kendall s'assied pour le décollage. Une fois la phase terminée, elle gagne la cuisine de bord. Elle va bien finir par traverser le couloir et je ne pourrai pas me cacher jusqu'à la fin du vol. Je suis malade à l'idée de me retrouver face à elle devant tous ces gens. Mon métier de pilote m'a préparé à traiter des dizaines de situations catastrophiques. Malgré cela, je ne me sens pas du tout prêt à affronter Kendall.

Je l'observe tant que je peux de loin. Elle porte une jupe gris anthracite et un chemisier bleu clair aux manches trois-quarts, avec une bande plus foncée sur le devant. Ses cheveux habituellement libres sont noués en un petit chignon dans la nuque.

Elle semble réservée, guindée avec les passagers. Son sourire qui illuminait habituellement tout autour d'elle me paraît forcé, plutôt obscur. Elle me fait penser à ce que j'étais avant de la rencontrer. Il n'existe pas de plus beau métier que de faire voler les gens qui veulent fuir leurs problèmes. Et là, j'ai peur d'imaginer ce qu'elle peut vouloir fuir en ce moment.

A-t-elle eu ce bébé, se reproche-t-elle de l'avoir abandonné ? *Merde.* Il faut que je sache ce qui s'est passé, plus rien d'autre ne compte.

Kendall achève de parler avec un passager, puis elle se redresse et descend brusquement le couloir vers le fond de l'avion.

Elle s'adresse à une autre hôtesse :

– Il me faut un pansement pour le 6C. Où est-ce qu'on les range, déjà ?

– Je vais t'en chercher.

C'est là qu'elle se tourne dans ma direction. Nos regards se croisent et elle s'immobilise. L'air d'apercevoir un fantôme, elle s'accroche au dossier d'un siège. On se regarde pendant ce qui me semble être une éternité. Son expression me dit aussi que si on ne se trouvait pas dans les airs, elle aurait couru loin de moi, pas vers moi.

Bien qu'elle se trouve juste en face de moi, elle semble à des kilomètres d'ici, pas du tout prête à me parler. Peut-être avait-elle l'intention de ne jamais me revoir. Je me suis souvent demandé si on se reverrait un jour.

– Je voudrais te parler, lui dis-je doucement. Tout à l'heure.

À ce moment, l'autre hôtesse revient.

– Tiens, j'ai le pansement.

Kendall ne bouge pas. Elle me regarde toujours, troublée, clignant des yeux à intervalles réguliers. Sa collègue brandit le pansement pour attirer son attention.

– Kendall !

Enfin, celle-ci se racle la gorge et l'attrape.

– Oh, merci !

Elle repart vers l'avant d'un pas hésitant, presque chancelant, s'appuie sur tous les dossiers en remontant vers l'avant. Je savais que ma présence la choquerait, mais pas tant… Quant à moi, je suis en nage. À l'atterrissage, je ne l'ai toujours pas revue. Sa voix s'est élevée une fois à travers le micro :

– N'oubliez pas de récupérer toutes vos affaires avant de sortir de l'avion.

J'attends que tous les passagers soient descendus avant de me diriger lentement vers elle, alors qu'elle commence à inspecter les places vides. Je m'arrête net quand j'entends le commandant s'adresser à elle :

– Kendall, d'accord pour prendre un verre avec nous en ville ?

Instinctivement, je serre les poings. Je ne sais que trop ce qu'il a derrière la tête, ce putain de serpent à sonnette… mais moi je suis un naja.

– Non, merci. Je suis fatiguée. Je rentre à la maison.

À la maison ? Elle habite donc Boston ?

Elle ne me regarde pas lorsque je passe devant eux pour sortir. Alors que tout le monde a les yeux braqués sur elle, je ne vais pas risquer de la voir s'effondrer au beau milieu de l'avion. Alors, la gorge serrée, je poursuis mon chemin sur la passerelle, débouche sur le terminal et attends.

Dix minutes plus tard, Kendall émerge, tirant une petite valise noire, flanquée de deux pilotes et suivie du reste de l'équipage. Quand elle s'arrête, le commandant se penche vers elle.

– Vous êtes sûre que je ne peux pas vous faire changer d'avis ?

– Certaine. À la semaine prochaine.

– Entendu.

Je le fusille du regard. Une fois que le groupe s'est assez éloigné pour ne plus nous entendre, elle se tourne vers moi.

Les dents serrées, je me tiens face à elle, incapable de parler, à peine capable de respirer. Finalement, je parviens à articuler :

– Salut, Céleste.

Ses yeux s'emplissent de larmes.

– Qu'est-ce que tu fais ici ?

– D'après toi ? J'avais besoin de te voir.

– Tu aurais mieux fait de passer ton chemin.

Je me rapproche d'elle :

– Je voulais m'assurer que tu allais bien.

Elle recule un peu.

– Je vais bien.

– Arrête un peu.

– Comment m'as-tu trouvée ?

– J'ai cessé de te chercher et c'est venu tout seul.

Elle n'a pas trop l'air de comprendre. Les gens vont et viennent autour de nous mais on reste plantés au même endroit.

– J'ai besoin de savoir ce que tu deviens, Kendall.

Tout d'un coup, elle secoue la tête en criant :

– Et moi je ne veux pas savoir ce que *tu* deviens ! Parce que je ne le supporterai pas.

À mon tour, j'élève la voix.

– Tu ne supportes pas l'idée que j'aie un enfant avec une autre femme car tu m'aimes toujours. Désolé de te l'annoncer comme ça, mais tu as rompu pour rien.

– Comment ça ?

– L'enfant n'est pas de moi. Pas de moi, Kendall ! Un test ADN l'a confirmé. Elle essayait de me tendre un piège.

– Alors il est de qui ?

– Mais qu'est-ce que j'en sais !

Plus j'y songe, plus ça me fiche en pétard. Elle porte une main à sa bouche.

– Oh, c'est pas vrai !

On reste là un moment, sans plus rien se dire, jusqu'à ce qu'une voix féminine annonce dans les haut-parleurs que quelqu'un s'est perdu.

Après quoi, je reprends :

– On aurait pu passer tout ce temps ensemble ! J'aurais pu être celui avec qui tu l'aurais fait. Où est-il ?

– Qui ça ?

– Le bébé ! Tu l'as fait ?

– Non, souffle-t-elle.

J'en ai la tête qui tourne.

– Non ?

– Non.

– Si je comprends bien, tout ça… C'est arrivé pour rien ? Je… je ne sais plus quoi dire. Je pige pas.

Je reste un instant les yeux fixés au sol avant de les relever vers elle.

– Tu ne peux pas avoir d'enfant, ou tu as renoncé ?

– Si on parlait de ça ailleurs, loin de tous ces gens ?

– Où veux-tu aller ?

– J'ai une voiture dans le parking.

– Bon.

J'attrape mon sac de voyage et suis Kendall jusqu'à sa vieille Ford Explorer SUV.

On s'assied en silence et j'attends qu'elle prenne la parole.

– Après t'avoir quitté au bar de l'aéroport, je suis partie en Allemagne, où j'ai passé quelque temps avec Hans et Stephen. Puis j'ai pris un billet aller-retour pour Dallas, afin d'y récupérer tout ce dont j'avais besoin avant de repartir chez eux. Mais à l'aéroport, en attendant mon avion vers l'Europe, j'ai compris que je ne pouvais pas faire ça, que je ne pouvais mettre au monde un enfant pour de mauvaises raisons. Surtout pas pour l'abandonner. Je crois que je n'étais plus motivée par l'argent. D'une certaine façon, j'avais déjà renoncé à cet héritage.

– Pourquoi ne m'as-tu pas fait signe à cette époque ?

– J'avais peur. Je ne pensais pas pouvoir supporter ce qui se passait entre toi et cette femme. J'étais anéantie.

Je ne lui ai pas dit que je m'étais rendu dans son ranch du Texas. Je ne veux pas changer de sujet : il faut que je sache ce qu'elle a fichu durant ces onze mois.

– Donc, tu n'es pas allée en Allemagne. Mais où, alors ?

– J'étais complètement perdue. J'avais l'impression de toucher le fond. Le seul endroit où j'avais envie de me retrouver, c'était la plage de Rio.

– Attends. Tu étais à Rio ?

– Oui, chez Maria Rosa.

Quoi ?

– Quoi ?

– Oui.

– Elle ne me l'a jamais dit.

– Je sais. Je lui ai fait jurer de ne pas t'en parler. Il y avait un pensionnaire qui parlait anglais et s'est chargé de tout traduire entre nous. Et puis j'ai surmonté ma peur en demandant à Maria de me prédire l'avenir, de me conseiller sur ce que je devrais faire de ma vie.

– Qu'est-ce qu'elle a dit ?

– On peut traduire ça par « La réponse est dans le ciel ».

Putain ! Bouche bée, je la laisse poursuivre :

– J'ai longtemps réfléchi à ce que ça pouvait signifier. Au début, j'ai cru qu'elle me disait de revenir vers toi. Mais je ne pouvais pas. Durant mon voyage de retour de Munich vers les États-Unis, j'ai compris que je ne me sentais nulle part chez moi. Et je me suis mise à t'envier car, au moins, avec ton travail, tu ne restes jamais longtemps au même endroit. C'était exactement ce dont j'avais besoin. Voler, voyager, vivre… me retrouver. Mais j'avais aussi besoin d'assez d'argent pour survivre. Et là, j'ai compris. *La réponse est dans le ciel.* Quelques jours plus tard, dans ma chambre d'hôtel au Texas, j'ai cherché une école de formation pour hôtesses de l'air et j'ai commencé un mois plus tard. Au bout de six semaines, j'ai été embauchée et, en tant que débutante, je me suis retrouvée sur la navette New York-Boston. J'ai un appartement ici, à Everett, mais je n'y suis pas souvent. Chaque fois que j'en ai l'occasion, je passe mes congés ailleurs. Je me balade sans arrêt.

– Désolé, Kendall, seulement j'ai du mal à digérer ça. Tu m'as lâché au beau milieu d'un aéroport, le cœur en miettes, tout ça pour pouvoir passer tes journées à voler, comme si tu fuyais ta vie. Merde… ça me rappelle tellement de choses…

– Je suis devenue comme toi.

– Tu as baisé avec ce pilote ?

– Non !

Quand je l'imagine en compagnie de quelqu'un d'autre, j'ai des envies de meurtre. Et puis, d'un seul coup, je voudrais la toucher, sentir ses lèvres contre les miennes, tout de suite, avant de dire encore un mot. Sans y réfléchir davantage, je pose une main frénétique sur son genou. Elle ferme les yeux, penche la tête en arrière ; sa respiration s'accélère. Alors je remonte la main vers sa nuque pour la tirer vers moi et mieux dévorer sa bouche.

C'est un baiser fervent, désespéré, différent de tous les autres. Celui-ci me délivre de près d'un an d'émotions refoulées et de privations sexuelles. J'espère qu'il en est de même pour elle – qu'elle ne s'est jamais tournée vers quelqu'un d'autre.

Malgré ma colère bouillonnante, j'ai envie d'elle comme si ma vie en dépendait. Je repousse mon siège aussi loin que possible et la fais venir sur moi. Trop affairé pour prononcer une seule parole, je me dis que je pourrais au moins me laisser guider par son souffle et son corps, afin de m'assurer qu'elle est toujours d'accord.

Lorsqu'elle commence à gémir sur ma queue bien raide, je sais qu'on a franchi un point de non-retour. Soudain, elle soulève sa jupe jusqu'à la taille, aussitôt je défais la fermeture de mon pantalon et, en quelques secondes, elle se cale sur moi. Jamais je n'ai ressenti une telle impression en pénétrant sa chatte chaude et moite. Je n'avais pas non plus passé une si longue période sans sexe, j'ignorais ce que c'était que de se trouver séparé de la personne qu'on aime. Si bien que notre acte s'avère différent de tout ce que nous avons connu ensemble.

Frénétique. Irrépressible. Totalement déplacé dans le parking d'un aéroport. Plus que brûlant. Et ça a duré moins d'une minute. Quand je sens son spasme m'envahir, je me décharge en elle, tout en espérant qu'elle prend la pilule. Et tant pis, trop tard pour m'arrêter. C'est trop bon. Elle reste sur moi un bon moment avant de regagner sa place, puis on essaie tous les deux de retrouver notre respiration, sans nous quitter des yeux, comme si on se demandait : *Qu'est-ce qui vient de se passer ?*

Elle est la première à reprendre ses esprits.

– Il fallait que je me retrouve, Carter, que je sois autre chose que cette riche connasse de Kendall Sparks de Dallas, Texas. Je n'étais pas prête à avoir un bébé, ni à quoi que ce soit d'autre. Il fallait que je grandisse. Quand on s'est rencontrés, je ne savais absolument pas où j'en étais ou qui j'étais. J'avais encore besoin de temps pour mûrir. J'ai fini par comprendre que ce n'était pas le genre de vie qu'il me fallait à long terme. Maintenant, j'ai pigé. Tout ce que je peux te dire, c'est que je n'ai pas regretté un instant de ne plus avoir beaucoup d'argent. Tout cet héritage est parti aux bonnes œuvres, ainsi que l'avait promis mon grand-père. Et rien n'aurait pu me rendre plus heureuse. Cet argent n'aurait pas fait mon bonheur. Ça n'aurait rien changé. Il aurait juste servi à garder ma foutue mère à la maison au lieu qu'elle travaille, comme tout le monde.

– Tu es sortie avec quelqu'un d'autre, pendant ce temps-là ?

– Non, absolument pas. Et toi ?

– Non. Je ne pouvais pas. J'avais beau te croire partie à jamais, ça n'y changeait rien. Mais je suis furieux, Kendall, que tu m'aies quitté, que tu n'aies pas assez cru en moi pour t'accrocher. Je suis furieux que onze mois se soient écoulés presque pour rien. Et ce qui m'exaspère le plus, c'est que malgré tout… je l'accepte. Je continue à t'aimer comme un dingue. Écoute, moi aussi, je suis allé voir Maria Rosa, et voici le message qu'elle m'a transmis : *A resposta está no céu.* Tu sais ce que ça veut dire ?

– Non.

– La réponse est dans le ciel.

Kendall écarquille les yeux.

– Tu plaisantes ?

– Non. Et j'ai cru comprendre que ça avait quelque chose à voir avec *Lucy In The Sky With*

Diamonds. À cause de ce message, je suis allé pleurer sur la tombe de Lucy. Alors que je n'avais jamais mis les pieds dans ce cimetière. C'était affreusement pénible mais ça m'a fait du bien. C'est ce voyage, totalement imprévu, qui m'a envoyé à l'aéroport de New York, où je t'ai aperçue. Sinon on ne se serait peut-être jamais revus.

– On a reçu tous les deux le même message.

– Sinon, on ne se trouverait là ni l'un ni l'autre. Maria nous a donné l'itinéraire qui nous ramènerait l'un à l'autre. Nous l'avons interprété chacun à notre façon, on a pris des routes différentes pour aboutir ici. À nous maintenant de déterminer la prochaine étape, ensemble ou séparés.

CHAPITRE 26

KENDALL

Ni l'un ni l'autre ne prononçons plus un mot jusqu'à mon appartement. Il ne se trouve qu'à une quinzaine de kilomètres, mais avec la circulation, j'ai plus d'une demi-heure pour réfléchir. Carter regarde par la fenêtre, l'air perdu dans ses pensées. Après notre coup de folie du parking, je lui ai demandé s'il voulait venir chez moi et, à mon grand étonnement, il n'a pas tout de suite dit oui. Il a d'abord laissé entendre qu'il ferait peut-être mieux de prendre une chambre d'hôtel afin de nous laisser un peu de temps. Alors j'ai insisté pour qu'il passe la nuit chez moi. Et maintenant… je commence à me rendre compte que ce n'était sans doute pas malin de ma part. J'ai le vertige quand je pense à tout ce qui s'est passé depuis deux heures. Et à tout ce que ça pourrait impliquer pour nous deux.

Je gare le SUV à la place qui m'est attribuée, coupe le moteur et là, seulement, je me remets à parler :

– Ce n'est pas aussi joli qu'à Boca Raton, mais c'est là que j'habite, dans un petit studio dont je peux à peine payer le loyer maintenant que je vis de mon travail. Mais il y a une magnifique terrasse sur le toit où j'ai passé pas mal de temps ces derniers mois en regardant le ciel.

Là, je m'aperçois que Carter ne regarde que moi.

– Quoi ?

– Rien, fait-il en secouant la tête.

Il prend nos bagages et je le précède pour le conduire chez moi. Dans l'ascenseur, j'éprouve une impression irréelle en le voyant là, près de moi. Moi qui en ai tant rêvé tout au long de cette année ! Au point de me demander si je ne suis pas encore en train de divaguer. C'est sans doute pour ça que je ne bouge pas lorsque les portes s'ouvrent.

– C'est ton étage ? Tu as bien appuyé sur le deux…

– Oh oui ! Pardon.

Je cherche mes clefs dans mon sac, j'ouvre et fais entrer Carter.

– Voilà, dis-je. Tu vois tout l'appartement dès l'entrée.

Il pose nos bagages, regarde autour de lui.

– Sympa. C'est moderne et chaud. Ça te ressemble.

– Merci. Tous mes voisins travaillent pour des compagnies aériennes. Gaby, au 310, est hôtesse chez Delta. Max, au 314, est pilote chez American. On se fait des barbecues de temps en temps, quand nos horaires coïncident.

Je le vois serrer les dents.

– Tu as un voisin pilote ?

– Oui.

Comme il ne dit rien, je crois utile de préciser :

– Il vient de fêter ses cinquante-trois ans. Il a l'intention de prendre sa retraite en Floride. Qui sait ? Dans quelques années, il sera peut-être ton voisin…

– Très drôle !

J'enlève mes chaussures puis vais chercher des boissons fraîches dans le réfrigérateur.

– À propos de Floride. Comment se porte ton petit monde ? Muriel, Bertha, Gordon ?

– En fait, Gordon ne va pas bien, soupire-t-il l'air défait. Il a subi une attaque voilà quatre mois, sa rééducation ne se passe pas aussi bien que prévu. Il a complètement perdu l'usage d'un bras et son langage devient incompréhensible.

– C'est terrible. Désolée pour vous. Il n'a pas du tout de famille, à part toi ?

– Non. J'ai pris quinze jours de vacances après son AVC pour l'aider. Mais dès que je pars pour quatre ou cinq jours, il ne bouge plus beaucoup. Muriel et Bertha s'occupent de lui à tour de rôle, seulement elles ne peuvent pas le soulever. Le kinésithérapeute vient lui faire faire ses exercices à domicile, et puis c'est tout. Il ne voit personne d'autre.

– Il a de la chance de t'avoir.

– Tu veux dire d'avoir Brucey, sourit-il.

– Oui, son fils génial, Brucey.

J'hésite à poursuivre, pas trop sûre de moi. Finalement, je décide de parler de lui, pas de nous.

– Tu sais, la première fois qu'on est allés chez Gordon, je me suis rendu compte que non seulement tu t'occupais d'un homme qui n'avait pas toujours fait partie de ta vie, mais aussi que tu le laissais t'appeler Brucey, que tu remplaçais son fils. Là, j'ai compris que j'étais amoureuse de toi. Parce que tu n'étais pas juste un bel homme avec qui je passais du bon temps, mais un homme beau de l'intérieur.

Apparemment ému, il répond d'une voix cassée :

– Si tu m'aimais vraiment, comment as-tu pu m'abandonner, Kendall ?

Je détourne les yeux.

– Je ne sais pas.

– Tu le regrettes, maintenant ?

– Je l'ai regretté chaque jour depuis que je t'ai quitté au bar de l'aéroport.

– Alors pourquoi ne pas en avoir parlé ? Tu savais où me trouver. Tu savais où je travaillais, où je vivais… tu savais tout ce qu'il y avait à savoir sur moi, bon sang !

J'ai eu beau me poser mille fois la question, je n'ai toujours pas de réponse.

– Je ne sais pas. Désolée.

Il se tait un moment, puis il change de sujet.

– Tu as faim ? Tu veux commander quelque chose ? Ou tu préfères dormir un peu ?

– En fait, je suis très fatiguée.

– D'accord. Alors va dormir.

Je regarde autour de moi sans trop voir comment on va pouvoir s'arranger, malgré nos retrouvailles dans la voiture.

– Je peux dormir sur le canapé, si tu veux. Tu prendras le lit.

Il me soulève le menton.

– Écoute, je ne sais pas trop comment les choses vont tourner entre nous. Mais je tiens à partager mon lit avec toi, là je ne me pose pas de question. Si tu es d'accord, je tiens à passer la nuit près de toi.

– Moi aussi j'y tiens.

Sa main remonte vers ma joue qu'il caresse, et il se penche, jusqu'à ce que nos nez se touchent.

– Et autre chose, ajoute-t-il. Quand on se réveillera, je compte te baiser dans ce lit. Sauf que cette fois, ça ne durera pas une minute comme dans le parking.

Je déglutis.

– J'y tiens également.

– Bon. Alors maintenant dodo. Parce que tu vas en avoir besoin.

*

* *

À minuit, on s'est installés sur le toit, près d'un poêle électrique qui fait également lampe. Je me blottis contre Carter sur le canapé d'osier, sous notre couverture douillette. Il ne plaisantait pas en disant que notre deuxième séance durerait plus de deux minutes. Au bout d'une heure de demi-sommeil, on en a passé trois à se retrouver. Et maintenant, je me sens rassasiée alors qu'il me caresse les cheveux sous les étoiles.

– J'ai rencontré ta mère.

Là, il retient mon attention. Je m'attendais à tout sauf à ça. Je relève le visage vers lui.

– Attends, tu viens de dire…

– Que j'ai rencontré Annabelle.

– Où ? Comment ?

– Je suis allé à Dallas.

– Tu connaissais l'adresse ?

– Pas difficile à trouver sur Internet, Kendall. Je lui ai envoyé une lettre mais elle n'a jamais répondu. Ma psy m'a dit qu'il fallait que je tourne la page, alors j'ai décidé de tenter ma chance. Je me suis rendu à l'adresse où j'avais expédié ma lettre.

Cette réponse suscite une multitude d'autres questions. Psy ? Tourner la page ? Mais c'est ma curiosité sur ma chère maman qui l'emporte.

– Qu'est-ce qu'elle t'a dit ?

– Pas grand-chose. En gros qu'elle ignorait où tu étais ; elle a aussi laissé entendre que tu l'avais abandonnée sans ressources.

– En quelque sorte. Il n'y a pas que ma vie qui a changé dans cette histoire. Je prends égoïstement mes décisions.

– Arrête ! Tu n'es pas la seule dans ce cas. Elle n'avait aucun droit de t'obliger à accepter la clause ahurissante de ton grand-père. Quand j'ai cru que j'allais devenir père, j'ai commencé par imaginer tous les changements que ça impliquerait pour *moi*. Et puis un jour où je me tenais à l'avant d'un avion pour accueillir les passagers, un couple est arrivé avec un bébé. Je ne les connaissais pas, mais je n'ai vu que ce petit monstre braillard aux yeux bleus et je me suis rendu compte que ça ne me faisait rien. Que je n'aurais pas grand-chose à donner à un gosse mais que je ferais de mon mieux. N'importe qui peut engendrer un enfant, sauf qu'un bon parent place les besoins de son gosse avant les siens. Un parent ne devrait pas être égoïste. Ce que ta mère attendait de toi était totalement égoïste. Elle n'aurait jamais dû insister comme ça.

– Ah ouais ! On dirait que tu t'étais vraiment préparé à l'arrivée de ce bébé.

– Je n'en sais rien. Mais je sais que si ça avait dû se produire, je lui aurais tout donné.

– Elle a eu un garçon ?

– Oui.

Il fait nuit, pourtant je repère une lueur de tristesse dans le regard de Carter.

– Ça t'a fait mal quand tu as découvert qu'il n'était pas le tien, n'est-ce pas ?

– C'est vrai, et je dois dire que je ne m'y attendais pas. Autant je ne voulais pas avoir d'enfant avec elle, autant je commençais à aimer ce bébé à venir.

Je m'agenouille pour le regarder dans les yeux.

– Tu es étonnant, Carter Clynes. Un jour, tu seras un père formidable.

*

* *

Le matin arrive trop vite. Si je ne reprends pas mon travail avant le lendemain matin, Carter, lui, a un vol dans l'après-midi et il doit repasser par New York avant. Je ne peux m'empêcher de vérifier plusieurs fois l'heure alors qu'il prend sa douche. Quand il sort de la salle de bains dans son uniforme de pilote plutôt qu'avec la serviette à laquelle je m'attendais, je suis déçue.

– J'aurais bien aimé voir ton corps mouillé.

Il s'assied sur le lit, enfile ses chaussettes.

– Je ne peux pas me présenter à demi-nu devant toi, ça impliquerait que je me retrouve en toi à demi-nu. Là, il faut que je me précipite à l'aéroport si je veux attraper le vol de dix heures pour New York.

On n'a toujours pas discuté de ce qu'on va faire après cet intermède imprévu. Notre relation a repris ? Ou ce n'était qu'une mise au point pour lui ? Je sais qu'il m'aime encore, pourtant j'ai la nette impression qu'il ne sait pas trop s'il a autant envie que moi de recommencer. S'il n'y tenait pas, ce serait douloureux, bien sûr, mais je l'aurais bien mérité après l'avoir plaqué alors qu'il avait tant besoin de moi.

J'aborde le sujet non sans hésitation :

– Tu passes par Boston, un de ces jours ?

Il me regarde en secouant la tête, mais sans rien dire. Mon cœur se serre.

– Et à New York ? Tu dois bien avoir une escale à New York de temps en temps ?

Il enfile une de ses chaussures.

– Je n'en sais rien.

Une fois habillé, il se relève, ferme sa valise.

– On ferait peut-être bien d'y aller, au cas où il y aurait de la circulation.

Je ne sais pas comment je parviens à ravaler mes larmes mais j'en ai un nœud dans la gorge.

Comme pour notre arrivée hier, on ne parle pas pendant le trajet vers l'aéroport. Minute après minute, j'ai davantage de mal à me concentrer. On vient à peine de se retrouver et je ne supporterai pas de le perdre à nouveau. Je ne lui demande pas de s'engager, je voudrais juste m'assurer qu'on est bien en train de recommencer quelque chose. Qu'on va essayer de se coordonner un peu. Pourtant, lorsque je quitte l'autoroute pour m'engager sur la sortie vers l'aéroport, j'ai plus l'impression de courir vers une fin que vers un début.

Oh, mon Dieu... Déjà la fin ? Il veut tourner la page, comme il l'a dit à sa psy ? Heureusement qu'on arrive au terminal parce que je me sens prête à craquer.

Je me gare le long du trottoir et reste au volant, les yeux fixés devant moi. Je sais que si je me tourne vers lui, je vais m'effondrer. Je sens bien qu'il m'observe attentivement.

– Céleste…

Les larmes commencent à m'emplir les yeux mais je les empêche de couler et j'agrippe le volant des deux mains.

– J'ai passé un super moment, poursuit-il.

Ce début d'adieu me met hors de moi.

– Ça va, Carter ! Je sais que j'ai déconné. Mais tu m'as bien eue en passant la nuit avec moi pour ensuite me balancer les adieux du commandant Carter Clynes à son hôtesse du moment.

Cette fois je parviens à me tourner vers lui :

– Je t'aime. Je n'ai jamais cessé de t'aimer. Et je sais qu'au fond de toi, c'est la même chose. Alors arrête de déprécier ce qui se passe entre nous en me traitant comme si j'appartenais à ton harem… comme une de tes hôtesses. Dis-moi que c'est fini si tu veux, mais traite-moi avec un minimum de respect.

Il s'immobilise et finit par laisser tomber d'une voix grave :

– Pardon. Je ne voulais pas que ça se passe comme ça.

C'est là qu'un grand coup frappé sur sa vitre me fait sursauter. C'est un agent de la sécurité de l'aéroport qui nous fait signe de nous en aller. Carter lui dit qu'on en a pour une minute puis il me prend la main.

– Je vais te téléphoner. D'accord, ma beauté ?

– Quand ?

Il se détourne de nouveau.

– Je ne sais pas.

J'aurais tellement aimé pouvoir apprécier le dernier baiser qu'il me donne alors. Mais je ne peux pas. Tout se brouille en moi. Il m'effleure doucement les lèvres, me prend le visage entre ses mains.

– *Yesterday*[15], murmure-t-il.

Hier… Je souris, hoche la tête. Les Beatles résument parfaitement cet instant. Cet amour qui revient nous a rendu hier tellement plus facile à assumer… Mais qu'en est-il de demain ?

---

15. « Hier ».

CHAPITRE 27

CARTER

– C'est votre deuxième visite de la semaine, observe le Dr Lemmon. S'est-il passé quelque chose qui vous ramène ici ?

– Je n'arrive pas à dormir.

– Vous avez du mal à vous endormir ou à rester endormi ?

– Les deux. Je possède une énergie incroyable et je n'arrive pas à l'apaiser.

– Et comment brûlez-vous cet excès d'énergie ?

– Je n'ai pas le choix.

Elle hoche la tête comme si j'avais répondu à sa question.

– Bien, parlons-en. Ai-je tort de croire qu'il fut un temps où vous vous défouliez en faisant l'amour ?

– Vous n'avez pas tort, en effet.

– Et quand vous dites *je n'ai pas le choix*, je suppose que ce n'est pas au sens littéral. Vous êtes un superbe pilote. Vous devez avoir un choix royal.

– Non, effectivement, c'était au sens figuré. Je peux difficilement passer aux exercices alternatifs.

– Et là, il s'est écoulé, quoi ? Une semaine depuis que vous avez passé la nuit avec Kendall ?

– Une semaine aujourd'hui.

– Et trois jours depuis votre dernière visite ici.

– Vous voulez que je dresse un calendrier de mes petits exercices ?

Elle sourit.

– Non, je crois avoir compris. Avez-vous parlé avec Kendall, dernièrement ?

– Juste la fois que j'ai mentionnée. Quand elle m'a téléphoné.

– Et ça remonte à quel soir ?

Qu'est-ce qu'elle a cette femme avec les dates ? Je réfléchis. Je venais d'atterrir en Floride, en provenance de Dubaï. Ce devait donc être mardi.

– Vous avez tous les deux discuté pendant une heure, si je ne me trompe ?

– À peu près.

– Et comment avez-vous dormi, cette nuit-là ?

Voyons. Nous avons discuté tout le temps de mon trajet de retour à la maison et aussi pendant que je me préparais un sandwich dans mon appartement. Je me suis réveillé le lendemain matin à dix heures, encore en uniforme.

– Ça a été ma dernière nuit de sommeil. Mais j'étais fatigué après un long vol.

– Vous avez volé, hier ?

– Oui.

– Combien d'heures ?

– Neuf.

– Et combien d'heures avait duré le vol qui vous a permis de si bien dormir après votre dernière discussion avec Kendall ?

– À peu près pareil.

Pour toute réponse, elle me dévisage. Alors j'insiste :

– Vous croyez que je ne pourrai jamais plus dormir si je ne parle pas d'abord à Kendall ?

– Je dis que vous semblez très fortement liés l'un à l'autre. Vous vous sentez anxieux, instable, nerveux, ce qui vous empêche de dormir. Y aurait-il autre chose qui vous mette dans cet état ?

Ça m'énerve qu'elle ait tout de suite visé juste.

– Non…

– Voilà.

– Alors que dois-je faire ? Lui téléphoner tous les soirs pour qu'elle me chante une berceuse ?

– Vous savez très bien ce que vous devez faire.

– Pourquoi est-ce que je vous paie si je connais déjà les réponses ?

– Il vous reste à décider de renouer avec Kendall ou de couper carrément les ponts. Nous en avons déjà parlé l'autre jour. Je peux vous aider à faire le tri dans vos idées, à préparer les étapes suivantes, mais vous seul pouvez décider de vivre ou non avec la femme que vous aimez. Vous avez des problèmes de confiance avec Kendall. C'est compréhensible. Elle vous a quitté une fois et vous avez peur qu'elle ne recommence au premier accroc.

Elle ôte ses lunettes, se frotte les yeux.

– Carter, Lucy était malade.

– Lucy ? On parle de Kendall, là !

– Toutes deux sont très liées dans votre esprit. Au cours de nos séances précédentes, vous avez reconnu estimer que Lucy avait choisi la facilité en se suicidant. C'est une opinion erronée qu'ont souvent les proches. Alors qu'à la vérité, les personnes qui se suicident pensent qu'elles n'ont pas le choix. La dépression est une maladie, au même titre que l'asthme, la rougeole ou la peste. Si on ne la soigne pas, elle empire et finit par vous emporter.

Je me passe les mains dans les cheveux.

– D'accord. Mais je ne comprends pas ce que cela a à voir avec Kendall.

– Vous avez eu deux femmes importantes dans votre vie. Lucy, qui, à votre avis, vous a laissé tomber lorsque les choses sont devenues trop difficiles. Et Kendall, qui a fait la même chose. Vous avez peur que ça ne recommence.

Je ne suis pas certain qu'elle ait raison mais je me sens vidé et je voudrais qu'elle m'en dise davantage.

– Alors, en fin de compte, c'est à moi de voir si je peux encore faire confiance à Kendall ou si je ne veux plus dormir de ma vie ?

Le Dr Lemmon se met à rire.

– Je peux toujours vous prescrire quelque chose pour vous aider à dormir. Mais à part ça… cessez de tourner autour du pot.

Cessez de tourner autour du pot ? C'est pour ça que je la paie deux cent cinquante dollars de l'heure ?

*

* *

J'ai peur de prendre ces pilules pour dormir. Je ne fais que me conformer à l'ordonnance, mais j'ai lu l'avertissement concernant la conduite de poids lourds au cours des vingt-quatre heures qui suivent la prise du médicament. Dans le genre poids lourd, mon Boeing 747 doit remporter la palme. Or j'ai un vol demain après-midi. Il va donc falloir que je trouve un autre moyen de m'endormir.

Après avoir couru une dizaine de kilomètres autour de mon lotissement, je décide de retourner voir Gordon. Malheureusement, cette visite ne fait qu'aggraver mon état. Pas besoin d'être grand clerc pour constater que son état empire de jour en jour. Ses chevilles sont constamment enflées et, ce soir, il a du mal à seulement remuer les doigts de pied. Bien que ce ne soit plus l'heure, j'appelle son médecin pour le mettre au courant ; il me répond que je dois avant tout m'assurer qu'il se sente à l'aise, qu'on ne peut plus faire grand-chose pour un homme de son âge dans cet état.

Je ne regagne mon appartement que tard dans la soirée. Le cœur gros après ce que je viens de voir, je n'ai qu'une envie : décrocher mon téléphone et appeler Kendall. À part le Dr Lemmon, c'est la seule personne à qui j'aie vraiment parlé de ma vie. Elle comprendra ce que je ressens. En même temps, ce serait une attitude injuste envers elle. Il faut que j'envisage un avenir à peu près viable pour nous avant de décharger ma merde sur elle.

L'ennui étant que je ne vois pas quelle sorte d'avenir pourrait nous attendre. Pas plus que je ne me vois poursuivre ma vie sans elle. Je suis bloqué au purgatoire. *L'histoire de ma vie.*

À minuit, je décide de préparer mes bagages pour mon vol de demain matin. Muriel a nettoyé et repassé tous mes uniformes, même si je lui ai dit un million de fois que ce n'était pas la peine. Ce que j'aime ici, chez les gens de Silver Shores, c'est que, s'ils ont constamment besoin d'aide, ils refusent pour autant de l'accepter gratuitement. Ils se sentent mieux quand ils peuvent rendre un service en échange. Ce sont des gens bien.

Mon placard est rempli de chemises amidonnées. J'en prends trois que je plie dans mon sac. J'ai perdu un peu de poids, ces derniers mois, du coup j'écarte ma veste extra-large pour attraper celle de la taille en dessous, suspendue derrière.

À côté, j'en trouve également une autre, mille fois plus petite. C'est le minuscule costume bleu marine de bébé que j'ai pris chez Kendall, au ranch, à l'époque où j'ai fouillé sa chambre à la recherche d'indices. Je l'avais emporté en douce pour je ne sais quelle raison. De retour à la maison, ça m'a fichu hors de moi de le voir tous les jours, si bien que j'ai fini par le repousser dans le fond. Mais je n'ai jamais pu m'en débarrasser.

Je le regarde un long moment. Et ça m'évoque ce petit garçon aux cheveux blonds qui court en riant autour de sa mère. Il a les mêmes yeux bleu vif qu'elle. Et Kendall paraît plus belle que jamais. Je ferme les paupières en souriant pour mieux me plonger dans ces images nées de mon esprit.

Cette nuit-là, je dors comme un bébé. Je rêve de ce petit garçon et de sa mère. Un rêve si réel que je me sens éperdu quand je me réveille. Sur le coup, je me serais presque attendu à les voir entrer dans ma chambre. Mais non. Mon cœur se serre. Entièrement par ma faute.

Comme je me hâte de m'habiller, le petit costume traîne encore sur le devant de ma penderie. Je caresse les ailes sur le revers, me rappelle la tête du gamin dans mon rêve. Alors je détache l'insigne et l'accroche sous celui de mon uniforme. Ils ne sont pas si différents que ça, au fond. Mais pour moi, il revêt une importance majeure.

Comme si j'y voyais mon avenir.

Comme si j'y voyais ma famille.

Comme si j'y voyais la femme que j'aime.

À présent, il ne me reste qu'à redresser la situation.

*

* *

Je décide de faire un saut chez Gordon avant de partir pour l'aéroport, car je risque de ne plus le voir pendant quelques jours. Normalement, une des voisines devrait passer en fin de matinée, mais, à cette heure, il n'y a encore personne.

Comme il doit dormir, j'ouvre doucement la porte.

– Papa ?

Pas de réponse. Gordon a toujours beaucoup ronflé, si bien que je m'étonne d'être accueilli par un tel silence.

Il gît sur son lit, complètement immobile.

– Papa ?

Pas de réponse. Je m'assieds près de lui, répète plus fort en lui secouant l'épaule :

– Papa, c'est Brucey. Réveille-toi.

Je pose deux doigts sur son cou, à la recherche de son pouls. Rien. Je pose l'oreille sur son cœur. Aucun battement. Je ne retiens pas mes pleurs. Ce n'était peut-être pas mon vrai père, mais il n'y a rien de forcé dans ces larmes qui me coulent des yeux.

CHAPITRE 28

KENDALL

Un simple message téléphonique qui change tout. En traînant ma valise à travers l'aéroport international Logan de Boston, je m'aperçois que j'ai manqué un appel de Carter. Ça a dû sonner pendant que je roulais avec la musique à fond.

J'écoute le message : « *Salut, Kendall. Je vais bientôt embarquer. Je voulais entendre ta voix avant de décoller, mais je vois que ce n'est pas possible. Cette matinée commence vraiment mal. Euh...* » S'ensuit une longue pause, puis : « *Gordon est mort. Je l'ai trouvé dans son lit. Il ne respirait plus. Il a dû partir dans son sommeil. Tout seul.* »

J'en suis toute retournée. Oh non ! Un profond soupir retentit dans le téléphone. « *Il est mort seul sans personne pour lui tenir la main. C'est tellement triste... On ne devrait jamais mourir seul.* » Une larme me coule sur la joue tandis que le message se poursuit : « *Enfin, ça m'aura au moins ramené aux choses importantes. Tu me manques. Il va falloir que j'entende ta voix ce soir, pour m'endormir. Je tenais à ce que tu le saches.* » Autre silence, puis il ajoute : « *Merde, il faut que j'y aille. Je t'appellerai dès mon atterrissage à Rio.* »

Paralysée au milieu du terminal, je me sens tel un poisson hors de l'eau. Je transpire dans mon uniforme, je n'en peux plus. Qu'est-ce que je fiche ici ? Il faut que je le retrouve. C'est moi qui suis partie ; il faut que ce soit moi qui nous réunisse.

Finalement, le temps que nous avons passé séparés après notre petit intermède ensemble nous a fait le plus grand bien, ça nous a donné le temps de réfléchir, maintenant il faut agir. Rien n'est possible si je garde ce boulot. Avec nos emplois du temps, on n'aura aucune occasion de se voir, d'autant qu'on travaille sur des compagnies différentes. Je vais devoir choisir. C'est à moi de faire un geste.

*

* *

Maria Rosa me fait entrer sans poser de question. De toute façon, je n'y aurais rien compris. Puis je crois qu'elle sait très bien ce que je viens faire ici.

– *Obrigada*, ai-je appris à dire.

Merci, en portugais. Pedro saute sur mon épaule et, à ma grande surprise, ne fait pas pipi avant de filer. Peut-être qu'au bout de trois visites on est admis dans le gang des singes.

Maria me désigne la chambre tout en me faisant signe de ne pas faire de bruit puisque Carter dort. J'ouvre lentement la porte derrière laquelle m'attend une scène fascinante. Je ne sais pas de quoi Carter peut rêver mais, visiblement, c'est… humide. Il est totalement nu, sa queue est dressée et luisante. Après cet épuisant voyage, je n'ai qu'une envie, me glisser dans le lit auprès de lui ; alors je me déshabille complètement puis grimpe à quatre pattes sur la couette.

Carter cligne des yeux et sursaute avant de comprendre que c'est moi.

– Céleste ?

– Oui.

– Ouf, je croyais que je rêvais !

– Pas du tout.

– Qu'est-ce que tu fais ici ?

– Chut !

Là-dessus, j'engloutis son pénis, ce qui lui coupe la parole à lui aussi. La tête en arrière, il lâche prise, me prend juste les cheveux pour guider un peu mes mouvements. J'adore les gémissements qu'il pousse. À un moment, il m'attrape par la taille pour me placer au-dessus de lui.

Le lit remue sous nos pulsions. Il est encore très tôt, on doit alerter tous les autres pensionnaires, qu'ils dorment ou qu'ils prennent leur petit déjeuner, mais je m'en fiche. On explose tous les deux en quelques minutes. Ça faisait trop longtemps qu'on attendait.

Dans la félicité du travail accompli, je réponds enfin à sa dernière question :

– J'ai reçu ton message. J'ai prétexté une urgence familiale. Dès que j'ai atterri à New York, j'ai pris un billet pour le premier vol vers Rio.

– Tu as menti à cause de moi ?

– Ce n'était pas un mensonge. Tu constitues ma seule vraie famille. Et j'avais besoin de te voir comme si ma vie en dépendait. C'était urgent.

– Tu peux rester combien de temps ?

– Tout le temps que tu voudras.

– Alors on va baiser le restant de nos jours ?

– D'accord.

Il se redresse un peu.

– D'accord ?

– Oui.

– Tu ne retournes pas au boulot ?

– Je ne suis pas faite pour passer ma vie dans les avions, Carter. Pour moi, ça représentait juste une fuite qui pouvait, d'une certaine façon, me rapprocher de toi. J'en ai tiré une belle expérience mais je veux pouvoir te retrouver chaque fois que tu rentres.

– À quoi tu vas jouer ?

– À toi… je vais jouer à toi… tant que tu ne me diras pas le contraire.

Il me caresse les cheveux en souriant.

– J'ai justement un emploi à temps complet à t'offrir dans ce domaine.

– Non, franchement, je vais trouver un job… un truc qui me plaira. Mais pour le moment, il n'y a qu'une chose qui compte : je t'aime. Tu es venu me chercher, tu ne m'as pas abandonnée, alors que je t'avais lâché. J'ai cessé de courir. Et je ne connais pas de meilleur endroit pour m'arrêter que là où tout a commencé.

– On a deux jours ici. Ensuite, je retourne en Floride pour l'enterrement de Gordon.

– On retourne en Floride.

– Tu viens avec moi ?

– Si un autre résident trop jeune est accepté à Silver Shores.

– C'est vrai, ça ?

– Oui. Si tu veux bien de moi, je suis à toi. Je veux te chanter des berceuses tous les soirs que tu passeras à la maison.

– C'est le plus beau jour de ma vie, Céleste. Sache-le.

En fin d'après-midi, on se rend à la plage pour y boire des caipirinhas, comme au début de notre voyage. Quand j'y repense, je me rends compte à quel point je vivais alors des jours angoissants comparé à la paix intérieure que je ressens maintenant.

– La dernière fois qu'on a fait ça, je ne savais pas qui j'étais. Juste une fille qui fréquentait un pilote et buvait des apéros avec lui sur la plage de Rio. Je ne savais pas où j'en étais, prête à vendre mon âme et celle d'un bébé à venir.

– Et maintenant ?

– Maintenant je suis juste… aimée. Je ne veux rien d'autre qu'être cette fille sur la plage avec le pilote qui m'aime. Ce jour-là, j'avais déjà tout ce qu'il me fallait au monde. Sauf que je ne m'en rendais pas compte. Et mes futurs enfants auront la chance de t'avoir pour père.

– Tu veux avoir un bébé avec moi, Céleste ?

– Un jour, oui. Mais je voudrais d'abord que nous passions un certain temps ensemble.

Il me dévisage un bon moment avant de souffler :

– Je l'ai gardé.

– Quoi ?

– Le petit costume que tu as acheté chez Carter's, qui ressemble à un uniforme de pilote.

– Tu étais au courant ?

– Je l'ai trouvé dans ton placard, au Texas. Quand je l'ai vu, j'ai tout compris.

– Alors tu savais que je voulais avoir un bébé de toi, que j'ai menti au bar de l'aéroport en disant que j'avais pris ma décision pour l'insémination.

– Je me suis raccroché à ce petit costume.

– Pour moi, c'était un signe quand je l'ai vu dans cette boutique qui portait ton nom.

– Ça l'était. On a juste pris quelques détours.

– Il y a bien des signes partout, non ?

Le moteur d'un petit avion résonne au-dessus de nos têtes. Carter lève le doigt :

– Comme là, en ce moment.

On regarde le ciel ensemble. Une bannière avec un message flotte derrière le petit appareil. Carter se met à pester :

– Les cons, ils ont tout gâché ! Normalement, ça devait dire *La réponse est dans le ciel : Kendall aime Carter.* Je savais que le mec n'avait rien compris !

À la place, il y a écrit : *La dépense est dans le miel. Ken Doll aime le karting.*

*

* *

De retour à Silver Shores, nous avons assisté aux funérailles de Gordon par ce triste jour de pluie. Après quoi, on nettoie son appartement en choisissant quels objets donner, et lesquels Carter va garder.

– Jamais je ne jetterai ces portraits de lui et de son fils. Je vais les conserver toute ma vie. C'est le moins que je puisse faire pour lui.

Gordon n'ayant pas de famille, on sait bien que toutes ces photos auraient été détruites.

Alors que je nettoie le placard de la chambre, je ris en découvrant le pantalon que Carter a emprunté le soir où le sien avait disparu près du lac.

– Vous souvenez-vous de ceci, commandant ?

– Comment l'oublier ? Tiens, ça me rappelle ce bon vieux George, qui s'est pointé à l'enterrement dans l'un de mes uniformes. Je n'ai toujours pas compris comment il entrait chez moi pour me voler mes affaires ; je sais juste qu'il a leurré ces dames en leur racontant qu'il était un ancien pilote. Il fait remettre les pantalons à sa taille et voilà. Il a de la chance que je ne le dénonce pas.

– Laisse-le s'amuser. C'est un pauvre vieux dragueur.

Un coup à la porte interrompt nos éclats de rire. J'ouvre à un homme en costume gris armé d'une serviette.

– Oui ?

– Je cherche Carter Clynes.

– C'est moi. Vous désirez ?

– Gary Steinberg. Je suis le notaire de Gordon Reitman.

– Notaire ? Il avait un notaire ? Il n'avait même pas de téléphone portable.

– Oui. Je travaille pour lui depuis des années.

– Et que puis-je faire pour vous ?

– Il m'a prié de vous remettre ce message après son décès. Vous devriez commencer par le lire, après quoi nous ouvrirons son testament.

– Testament ?

– Oui. M Reitman possédait beaucoup d'argent. Dont il vous a nommé l'unique bénéficiaire.

– Non, vous ne comprenez pas. Il a perdu la tête il y a quelques années. Il me prenait pour son fils. Il voulait tout léguer à Brucey. Je ne peux pas me faire passer pour lui.

– Vous êtes bien Carter Clynes ?

– Oui.

– Il vous nomme spécifiquement, pas Bruce Reitman.

– Je ne comprends pas.

– Cette lettre devrait tout vous expliquer.

Le notaire lui tend une petite enveloppe blanche et Carter l'ouvre, déplie soigneusement la feuille qu'il en a sortie. Il la déchiffre, l'air de plus en plus abasourdi. Puis il me la tend.

Je savais.

Merci de m'avoir laissé croire que c'était vrai.

Je ne pourrai jamais assez te remercier, mais je vais essayer.

Affectueusement.

Gordon C. Reitman, III

Alors là… Carter n'a pas l'air d'y croire.

– Je ne comprends pas. Il a toujours su que je n'étais pas son fils ?

Le notaire hoche la tête.

– Il semblerait.

Je viens placer une main sur l'épaule de Carter tandis que l'homme continue :

– Comme je l'ai dit, M. Reitman a accumulé beaucoup de biens durant sa vie. Sans famille directe, il vous a nommé son seul héritier d'une fortune qui s'élève à vingt millions de dollars.

Là, je vais m'évanouir… *Qu'est-ce qu'il vient de dire ?* Carter écarquille les yeux.

– Excusez-moi ?

– Gordon avait investi dans l'immobilier quand il était plus jeune et il vendait ses propriétés petit à petit depuis une quinzaine d'années. Si bien qu'il possédait beaucoup d'argent. Ce qui ne l'a pas empêché de vivre modestement.

– Mais, balbutie Carter, quand… est-ce qu'il a mis mon nom là-dessus ?

– Il y a environ un an, il est venu me voir pour changer le nom du bénéficiaire. Auparavant, il laissait tout à un neveu éloigné. Je me rappelle l'avoir vu pointer un doigt furieux dessus en marmonnant que « ce salopard » ne lui avait jamais rendu visite. Il savait que vous ignoriez tout de sa fortune. Car il était certain que vous l'aidiez par pure bonté de cœur. Voilà pourquoi il a fait ça pour vous.

– Ce qui signifie ?

– Ce qui signifie que ces vingt millions vont bientôt être mis à votre nom. Nous organiserons une réunion à mon cabinet pour nous assurer que les fonds provenant de divers comptes vous soient bien transférés.

J'en reste sans voix. Carter nous regarde l'un après l'autre.

– Je ne sais pas quoi dire. Je ne mérite pas ça.

– Que vous le méritiez ou non, c'est ainsi, Monsieur. Cet argent est à vous.

*

*   *

Il a fallu plusieurs mois avant que tout revienne à la normale. Carter a donné une partie de l'argent à des œuvres de charité puis établi une bourse au nom de Bruce Reitman. Après quoi, il lui en restait encore beaucoup, bien assez pour assurer notre vie. Et on l'a gardé sans arrière-pensée puisque c'était la volonté de Gordon.

Le plus drôle étant qu'une fois cette nouvelle situation digérée, il nous a fallu décider qu'en faire. Carter continue de travailler comme pilote et moi je me suis installée définitivement dans son appartement de Floride. Il dit qu'il sera toujours temps de donner sa démission, que ça fait du bien de savoir qu'il n'est pas obligé de travailler, mais qu'il aime encore ça. Le jour où des enfants entreront en scène, il verra ce qu'il fera. Il aura le temps d'y songer.

Quant à moi, je donne du fil à retordre à ces dames de Silver Shores. Je leur ai fait savoir qu'il allait falloir se calmer sur les plats préparés pour mon homme, car je prends un immense plaisir à m'en charger moi-même. J'apprends désormais à faire la cuisine. Je me sens chez moi en Floride. Même Matilda, la chatte, a fini par renoncer à me faire peur quand elle a compris que j'allais m'installer définitivement.

Je me sentirai éternellement reconnaissante envers Carter de m'assurer une si belle vie. En même temps, j'ai trouvé le moyen de lui rendre la monnaie. Ma grand-mère disait qu'il ne fallait pas voyager loin pour changer le monde. Il suffit de regarder autour de soi, on trouve toujours des gens à aider.

Carter en est le meilleur exemple. Un jour, alors que je pensais à tout ce qu'il avait fait pour Gordon, je me suis rendu compte que les personnes âgées ne pouvaient plus faire un certain nombre de choses par elles-mêmes. Choses qui nous semblent pourtant aller de soi, comme se couper les ongles des pieds.

Après avoir suivi quelques cours de cosmétologie, je suis allée offrir gratuitement mes services à la communauté de Silver Shores. Je passe d'appartement en appartement et prends plusieurs rendez-vous pour offrir à ces dames des soins de manucure et de pédicure. Je leur fais don de mon temps et, en échange, elles me racontent leurs histoires, me donnent de bons conseils. C'est ainsi que certaines d'entre elles deviennent de véritables figures maternelles pour moi. Séparée de ma propre mère, j'apprécie leur présence infiniment plus qu'elles ne pourraient le croire. Mais, bien sûr, les meilleurs moments restent les retours de Carter à la maison. Il arrive que je le reçoive carrément nue dans notre cuisine et lui offre une caipirinha que je viens de concocter.

Un jour, pourtant, il me demande de le retrouver à l'aéroport, armée d'une valise et de mon passeport. Et me donne rendez-vous au bar où on s'est rencontrés. En arrivant, je le trouve à la table où on s'était assis la première fois. Il porte également son blouson de cuir avec ses ailes sur le revers. Ça me donne une sérieuse impression de déjà-vu. Sur un plateau s'étalent bâtonnets de mozzarella, ailes de poulet et nems – les mêmes amuse-gueules qu'il avait alors commandés.

Il me fait signe de m'asseoir.

– Tu sais quel jour on est, Céleste ?

– Euh, non…

– Vraiment ?

– Non.

– Ça fait deux ans, Kendall.

– C'est le deuxième anniversaire du jour où on s'est rencontrés ? Comment j'ai pu laisser passer ça ?

– Moi, je ne l'oublierai jamais. Le 28 juillet.

– C'est fou ce qui peut se passer en deux ans.

– Oui, en même temps, certaines choses restent les mêmes. Je suis toujours un homme fasciné par une belle blonde sans soutien-gorge.

– Alors, tu me dis où on va ?

– Pour suivre la tradition, c'est à toi de choisir.

Il me montre les prochains horaires de vol sur son téléphone.

– Le monde est au bout de tes doigts, ma puce.

– Sérieux ? Tu me laisses choisir ?

– Oui. On ira où tu voudras. Mais choisis bien. Ce sera un voyage important dont tu te rappelleras toute ta vie.

Je suis envahie par un flot d'adrénaline. *Je rêve… Une fois sur place, il va me demander en mariage ?*

– C'est vrai ?

– Oui. Crois-moi.

– Je ne sais pas, commandant. La dernière fois que j'ai fait ça, je me suis retrouvée à me faire enquiquiner par un singe, puis j'ai été arrêtée à Dubaï et transformée en prostituée à Amsterdam.

Il ferme les yeux.

– Qu'elle était chaude, cette soirée dans le Quartier rouge ! C'était la première fois que tu m'as choqué.

Il secoue la tête avant de reprendre :

– Alors, où ?

Je parcours du doigt la liste des destinations avant de laisser tomber :

– Pourquoi pas l'Australie ?

– Tiens, sourit-il, ça me rappelle une fille que j'y ai rencontrée. Elle s'appelait Opéra de Sydney. Elle avait des tétons hyper pointus.

Je fais mine de le gifler.

– Ah oui ? Sydney ?

Il reprend son téléphone.

– D'accord. Le vol Qantas 853 part dans deux heures. Allons-y.

*
* *

J'aurais dû me douter que rien ne serait prévisible avec le commandant Carter Clynes. On s'installe à nos places en première classe et l'avion décolle à la nuit tombée. Je m'endors assez vite pour découvrir en me réveillant le visage de Carter penché vers moi.

– Tu me regardais dormir ?

– Oui.

– Et tu pensais à quoi ?

– Au fait qu'il m'a été trop facile de glisser cette bague à ton doigt sans te réveiller.

Mon cœur ne fait qu'un bond. Je me redresse sur mon siège et aperçois un énorme diamant sur mon annulaire.

Je porte mon autre main à ma bouche.

– Oh mon Dieu !

– Kendall Sparks, murmure-t-il, me feras-tu l'honneur de devenir ma femme durant notre voyage en Australie ?

Il a dit ça tout bas, comme s'il ne voulait alerter personne d'autre.

– Oui, oui ! Je m'attendais à tout sauf à ça !

– Je sais.

Il porte ma main à sa bouche pour la baiser.

– Aimes-tu cette bague ?

– Elle est magnifique.

– C'est Carter avec un *i* au milieu, dit-il avec un clin d'œil.

Je ne pige pas tout de suite. Puis… Oh ! *Cartier*. On s'embrasse durant plusieurs minutes.

– Je t'aime tant, Carter !

– Je t'aime aussi, madame Clynes. Je peux te demander quelque chose ?

– Tout ce que tu voudras.

– Tu m'aimeras encore quand j'aurai soixante-quatre ans ?

– Quelle idée ! Et pourquoi cet âge en particulier ?

Il me décoche un clin d'œil.

– La chanson des Beatles, ma chérie. *When I'm Sixty-Four*[16].

– Ah oui ! J'aurais dû m'en douter. Surtout ne change jamais, espèce de cinglé !

Je l'attire contre moi dans un baiser avant d'ajouter contre ses lèvres :

– Je t'aime trop ! J'ai trop hâte de t'épouser au pays des kangourous.

Nous nous embrassons encore un moment, sans plus nous occuper des gens autour de nous. C'est Carter qui se redresse le premier.

– Tu sais, à propos… Je m'offrirais bien un avant-goût tout de suite. Il faut que j'aille aux toilettes, là. Tu m'y rejoins ?

– Après tout ce temps, c'est seulement maintenant qu'on s'envoie en l'air en plein vol ? Trop nul pour un pilote et une hôtesse !

Son sourire s'élargit.

– Jamais trop tard pour bien faire.

---

16. « Quand j'aurai soixante-quatre ans ».

ÉPILOGUE

CARTER

– Allez, dépêche ! Tu ne veux pas que ce soit moi qui gagne la course, quand même !

Je me retourne vers mon fils qui traîne derrière moi. On porte tous les deux le même casque sur la route déserte, moi en Segway, lui en tricycle.

Par ce genre de journée, je ne regrette pas d'avoir démissionné d'International Airlines. Jamais je n'aurais vécu ces précieux moments avec Brucey.

Aujourd'hui, je l'emmène visiter les alentours de Silver Shores. Nous avons déménagé quand il avait un an, dans une plus grande maison à quelques kilomètres de là, mais nous revenons régulièrement rendre visite aux pensionnaires.

Je lui montre mon ancien appartement.

– Après la clinique, tu as vécu ici les premiers temps de ta vie.

– C'est ici que vous m'avez fabriqué ?

Sur le coup, je ne sais trop quoi lui répondre et puis je me lance.

– En fait, tu as été fabriqué en Australie, mais tu es né ici.

– En Australie ?

– Oui.

– Comme un koala ?

– À peu près, oui.

Kendall s'est trouvée enceinte de Brucey peu après notre retour d'Australie, où on venait de se marier, au coucher du soleil, devant l'opéra de Sydney.

On a commencé par vivre modestement dans une maison typique de Boca Raton, un trois pièces de plain-pied. Refusant d'accorder trop d'importance aux biens matériels, Kendall tenait à ce que notre fils ne grandisse pas dans le luxe, comme elle. Elle était ravie de pouvoir vivre sa vie de mère au foyer ; alors j'ai signé un contrat avec une compagnie de jets privés qui me permet de choisir mes horaires de vol. Je suis toujours pilote, mais à mes conditions.

Tout en poursuivant notre route, je surveille l'éventuel passage de voitures. Arrivé devant la demeure de Gordon, je m'arrête.

– Tu vois cette maison ?

– Oui.

– C'était là que vivait grand-père Gordon. Quelqu'un de bien. Quand tu seras plus grand, je te raconterai son histoire et pourquoi tu portes ce prénom.

– D'accord.

Je ralentis un peu.

– Tu es fatigué ? Tu veux qu'on s'arrête pour manger quelque chose ?

Il fait oui de la tête. On se pose sous un arbre et je sors le pique-nique que nous a préparé Kendall. Je m'arrête un instant pour contempler ce petit bonhomme qui a mes cheveux bruns et les yeux bleus de sa mère.

– Papa, raconte-moi une de tes histoires.

– Laquelle ?

– Lucy.

Je souris, lui caresse la tête. C'est une chose que j'ai instituée lorsqu'il avait à peine deux ans. Je lui inventais des histoires pour l'aider à s'endormir, le soir. Parfois, il me demande de lui en raconter une dans la journée. *Lucy dans le ciel paré de diamants* est sa préférée en partie parce que – ainsi qu'il me l'a toujours fait remarquer – Lucy rime avec Brucey.

– D'accord. Va pour *Lucy dans le ciel paré de diamants*.

Je l'enlace en soupirant et me lance :

– Il était une fois une fille appelée Lucy qui vivait dans le ciel…

REMERCIEMENTS

D'abord et avant tout, merci à tous les blogueurs qui ont parlé de ce livre écrit à deux. Il est vital pour nous de rester connectées chaque jour à nos lecteurs. Nous vous serons éternellement reconnaissantes de vous donner cette peine.

À Julie – Cette année, tu nous as démontré avec plus de vigueur comment se comportent les dures à cuire. Tu es non seulement une extraordinaire écrivaine mais aussi une personne et une amie fantastique.

À Elaine – Merci de t'être donné tant de mal pour le formatage et aussi pour tes précieux conseils afin de nous aider à tirer le meilleur de cette histoire.

À Luna – Que ferions-nous sans tes idées fantastiques ? Merci de consacrer tant de temps à faire vivre nos livres.

À Cleida – Sans toi, notre portugais aurait sonné totalement faux. *Obrigada* !

À Lisa – Merci d'avoir organisé la sortie de notre livre et nos tournées de dédicaces, et aussi d'être toujours là pour nous.

À Letitia – Encore une couverture fabuleuse qui vient s'ajouter aux autres. Merci de rendre nos Cocky Bastards à la fois si semblables et si différents.

À nos agents, Kimberly Brower et Mark Gottlieb Merci de vous donner la peine de présenter cette série à tant de lecteurs à travers le monde.

Et, par-dessus tout, à nos lecteurs – Votre enthousiasme nous stimule. Tant que vous voudrez encore nous lire, nous continuerons d'écrire. Merci pour votre immense soutien. Vous êtes notre trésor.

Avec tout notre amour,

Vi et Penelope

Composition et mise en pages
Nord Compo à Villeneuve-d'Ascq